U0043515

王道劍

肆 鄭義門風

上官鼎 著

目錄

第十九回　武林盟主……1003
第二十回　雲錦袈裟……1065
第二十一回　燕王篡位……1129
第二十二回　鄭義門風……1191
第二十三回　王道之劍……1255

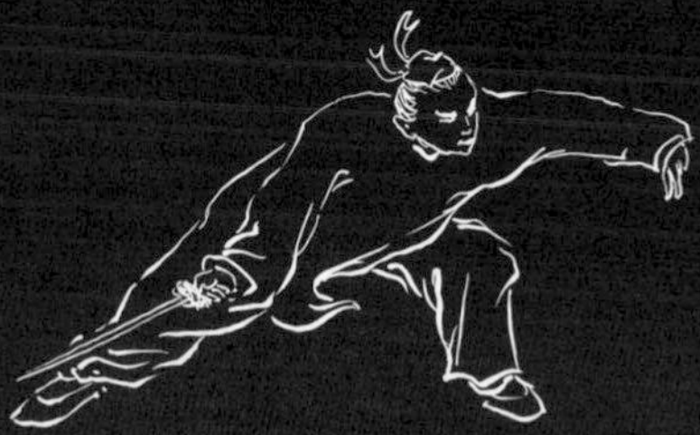

【第十九回】武林盟主

錢靜道：「錢某和丐幫願挑起責任，今後凡我盟派有難，丐幫必定馳援，也期望在座各門派全力支持，咱們火裡水裡一句話。」

各派掌門及弟子無不振奮，年輕的都跟著錢靜大吼：

「火裡水裡一句話！」聲震玉虛宮。

傅翔心知天尊殺機已起，前次在少室山上與地尊不顧武林前輩的身分偷襲他時，便已顯示天尊心目中將自己視為天竺人稱霸武林必須除去的障礙，這時有了兩人一對一的機會，天尊絕不可能讓他活著離開。但傅翔心中並無懼意，他身上累積了龐大的武功絕學，不但正處於攻頂過程，也在融合過程，這時最需要的便是和天尊這樣的絕頂高手打一場，用天尊所施出的無與倫比的壓力，逼迫自己的武學走向最後一程——脫胎換骨。但是和天尊「打一場」，便要冒著斃命於天尊手下的危險。

傅翔早就打定了主意：「我在武林中是個名不見經傳的小人物，倘若真打不過了，絕不二話，拔腿就逃，毫無『盛名』的壓力。以我今日的武功，就算打不過天尊，逃起來他也未必追得上。」

話雖如此，傅翔仍然步步為營地將明教內功提到十成，靜待天尊出手。天尊第一招發出，便暗藏五種可能的變化，每一種變化落實了都可置傅翔於死地。然而傅翔表面上的回應卻是十足的平淡空靈，天尊的招式便落了空，他內藏的五種變化全部未發先廢，因為在一瞬之間，傅翔的真力及招式已經產生了五種截然不同的變化，雖然沒有發出，但每一種如果落實了，也絕對足以教天尊當場斃命。

兩人交換了一個照面，十種必殺的潛在危機一閃而過，表面上看來，兩人似乎什麼事也沒做。

這般情形和前面兩場對決截然不同，直到百招過了，兩人竟然沒有真正交過一次手。

所有的對決全在潛招隱式之中，所有的殺機也全在未發出的招式中相互破解。在場全是武林各大門派的掌門人及高手弟子，能完全認識和賞識其中奧妙的不過三五人，其他的高手只能看懂其中部分門道，其餘的便憑各自想像了。

場下的地尊目不轉睛地注意場中的變化，他十分驚訝地發現，傅翔的運氣蓄勢似乎深得完顏道長「後發先至」的真傳，只不過因天尊始終沒有實際出招，傅翔便沒有將之施展出來，但是在行氣運勢之間，他已將後發先至的原理運用得淋漓盡致。而場中的天尊卻是滿心驚駭，他不但也感受到地尊所察覺到的，在「實」戰中天尊更感到傅翔的武學已到了隨心、隨性、隨意、隨勢的自由轉換，每一招中都可包含許多性質絕不相容的內力及後式，其流暢融合的程度似乎已超出武學常理。

旁觀的完顏道長對傅翔的武功進境最為瞭解，已遠超過傅翔的業師方冀，場中每一個將發未發的動作及細微變化，都逃不過他的法眼。這時他低聲對左手邊的無為大師道：「大師啊，你注意天尊要出實招了，傅翔馬上要給他一個驚奇……」

說時遲那時快，天尊果然決定用實招來逼出傅翔的底細。天尊心中著實不肯相信，傅翔真能做到他在虛擬過招中顯示的境界，所以決心要用實招來相逼。只見天尊化虛為實，剎時場中漫天都是天尊的身影，他大袖飛揚，真力從袖中捲出如翻江倒海，袖中掌勢卻如五丁開山，而招式變化之詭奇更是中土武林前所未見。

傅翔長吸一口真氣，毅然投入天尊的威猛攻勢中，他讓真氣順暢地運行，出招回招完全交付胸中自然之氣，往往一招之間便有兩三種明教十大絕學的精髓展現，而完全不同性質的力道及招式，轉換之間便如天成。天尊攻了百招，終於確認傅翔已將明教十種絕學變成了一種武功，最奇之處，這種融合有時並無定式，下一次傅翔使出的同一招式，裡面包含的各種絕學精華可能完全不同，其變幻莫測，令天尊不解。

旁觀的方冀和章逸更是看得心跳如鼓，他們看出明教十大絕學終於在傅翔身上完全融合，十種內力都達到頂峰，突破了同時練十種內力時最多達到七八成的瓶頸，這對方冀及章逸兩個明教高手來說，心中的震撼實難以言喻。

無為大師低聲對完顏道長道：「道長你瞧見麼，這傅小施主的『後發先至』不僅得了道長真傳，好像還有更上一層的變化呢。阿彌陀佛，這少年難道是上天送給中土武林的寶，專為收拾天竺妄人而來！」

完顏道長一臉正經，喃喃道：「天尊摸了傅翔的底，他的殺手鐧就要出來了，誰收拾誰還難講呢。」

場中天尊忽然發出一聲長嘯，雙掌逼退傅翔，收招而立。傅翔順勢後退一丈，也是垂手靜立一言不發。天尊緩緩說道：「姓傅的小子，你也就這麼大的本事吧，咱們倆也不要什麼千招百招地決勝負，從現在起你能接下老夫十招，老夫便饒了你的小命。否則，嘿嘿，看你造化了。」

傅翔沒有回答，倒是場外觀戰的地尊發話了，他朗聲對天尊道：「天尊，這傅翔年紀輕輕，武學已有宗師的實力，咱們不能再喚他小子了。」

天尊聽了這話十分動怒，但表面上不得不忍住，便不理會，沒想到地尊又道：「天尊，咱們對武學大師必須尊重，你不要再喚傅翔小子了。」天尊怒道：「地尊，你在說什麼！」地尊道：「咱們學武的對武學高手須得尊敬，傅翔是一流高手，我地尊十分尊敬他……」接著他用梵語講了一串話，各派掌門聽得不知所云。無為大師卻聽懂了，他對完顏道長解釋道：「他說天尊可以殺死傅翔，但不可不敬他，大概就是『士可殺不可辱』的意思。」完顏道：「想不到地尊這二愣子還有些意思呢。」

天尊聽得怒火中燒，原來地尊有些傻氣，平日兩人在一起時都是天尊發號施令，地尊總是聽從天尊，但有時候地尊發起橫來就聽不進任何意見，天尊不依他，他便會鍥而不捨地堅持下去，有時堅持一兩個月，直到天尊勉強依了他才罷休；不過這種情形並不常見，是以天尊也就由他。只是不知為何，在天尊要與傅翔決勝負的當口，地尊這毛病突然發作了，天尊終於不顧顏面怒叱道：「地尊，你知不知道你在胡說些什麼？」

地尊並不理會，站起身來大聲道：「天尊，咱們是天竺武林領袖，就算贏了比武，也不能輸了禮貌。」天尊暗恨道：「你與那完顏道長打成平手，這比武已經贏不了啦，還說什麼廢話！」

丐幫席中紅孩兒朱泛哈哈大笑，拍笑道：「是啊，是啊，地尊說得最有道理，天竺是個禮義之邦，武林領袖到了中土來，寧願被殺了也要講禮儀。」

天尊知道地尊這毛病，再堅持下去情況將不可收拾，他當機立斷，雙手抱拳對傅翔道：「明教高手傅小先生，你如能接下老夫十招，咱們這場比武便算平手如何？」傅翔也抱拳道：「便依你。」地尊才閉嘴坐了下來。這一幕插曲眾人看得目瞪口呆，說不出話來。

地尊很滿意地坐了下來，立刻恢復了他在武學上的敏銳，暗忖道：「天尊要在十招內斃了傅翔，定是要用第十層的瑜伽神功，以內力硬吃傅翔了。」

完顏道長也在思考相同的問題，他低聲對無為大師道：「注意看達摩『洗髓功』在傅翔身上造成的奇蹟。」

果然天尊不再施出變化多端的天竺武功，只是牢牢盯著傅翔，雙掌緩緩推出，便這平淡無奇的一招，傅翔立刻感到四面八方都是厚重的壓力，對著他擠壓過來。他從未經歷過這種情形，天尊的掌力從正面推來，壓力卻來自各方，甚至來自背後，傅翔驚駭得一時不知所措，他雖確信這些各方而來的壓力有虛有實，只是不知何者虛何者實，該如何應戰？

於是他鼓滿全身真氣，力透雙掌，掌力溜溜轉了一圈，藉這一圈的發氣，感應出天尊的掌力落實在自己的側背，其他方向的壓力卻是虛幻的假象。

傅翔雖然藉此察覺出天尊的掌力之實，卻終於慢了半分，天尊的掌力突然爆發而出，直襲傅翔背上督脈要穴，傅翔想要閃避已然不及。

這正是天竺瑜伽神功第十層的功夫，從看似不可能的方向發力的神奇招式已提升到最高層次，每一招施出，全方位的壓力應招而生，但真正落實的力道卻幻不可知，一旦落實爆發開來，力道之威猛則如排山倒海。

傅翔身懷各家絕學，他心無定意，手腳甚至全身各處都因應外來壓力而隨機應變，此時他身上各發出至少四種奇門絕招的一部分，卻自然組成毫無間隙的一招，便如專為對付天尊這一招的每一細節而設。此招當然也是武林中空前絕後的招式，換一情況，傅翔不會再施出完全相同的一招，因為不但前後情況條件有異，連傅翔的心情狀態也不同。

只這一招的互動，天尊和傅翔合力創建了武學史上前所未有的神奇境界——一個全方位虛實共存且可互換的攻擊大勢，另一個是完全隨機卻又每一寸都瞄準敵招的應變招式。

在場的天虛道長驚駭之中似有所悟，暗忖道：「天尊這一招似乎達到了陰陽不分、混沌之後、兩儀四象之前的境界，那正是太極的精義，這天竺人怎能臻此？難道是他得了我祖師爺的《太極經》，短短時間內就從中修悟了大道？這天尊了不起啊！」

方冀和章逸兩人不約而同地領悟到，明教絕學十種，其中龍虎並列，內外各陳，能連貫起來運氣出招已是難上加難，此時看到傅翔的出招，這才見識到原來他每一招中都能隨時加入另一種武功的招式及運氣的精義，正因他能打破所有的界限，各種武功的上限也就不存在了。章逸暗嘆道：「這是俺努力十數年做不到的境界，這傅翔必是天賦異稟，不然怎能年紀輕輕就臻此不可思議之境？」方冀卻暗自感到安慰：「傅翔能臻此境，可說是合我師徒二人之力，加上莫測之天機眷顧，才造就出這個不世出的天才。」

場中已經飛快過了五招，場邊多名高手也漸漸感覺出這兩人所展現的武學境界，雖然各人的領悟不同，但都受到影響，跳出自己一向恪守的本門武功要訣，做了一番另類的思考，資質特好的當場便有了一些收穫。

但是天尊和傅翔兩人的親身感受就不一樣了。天尊只覺自己一上來便施出最近才和地尊合修達到的頂層瑜伽神功，一連五招出手——其實是推出了五個奇幻莫測的武學陣式，傅翔卻像是順手隨腳、輕鬆寫意地就應對過去，他不得不提前發難，在第六招上施出全力，要與傅翔一決勝負。

傅翔的感受卻完全不同，他在第一招便慢了半拍，雖然表面上一連五招都能應對無礙，但他心裡最清楚，五招累積下來，自己被動應對接招的落差已經擴大，而天尊招中落實的力道仍在增強。到了第六招襲到時，他暗叫一聲：「不妙，除了硬拚，再無他途！」

這兩個絕頂高手跳出了武學既有規範，連交手了五招，卻在這時落回最基本的對決，各自施出最強大的內力硬碰硬，一招立見勝負。

天尊以天竺瑜伽神功第十層的功力攻出，傅翔將明教內力激出十成出招，後發先至反攻天尊，他長吸一口真氣，少林洗髓功在他全身經絡中運行，身上所有的內力集中而出。轟然巨震之後，他倒躍飛出三丈之遙，穩穩立在地上。

天尊發出第六招時，面上閃過一片金色微光，這時他立在場中，心中被一個問題嚴重地困擾：「這小子已在我發出天羅地網的神功之中，究竟是如何逃脫的？」

三丈外的傅翔則是臉色蒼白，胸中血氣翻騰，只要一開口，怕就要血噴當場，他潛運洗髓神功，行轉了一周天，漸漸把滿腔氣血順息下來。他奇蹟似地發覺，自己的內傷並不嚴重，重要經絡都保住了，這才抱拳向天尊行禮道：「天尊，你勝了！」

天尊冷笑一聲，他對傅翔如何逃脫他的全方位掌力圈其實十分在意，但這時無暇細想，只不屑地道：「姓傅的小子，你逃命的功夫又有精進了啊。」

天尊又回復對傅翔的不屑態度，眾人以為那地尊定會表示異議，卻不料地尊這一回倒沒有說什麼，反而站起身來，帶著一臉不解之色走向傅翔，問道：「傅翔，老夫請教，你方才最後一招，怎能從天尊的瑜伽神功中借力退脫？那是什麼功夫？」

天尊見地尊一本正經地向敵人請教，心中十分氣憤，但一聽到地尊說「借力退脫」四個字，便專心聆聽，因他也亟欲知道答案；傅翔在生命垂危，全身十二分內力傾瀉而出之際，居然在任督二脈之間仍然保留餘地可以借力倒退，這是天尊最為不安之事。

地尊一副傻乎乎地當面問傅翔，而傅翔居然也傻乎乎地老實回答：「那是少林洗髓功。」他說時遙向無為大師抱拳行了一禮。

「洗髓功！」

《洗髓經》和《易筋經》同是達摩祖師手著的少林經卷，《易筋經》卻比《洗髓經》有名得多。一般武林中人都知道，《易筋經》是佛門絕學中最高境界的武學秘笈，而《洗髓經》則是健身強氣的寶典，似與武功少有直接關係；而今經此一戰，《洗髓經》的大名將要傳遍武林了。

武當的天虛道長見傅翔臉色恢復，聲音宏亮，料想就算有些內傷也不嚴重，便放下心來。他站起身來朗聲宣布：「比武第三場，天尊勝。咱們一共三場比武，雙方各勝一場，平手一場，是以總結是雙方持平！咱們怎麼處理這情況，貧道要聽聽諸位的意思。」

傅翔對著貴賓席揮了揮手，阿茹娜和鄭芫都回報以揮手，她們聽到身邊的天慈大師低聲道：「阿彌陀佛，傅翔如能把他今日所展現的武學融會貫通，則中土武林將出現第二個張三丰了。」

天尊望了望傅翔，又望了望天虛道長，然後冷冷地道：「今日既已明言比試三場，就到此為止了。但姓傅的小子給我聽好，過了今日，老夫仍要取你性命，你躲得了一日，躲不過一年，逃得了一回，難道逃得了一生？」

傅翔正走向明教的席位，聽得天尊之言，一股豪氣湧上心頭，一口悶氣不吐不快，他轉身對著天尊朗聲道：「天尊，我敬你是當今武學的絕頂高人，卻不懂你何以非要殺我不可？今日之勢十分清楚，我打不過你，但你也殺不了我，再要打下去我就逃走了之，不管你們誰當盟主，你雖武功蓋世，卻未必追得到我。你要追殺我一世，我卻要告訴你，不出十年，我必能打敗你，那時我傅翔才二十九歲，信不信由你！」

這一番話憋在傅翔心中已經好長時間了，連在睡夢中都說過不知多少遍了，這時侃侃而談，擲地有聲，完全不像是傅翔平時謙沖和睦的語氣，全場高手聽得鴉雀無聲。過了好一會，才有人大叫道：「傅翔好樣的，俺看不需十年，你就打敗天尊。」傅翔朝他揮揮手，正是紅孩兒朱泛。

這時少林寺的無為大師站起身來，朗聲道：「既是比武平手，咱們各門各派推舉丐幫的遠超過推舉峨嵋派的。天虛道長，您是否就宣布丐幫錢幫主為中土武林盟主？」

天虛道長望了望錢靜，希望錢靜說句話明白表個態，錢靜對他點了點頭，站起身來輕輕頓了一下手中鋼杖，用十分平和的口氣道：「今日之會推舉盟主，原是為了天竺武林入侵中土，盟主之責便是團結天下武林互相支援，共禦外侮。老身的武功在各門各派高手前不敢稱首，但我丐幫上千忠義弟兄在維護武林大義上卻敢稱先。既蒙各門各派推舉，錢某和丐幫便願挑起責任，今後凡我盟派有難，丐幫必定馳援，也期望在座各門派全力支持，咱們火裡水裡一句話。」

各派掌門及弟子無不振奮，年輕的都跟著錢靜大吼：「火裡水裡一句話！」聲震玉虛宮。

天尊只是冷笑不語，看那地尊一臉茫然，對眼前的變化毫不關心，似乎完全專注在另外一件事情上，便走到他身邊用梵語傳音：「地尊，你在想啥？」地尊回道：「到少林寺去，盜那《洗髓經》。」天尊一怔，氣得幾乎想吐血，但他知道地尊的毛病，氣也沒有用，於是斷然揮手喝道：「錢盟主，咱們走著瞧。峨嵋點蒼的，咱們走。」地尊以梵語傳音道：「走？去少林寺？」天尊瞪了他一眼道：「先下山再說。」

武當玉虛宮前剩下九大門派的掌門及門人弟子，大家輪流上前向盟主錢靜道賀。衡山派的「迴風刀」莫君青大聲道：「我剛才仔細看那個天尊，走的時候仇心好重啊。盟主你要小心他們到武昌，嗯啊，打你總舵啊。」眾人聽了都覺大有可能，一時眾說紛紜，莫衷一是。

忽然一個少女清脆的聲音從貴賓席響起，眾人停下談話，看那發言之人竟是不會武功的阿茹娜，只見她有點靦腆地道：「諸位前輩，阿茹娜想到一件事，很是……很是重要，便是中土武林各派所處之地各在東西南北，動輒千里之遙，聯繫起來十分困難……這實是結盟第一要克服的難處。」

眾人一聽，都覺得她講得有理，莫君青便道：「不錯，不錯，嗯啊小姑娘說得好啊。」阿茹娜得了鼓勵，便大膽道：「阿茹娜見丐幫和武當用飛鴿傳書十分快速，千里之遙卻一日可達，便建議各大門派先學會這飛鴿傳書的法子，大夥兒傳遞消息就方便了。」

阿茹娜說到一半，錢靜與天虛便已商量好了，待阿茹娜說完，天虛道：「阿茹娜姑娘好主意，說起飛鴿傳書之技，天下無人能比丐幫更專精，咱們就請丐幫來傳授大家這套技術。」錢靜道：「這飛鴿傳書之技，從養鴿、練鴿，到傳遞點之布局、馴鴿人之訓練……也頗有一番講究，丐幫願將數十年摸索出來的一套技術傳授各盟友門派，絕不藏私。」眾人齊聲叫好。

方冀建議道：「據老朽所知，馴鴿的高手師傅全在武昌。老朽建議，各派如果沒有其他急事，大夥兒一齊先到武昌會合，便在盟主所駐之地待上幾日，一方面派門中弟子學習飛鴿傳書之術，一方面會商今後的武林大事。」

九大門派的掌門人都覺此計可行，武當派的執禮弟子們請客入玉虛宮奉齋，讓九大門派的貴客享用聞名天下的武當山素菜席。

這其中最興奮的便是朱泛和鄭芫，章逸告訴他倆，到武昌停留一日便要趕回南京了。方冀悄悄對傅翔道：「天尊說要追殺你，絕非恫嚇之辭，咱們要有萬全之策。你方才有受傷麼？」傅翔搖頭道：「真力耗損過多，經脈並無受傷，那天尊最後六招委實難敵。」方冀道：「目前看來，天尊地尊的武功中土無人能敵，完顏道長可以守住不敗，假以時日，你是唯一有機會勝過他們的人，是以天尊務必除去你才能安心作他的霸王夢。你現下非其對手，最怕他倆聯手暗殺你，你最好能和完顏道長一起行動。」

他話聲才了，完顏道長已出現在兩人背後，不知他老人家對自己人何必身形動作如此隱秘。完顏道：「傅翔，你要去武昌麼？」傅翔道：「師父和我正在商量，如何躲避天尊地尊的偷襲暗殺，咱們最好聯合行動。」完顏道長露出那天生帶些詭異的笑容，道：「我老道閒著沒事，很想去武昌學學怎麼弄他幾隻鴿子來玩玩，沒事傳個什麼消息給……給……你和阿茹娜。」

傅翔心知完顏道長世上再無親人，聽了不禁為之心酸，阿茹娜卻在這時擠身過來，拉著完顏道長的衣袖道：「完顏不敗，該去吃齋麵了。」方冀笑道：「道長要想玩飛鴿，到了武昌，咱們介紹丐幫最厲害的玩鴿師阿呆教您幾手，包管您受用無窮。」完顏喜道：「當真？」方冀道：「那阿呆待鴿兒宛如子弟，指揮起來便如指揮軍隊。」完顏搓掌道：「倒要見識見識。」

∞

這幾個月武林中的爭鬥暫且偃旗息鼓，自從中土武林在武當山推了丐幫幫主錢靜為盟主，天尊地尊率峨嵋及點蒼門人離去後，沒有人知道他們去了那裡。中土各門派齊聚武昌，大夥兒在丐幫弟子阿呆等人的調教下，都學會了飛鴿傳書的基本技術，幾個月後很快地建立了各門派之間的快速聯絡管道。這「飛鴿傳書」原是丐幫和武當派建立的內部聯絡辦法，尤以丐幫的系統最是精良，從此便成了武林中各門各派普遍通用的聯絡工具。

完顏道長最是樂不可支，纏著阿呆幫他挑選、訓練了幾隻優良飛鴿，往返武昌與南京之間，試了兩次都能成功將訊息送達。完顏道長慨然道：「既承丐幫阿呆替我訓練了好鴿兒，俺老道便決心留在武昌協助盟主處理事務。」傅翔問什麼事務需要他老人家協助處理？完顏道：「別的事務甭找我老人家，畫符捉鬼的事便交給我老道，尤其是抓天竺等地來的外國鬼，俺老道最有心得。」

錢靜知道這是完顏老道的義氣，只因天尊撤離武當之時曾留下狠話，他爭奪中土武林盟主雖然沒有成功，但錢靜既已擔任了中土盟主，他便可以用天竺武林的身分來向錢靜挑戰。是以完顏道長願意留在武昌，便有保衛盟主的意味，錢靜是點滴在心頭。

方冀在武昌待了一陣，和錢靜及其他掌門人商討武林大勢，各大門派掌門人都勸方冀東山再起。明教雖然一度煙消雲散，但現在有章逸及傅翔兩大高手，加上方冀的軍師長才，實是重整旗鼓、再創中興局面的好時機。方冀這次武當之行，最大的收穫便是傅翔正式加入了明教。這原是方冀夢寐以求卻不便催促的大事，沒有想到天尊地尊兩人用加入峨嵋、點蒼的方式來將無門無派的傅翔排除於比武之外，這就逼得傅翔當機立斷加入了明教，這也是氣數。

當他發現章逸的明教武功高得出奇，加上傅翔這個武林頂尖高手，他確實想到重整明教，但每一思及章逸的一身武功，方冀就有些不安的感覺。照說，他們兩人合力幹過刺殺朱元璋這等轟轟烈烈的大事，肯定是肝膽相照的好夥伴，但章逸領了錦衣衛的新頭銜，竟然一心一意地替建文皇帝辦起事來，這情形令方冀心中暗生不滿。其實以他和章逸的關係，他對章逸的武功既有疑慮，當面直接問個清楚，章逸未必不會據實以告，但此刻方冀心中生了一點陰影，反而覺得難以開口。

天慈大師、章逸帶著朱泛及鄭芫提前離開武昌趕回南京，方冀就留在武昌和傅翔細談明教的未來。這天，傅翔和阿茹娜約了完顏道長和方師父，就在蛇山上一個俯覽江景的好所在品酒小敘。

這個景點面對長江，隔江可望見漢水邊的龜山，夕陽西下之時，江面上霞光點點，有如金色鱗片，山風吹來，白天的暑氣漸消，確是令人心曠神怡。

完顏道長迎風立在石台的邊緣，寬大的道袍披在瘦長的身軀上，被山風吹得獵獵作響。他望著不遠處的黃鶴樓，樓下的江面駛來一艘暗紅色的單帆輕舟，船輕而帆闊，又是順流而下，馳行遠比江上其他大船快速，斜陽照在赭色的帆上泛出血紅，十分的耀眼。

方冀和傅翔也走到山崖邊，傅翔指著那艘輕舟道：「芫兒他們便是乘這種快船下南京去了。我送他們到江邊，在江邊上倒看不出這船有多快，此處居高臨下，江上之船盡在眼底，相較之下就顯出它的快捷了。」

方冀望著那紅帆小艇漸漸馳入煙水迷濛之中，忽然懷念起遠在京師的明教故人，喃喃地道：「翔兒，明日我也要下南京了。」傅翔問道：「師父你一個人去？」方冀道：「為師要去找陸鎮。還有，章逸告訴我昔年明教土木堂的董碧娥在莫愁湖畔出家為尼，我也要去瞧瞧她。咱要重振明教，這些老人全要到齊，大家好好合計一下。」

完顏道長道：「方軍師，你只管去南京，傅翔和阿茹娜就多留武昌幾天。那天尊地尊突然銷聲匿跡，九成又躲到什麼地方去修練天竺武功。這兩人自從得了武當的《太極經》，我瞧對兩人的武學還真有極大助益，也因為他們本身都是不世出的武學奇才，才能在極短時間內體會出《太極經》的真諦；又因為兩人雙修相互扶持，才能一分一分突破極限。不過咱們也沒閒著，傅翔和我老人家也是兩人雙修，只是咱兩人的武功本質南轅北轍，但我老道心中一清二楚，傅翔和我如果能把南轅北轍搞成一體，天尊地尊『天下第一』的美夢，怕要作不成了。」

傅翔和阿茹娜也都希望和老道長多盤桓些日子，阿茹娜道：「是啊，沒有嚐到道長那天下第一的醃菜之前，咱們是捨不得走的。」完顏道長聽了，很認真地想了一想道：「我老人家要花時間和傅翔好好琢磨那少林『洗髓功』，要尋個法子讓傅翔一身的各種武功化得乾乾淨淨，從此傅翔就天下無敵了。當然，他還是沒法打敗我完顏老道，因此……」他說到這裡停下來，阿茹娜問道：「因此怎的？」完顏道：「因此我沒有時間做醃菜。我看這樣吧，我把醃菜的訣竅都教給妳，便請妳照俺的方子好好醃它幾罎，豈不兩全其美？」

阿茹娜強忍住笑，大聲道：「不錯，不錯，道長這法子好。武功的絕學助了傅翔，醃菜的絕學教了阿茹娜，委實慷慨無私呢。」

完顏道長哈哈大笑道：「完顏的武學已走到頂點，得了『不敗』兩字，但要打贏天尊地尊可不能靠俺，恐怕要靠將來的傅翔。所以現下天下武林的第一高手，仍然是天尊和地尊。」

方冀忽然提出一個問題：「完顏道長，依你看天尊和地尊兩人誰的武功高些？」

他這問題一出，完顏道長立刻陷入深深的沉思，似乎在回想與天尊、地尊所有的交手細節，然後他轉頭問傅翔道：「傅翔，你說呢？」傅翔也在沉思之中，當今中土武林中，與天尊、地尊激烈交戰經驗最為豐富的就是完顏和傅翔這兩人。傅翔想了好一會，終於冒出一句評語：「難分軒輊。」完顏雙眉一揚，緩緩地道：「天尊聰明絕頂，地尊看上去常常讓人覺得他腦子不夠使，是以事事唯天尊馬首是瞻。你若覺得兩人武功不分軒輊，那就表示其實地尊比天尊更勝一分。」

方冀聽了完顏此言大吃一驚，這說法與他的觀察大相逕庭，忍不住追問道：「道長此話怎講？」

完顏道長道：「貧道與地尊惡鬥了兩次，第一次在漢水之濱，咱們搶救無痕大師，雖然搶救成功，其實貧道與地尊之戰是落在下風的，主要是因為地尊的隱秘運氣出招讓我的『後發先至』不能發揮。然而此次情況不同了，我的『後發先至』已達到無所不適的地步，照說以貧道全真派武功的犀利，既立於不敗之地，便一定可以找到機會轉守為攻，一擊破敵。但這次在武當山的比武，從頭到尾地尊沒有給我任何機會遞出任何真正的攻勢，我老道自始至終就只能維持『不敗』二字。」

傅翔嘆道：「地尊武功的進展確實超出意料。」

完顏接著道：「俺可以清楚地感受到，地尊的武學較之於漢水交手時又進了一層，似乎在天竺瑜伽神功中滲入了一些道家的武學精義，這必是從《太極經》中體悟來的結果。反觀天尊與傅翔之戰，雖然傅翔不敵最後以內力相拚的六招，但天尊所顯示的太極功似乎不及地尊。由此觀之，天尊的智慧或許超過地尊，但地尊對武學似有一種特殊的領悟力，甚至超過天尊。」

傅翔對完顏道長這一番分析佩服得五體投地，連忙道：「道長這番話精闢極了，講出我隱隱感受到卻說不出的感覺。地尊確有一種極為特異的能力，對武學中極細微的差異及變化都能敏銳察覺，而有恰如其分的反應，這是不可思議的天賦。」完顏道：「普天之下還有另一個人有這種稟賦，那就是傅翔你。」

∞

鄭芫和朱泛隨著章逸，終於回到了京師南京。章逸一報到就被鄭洽召到翰林院密談，快兩個多時辰了仍未見出來，朱泛和鄭芫便先到「鄭家好酒」向鄭娘子報到。鄭娘子見到女兒一去數月，不但無恙歸來，看上去更見成熟美麗，做娘的那分高興就難以形容了。

鄭芫跟娘嘰嘰呱呱說個不停，朱泛在一旁聽著覺得不可思議，這母女兩人可以飛快地同時述說五件不同的事，其中有問有答，卻完全不會弄錯題目；從一件事跳到另一件事，問答之間居然絲絲入扣，兩人都不會誤解。這本事令朱泛又是好奇又是佩服。初時覺得十分有趣，聽了一會之後，朱泛忽然悄悄背過身，不露痕跡地強忍住雙眼中欲流的淚水，那是一個整日嘻嘻哈哈的孤兒偶被引發的思娘眼淚，但朱泛畢竟沒讓它流下來。

鄭娘子忽然從和女兒的對話中冒出一句：「朱泛，芫兒這一路驚險萬狀，全賴你護著她，真感謝你了。」朱泛轉過身時，臉上已恢復了笑嘻嘻的模樣，他搖搖頭道：「鄭媽媽莫要謝我，一路上許多難處多虧芫兒相助，咱們才能化險為夷呢。」

鄭娘子笑道：「朱泛你想吃什麼，鄭媽這就做給你吃。」朱泛大喜道：「清炒河蝦、紅糟扣肉，還有……」鄭芫打斷笑道：「這麼貪吃，將來怎麼帶領丐幫？」朱泛嘆了一口氣道：「說得也是，咱丐幫的規矩也該從權改一改了……」鄭芫笑道：「從什麼權？」朱泛道：「如果丐幫的規矩一成不變，都不准吃好的，將會影響優秀人才加入丐幫。」鄭芫忍住了笑，道：「好啊，等你當了幫主，就把幫規給改了吧。」朱泛一本正經地道：「剛好相反，要改現在便要改，等當了幫主，怎好為了……為了幫主要吃好的而改幫規？」鄭芫拍手道：「那好極了，你就不要當那什麼幫主，省得到時因貪吃出醜聞，貽笑武林。」朱泛道：「此事茲事體大，俺要再好好和幫主商量一下。」

「不是幫主，以後要叫盟主！」章逸從門外大步走進來，鄭娘子見了他又是另一番欣喜，章逸深情地望了她一眼，她鼻頭一酸，連忙道：「都回來了，太好啦。」便進了廚房。章逸也不遮掩，緊跟著也進了廚房。鄭芫和朱泛對望一眼，眼中都含著笑意。

這時門外阿寬提了兩大籃菜蔬魚肉回店來，高聲叫道：「哈，你們全回來了，這下老闆娘可要樂翻了，剛好我這邊進得好河鮮，晚上可以好好吃一餐。」他進得店來便要往廚房裡衝，鄭芫一把拉住，把兩隻大籃子放在桌上道：「阿寬，你進了啥好貨色，先給我瞧瞧。」她將籃中的菜蔬、魚蝦、肉類一一翻看一番，心想：「章逸和娘該出來了吧。」

果然廚房門簾一掀，章逸和鄭娘子走了出來，鄭娘子臉上有些紅撲撲的，章逸卻是一臉的笑意，他衝著阿寬道：「阿寬啊，你今天的魚蝦向誰買的呀？陸老爺那兒麼？」阿寬道：「陸老爺子有十多天不見人了，今天俺是向歪嘴老郭買的，新鮮得緊呢。」章逸道：「你說陸老爺子不見十多天了？」阿寬道：「是啊，平日他在城外兩處賣魚，今日俺自划船到兩處找他，都不見人影。」

章逸暗忖道：「前次大家怕出事，本要陸鎮離開京師避避風頭，但陸鎮堅拒不肯，只答應不再每日進城來賣魚送貨。這些日子風頭過了，倒也相安無事。這回阿寬說有十多天未見到人，倒是令人擔心。」他不動聲色，暗中已決定要去打探一下究竟出了什麼事。

鄭娘子領著阿寬回到廚房，章逸臉色忽轉凝重，他低聲對朱泛和鄭芫道：「北方戰事緊張得很。」朱泛道：「鄭學士說的？」章逸示意兩人坐下，壓低嗓子道：「盛庸和鐵鉉在東昌打了一個大勝仗後，燕軍再次南下，便在洨河一帶發動會戰，這回如果守不住，德州又要淪陷了。」

鄭芫道：「但願鐵鉉、盛庸、平安等將軍再打一個大勝仗，燕軍退回燕京城，便沒有足夠的兵力再第三次南下了。」

章逸點頭道：「芫兒看得準。燕軍雖強悍，朱棣父子雖能用兵，但最大的問題就是兵力不足，打幾場勝仗是辦得到的，要想長驅南下打贏這場內戰便捉襟見肘，顯得力有未逮了。而朝廷這邊兵力糧草都較充分，苦於良將太少，先前兩個庸將又葬送了不少兵力輜重，是以這場仗竟是陷入膠著的泥淖中。」

鄭芫嘆了一口氣道：「可憐的是無辜百姓啊。章頭兒，這一回朱泛和我出公差到了前線戰區一趟，咱們看到打仗的慘烈，百姓的痛苦，如非親見真是無從想像。」朱泛道：「便是他朱家叔侄爭皇位罷了，竟要天下百姓受這種苦，咱們能不能想個法子讓他們不要打了？」章逸搖頭，忽然對鄭芫道：「皇上聽說妳回來了，要妳明天進宮當差。」

∞

建文三年三月底，燕軍和盛庸的部隊在浹河一帶鏖兵苦戰，雙方互有勝負，盛軍破殺了朱棣的大將譚淵，朱能則斬殺了盛庸的部將莊得。朱棣仍然不改身先士卒的打法，他在浹河附近陷入盛庸的火槍陣中，但盛庸的部屬認出是朱棣便停止開槍攻擊，讓朱棣偵查軍情完畢後安然離去。

第二天，朱棣率領十幾個親軍潛伏到盛營附近營宿，再次探得寶貴軍情，天亮時不慎為盛軍發現，立刻陷入包圍之中。盛軍打算生擒朱棣，但朱棣再次利用建文的禁殺之旨，索性令麾下親兵亮出主將旗號，大剌剌地衝出重圍，躍馬揚長而去，盛庸的軍士全都看得傻了眼，一時不知為何而戰，鬥志大喪。

兩天之後，朱棣在一場大風暴中佔盡東北風的順風之利，擊敗了士氣渙散的盛庸部隊，盛庸只好敗守德州。浹河之戰的敗訊傳到京師時，建文正在和方孝孺對弈。方孝孺拈著一枚白子遲遲沒有落下，他心中有事便無法集中注意力下棋，他正在等待前方浹河之戰的戰果，多麼希望自己能像東晉的謝安，在棋局中得到淝水之戰的勝利消息，然後故作平靜地說聲：「小兒輩逐已破賊。」

但他此時心中雜念不斷，患得患失之心起伏，一子落下，對面的建文哈哈笑道：「孝孺，何事擾你心，這一著棋可真是自尋絕路呢。」建文持黑子正要下殺著，當值的侍衛鄭芫悄聲進來，站在方孝孺的身後。建文瞧見了便笑道：「芫兒，何事要妳親自來侍候？」鄭芫躬身道：「前方緊急軍情要報。」方孝孺抬頭道：「快報，快報。」鄭芫將一個八百里緊急奏摺遞給建文，建文打開只看了一眼，便廢然將摺子丟落棋盤上，慘嘆一聲道：「盛庸兵敗浹河。」

方孝孺心中念茲在茲的便是這一戰的勝敗，現在答案揭曉，整個人有如跌入冰水之中，過了半晌才站起身來，向建文跪下行禮道：「聖上暫且寬心，待臣立刻去兵部瞭解一下詳細軍情，隨時回奏。」建文揮揮手沒有答話，方孝孺又行了一禮便匆匆退出。室中靜了下來，只剩下建文及鄭芫，還有桌上一盤殘棋。

鄭芫不敢出聲，望著朱允炆瘦削而白中帶青的臉孔，兩盞大燈籠掛在他頭頂的背後，照亮了棋盤，映在建文臉上只是勾勒出他臉龐上起伏的線條；鄭芫覺得年輕的皇帝好像又瘦了一些，臉頰也因疲累而顯得有些蒼老了，不禁有些不捨，便上前低聲道：「皇上，勝敗乃兵家常事，盛庸不久前在東昌不是還大敗燕軍麼?臣和朱泛在河北白溝河見著他，是個能打仗的大將，說不準過兩日又有捷報傳來。章逸說，這場仗目下是打得膠著難分，浹河兵敗也未必就贏不回來了。」

鄭芫雖然聰敏過人，但天生對這行軍打仗的事不感興趣，這時覺得皇帝吃了敗仗沮喪得可憐，便拿些從章逸和朱泛處聽來的意見安慰建文，若是換了阿茹娜，便會有好些用兵布局方面的建議了。

建文沒有回答，只是低目盯著案上的一局殘棋發呆，過了好一會才喃喃道：「四叔，看在天下蒼生無辜百姓的生命分上，咱們議和了吧。」鄭芫聽得大吃一驚，「議和」兩字出自皇帝之口，她可不敢接腔。

建文雙手撐著案邊站起身來，竟然一個踉蹌，站立不穩，鄭芫連忙上前一把扶住，才發覺建文雙腿乏力，整個人倒在鄭芫臂腕上。鄭芫道：「皇上小心。」建文抬眼深深望了鄭芫一眼，嘴角綻出一絲苦笑，低聲道：「芫兒，要靠妳呢。」

偌大一間宮室中燈火輝煌，就只照著建文和鄭芫兩人。鄭芫抱著一個年輕的皇帝，心中又是緊張又是窘急，感受到皇帝對她的依賴之意，又有一絲竊竊的心喜。她又看到了皇帝眼中那淡淡的憂鬱，也沒經過思考便對皇帝道：「皇上放心，您可以放心靠我，還有朱泛……」她這時候忽然把朱泛扯出來，雖然有些突兀，心中卻突然覺得篤定了許多，於是將皇帝扶好站穩了，便抽開雙臂，拍手呼叫，兩名太監匆匆進來侍候。

建文再次罷黜了齊泰及黃子澄，同時聽了方孝孺的計策，一面要求和談，一面利用朱棣兩個兒子朱高熾和朱高煦之間的矛盾施以反間計。山東的戰事吃緊時，間或由大將平安等人對北平發動攻擊圍燕救魯，這樣的局面拖了數月，還真讓章逸說中了，「靖難之戰」陷入了膠著的泥淖中。

∞

建文三年冬天來得早，北平十一月已下了幾場雪。這一天又是午後小雪，雖不至積雪封路，但是大雪下了又融，融了又下，路上雪泥混和，格外泥濘難行。燕王府裡已經生了炭火，朱棣在客房裡對著雪白的紙窗發呆。房裡兩盆木炭燒得暖洋洋的，加層皮紙糊的窗戶更是密不透風，朱棣穿著一襲輕裘還覺得熱，便把襟前的扣子盡數打開了，透出裡面湖水色的夾襖。

他瞪著牆上高掛著的兩樣東西沉思，一是香案桌上方斜掛的一把長劍，劍上的皮鞘已經有不少地方捲裂了，顯然是一把用了多年的舊劍。朱棣對著它緬懷這把劍的主人——張玉。就在去年年底，張玉和朱能在東昌會戰中，各自引軍來援救被盛庸誘入敵陣的朱棣，結果朱棣與朱能會合殺出重圍，張玉反而陷入盛庸的包圍，大量的火槍和毒弩射向張玉的部隊，張玉終於戰死。

從朱棣造反的頭一天開始，張玉便是朱棣身邊倚重的大將，靖難諸戰，甚至北取寧王之役，張玉可以說是無役不從，這次為了救主戰死東昌，朱棣為之吃不下飯、睡不著覺，痛哭流涕地說：「勝敗雖是兵家常事，但此艱難之際失去張玉這樣的良將，真是痛心疾首啊！」

張玉就剩下這柄配劍被揀回來做為紀念。這把長劍的旁邊卻掛了一面千瘡百孔、破碎襤褸的軍旗，在浹河之戰一場激烈的拚鬥裡，朱棣的燕王帥旗遭到盛庸密集火槍弓弩所射，在戰場上揀回來時旗面有如刺蝟，朱棣仔細保存這面破旗，掛在牆上以為戒勵。

朱棣手中捧著一隻酒壺，就著壺嘴長汲一口烈酒，心中思潮泉湧，不能自已。燕軍「靖難」以來，匆匆已經兩年多，戰場上雖然勝多敗少，但是憑一藩之兵力對全國造反，致命的弱點依然是兵力不足。兵力不足便難以擴大勝局，攻佔的城池也保不住，還得戰略性地放棄。如果守城，此時他的兵力只足以守住燕京、保定和永平；如果再發兵南下，河北山東一帶便陷入膠著。朱棣的煩惱在於此，兩年多以來一直在於此。

這時客房外侍衛喊報告，驚醒沉思中的朱棣，他問道：「景一何事？」門開處，張景一進得室來，躬身道：「道衍法師帶了一位從南京來的太監求見。」朱棣皺眉道：「太監？」張景一道：「道衍法師是這麼說的。」朱棣想了想，道：「好，帶進來吧！」

過了一會兒，慶壽寺的道衍法師姚廣孝帶著一個微胖的矮子，跟著侍衛張景一走了進來。那矮子見了朱棣跪下行禮，自報名為吳賢，乃是南京宮中閹人，是侍候掌權宦官的小太監，因他和主子兩人犯了建文皇宮裡的內規，雙雙受到相當嚴重的體罰，大宦官便命小宦官逃亡到燕京來投報道衍。道衍早在南京宮中買通了一些宦官眼線，他接見這小宦官吳賢，原以為他要通報的不過是私懷怨懟的一些內宮小道消息，那知道聽完以後，竟然讓這位燕王身邊第一謀士大為震動，立刻帶著這猥瑣的小太監來見朱棣。

朱棣賜坐後，便問吳賢有何事來報。吳賢道：「小人要報的就是南京城裡軍備十分薄弱，燕王若要取得南京，這時是最佳時機。」他一面說，一面掏出一塊白布來，白布上畫了南京周邊軍營的布置，畫得亂七八糟，距離大小比例一塌糊塗。

朱棣看了一眼，都是早已知道的資料，而且布上還畫錯了兩三個地方的位置，心想這種東西不知出於那個無學問的閹人手筆，那能算得上什麼重要消息？不禁暗怪道衍和尚小題大做，這種時候還帶個望之生厭的閹人來煩自己，於是他虎目一瞪，轉向道衍和尚道：「就這樣？」

道衍和尚微笑道：「就這樣，就是這件寶物。」

朱棣不禁為之一怔；他熟識道衍和尚已經十五年了，自從洪武十八年朱元璋為諸子選主錄僧時，道衍便跟他到了燕京，很快就成了他最重要的智囊。十五年來兩人的互動，使朱棣相信道衍帶這個小宦官來見自己必有深意，但他聽道衍說「就是這件寶物」時，心中確實不解，不過他仍耐著性子打發那吳賢，對侍衛張景一道：「景一，這位吳公公不辭千里來送信給俺，你先帶他下去好生歇著，明日俺有重賞。」那吳賢千謝萬謝，磕了頭爬起身來，看得出行動仍有不便，起身時痛得出了聲，想來在南京受的責罰還不輕。

待張景一帶走了吳賢，道衍和尚便把那張白布摺起。朱棣道：「這塊白布一文不值。」

道衍和尚道：「不錯，可吳賢的一句話價值連城。」朱棣道：「那句話？」道衍道：「南京城裡軍備薄弱。」朱棣道：「這個俺早就知道，咱們埋在南京城裡的朋友還少麼？問題是咱們要先過了眼前這一道防線，才能下南京呀。」

道衍的臉上流露出詭異的笑容，他一面從袖中拿出一卷紙軸，一面淡淡地道：「未必，咱們可以繞過山東，直下沛徐。」

朱棣眼中突然射出精光，他一把搶過道衍手中的紙軸，展開一看，果然是道衍親自繪製的長幅地圖。地圖畫得十分簡單，但圖上河川城池位置正確。朱棣將圖掛在牆上仔細看了，只見圖上畫了四條河，黃河、淮河、長江，還有南北的大運河；燕京東有永平西有保定，這是燕軍的兵力線；德州東有濟南西有真定，這是南軍的兵力線；在德州之南，圖上點出了幾座重要城池：沛縣、徐州、淮安、揚州，最後用朱砂筆在長江之南畫了一個圈兒，標明「京師」。

道衍法師盯著那張地圖，一雙三角眼中射出征服的慾望，這時的道衍已經沒有一絲佛門弟子的氣質，流露出來的是睥睨天下的野心，十足的一個造反者。

他指著南北那兩條兵力線，對朱棣道：「靖難已經兩年多，基本上兩軍便在這兩條線之間打打殺殺，燕軍勝多敗少，但終難跨越。殿下大軍中有蒙古鐵騎朵顏三衛，可令其為先鋒繞過德州，從東阿、東平直下兗州，攻沛縣，只要大軍過了這一道防線，南方各城池的朝廷兵力皆不堅強，燕軍可以長驅直下揚州。殿下，您的大軍到了揚州，就可以準備渡江直取京師了，何必在河北山東跟那鐵鉉、盛庸、平安這幾人纏鬥不休？」

朱棣沒有答話，只是盯著那幅簡單的地圖，一雙精光四射的眼珠不停地轉動。道衍知道他正在盤算如果燕軍繞道南下，盛庸他們會如何反應，這事在未見朱棣之前，道衍已經想過，但他有自知之明，自己雖然謀略過人，但畢竟不懂兵法，尤其是實際戰術上的運用更是一竅不通，便耐性地守在地圖旁，等候朱棣評估得失。

過了一盞茶時間，朱棣終於踱回座位，揮手請道衍也坐下，然後道：「和尚呀，這條計雖然冒險，還是使得啊。」道衍大喜道：「願聞其詳。」朱棣道：「這發奇兵繞過真定、德州、濟南的做法應可以試試，說不準還真行得通，但問題是要能抓準盛庸發覺了以後會怎麼做？」道衍道：「他會趕忙發兵從後面追你。」朱棣點了點頭又搖了搖頭，道：「盛庸如果善用兵，他有兩個做法，一是發兵南下來追，另一是遣一支精騎北上直攻燕京。如果他動得快，俺的大軍還沒有到徐州，盛庸或平安的騎兵已到燕京城下，燕軍將陷入進退皆難的局面，這就是俺要先想清楚的事。」

道衍不懂行軍作戰之事，但是在大局的策略上極有見地。他起身走到地圖前，指著沛縣、徐州道：「盛庸如果出兵北攻燕京，目的乃是要牽制殿下的大軍南下。但若燕軍打得夠快，盛庸還來不及出兵，咱們已下了沛縣、徐州，那時他便會判斷殿下您是不會回頭了，他也便不會再發兵北上攻打燕京？」

朱棣道：「很難說。俺擔心的是咱們南下深入，不但回不了頭救燕京，還可能被困在黃淮之間挨打。」

室中一時之間靜了下來，道衍在地圖前踱來踱去，忽然打破沉寂，衝著朱棣問道：「殿下，還記得你曾去大寧取兵，留下燕京城讓李景隆圍攻，然後你回師破敵於鄭村壩的往事？」朱棣道：「怎會不記得？」道衍道：「造反豈能不冒風險？」

朱棣終於也站起身來，用決斷的口吻道：「吾意已決，咱們繞過山東直奔沛徐，引盛庸來追。俺就選個戰場先布置好了，調頭迎戰追兵，跟盛庸決一死戰，也強過一城一池的和他攻守，沒完沒了。」

道衍和尚握拳叫好，沉聲道：「倘若對方另遣一支精兵圍攻燕京呢？」朱棣睜大了眼睛瞪著道衍，一字一字地道：「不管了，看老天爺的意思吧。」道衍興奮得聲音發抖：「王爺有此決心勇氣，貧僧當朝夕焚香祝禱，老天爺定不負你。」

朱棣拿支筆在地圖上畫了一條曲線，口中喃喃道：「我軍在館陶渡過衛運河，五天工夫要取東阿、東平。這便與前次東昌之戰的路線一樣，盛庸定以為俺要攻東昌報一箭之仇，那曉得俺的大軍長驅直下，十日之內要拿下沛縣，然後俺就在沛縣郊野等盛庸、平安的軍隊追下來，咱們好好打一仗。」

道衍道：「此計大妙，追來的不管是平安還是盛庸，沛縣便是他南軍的墳場。」朱棣心中暗道：「俺既決心南下，攻城掠地便非重要，除非為了取得補給，兵馬歇息，否則根本不須入城。那座城防衛強，俺便繞過那座城，如果沛縣遇抵抗，俺便直奔徐州。盛庸啊盛庸，咱們來比腳程吧，看誰先跑到南京。」

道衍見他忽然沉思不語，便道：「殿下何時發兵？」朱棣道：「過完年吧。」

∞

天色漸暗，雪花愈落愈密，玄武湖上沒有一個遊客，浩渺的湖面上一片寂靜。就在神策門的護城河匯入玄武湖處的北岸，一大片枯荷中泊著一條小船，一個竹笠蓑衣的漁翁坐在船頭一動也不動。他從臉到頸圍了一條布巾，面容便看不真實，手中一支釣竿極細極長，漁絲落在丈外的湖中，湖水一平如鏡，小船泊在岸邊全無波動，好一幅寒湖獨釣圖。

岸上枯草枯葉中一個灰衣人緩緩走來，踏在枯葉上竟然沒有發出任何聲響，便像是從枯草落葉上飄過來一般，完全沒有重量。此人走到岸邊那小舟前，默不出聲地望著那漁翁釣魚，心中暗忖：「這大雪天，湖中難道還會有魚上鉤？」

說也奇怪，那漁翁一抖手，一丈多長的細竿便如一根長鞭飛劃過空中，「鞭」頭一道細絲釣起一條近兩尺長的鯉魚。漁翁再一抖，那鯉魚便飛落船舷邊上繫著的一隻大竹簍；那竹簍一半浸在湖水中，魚入簍中鮮活蹦跳。

岸上老者忍不住讚聲好，好奇地問道：「這寒天湖中還真釣得魚哩，漁人好本事啊。」那漁翁也不回頭，自顧自將魚鉤取出，一面重新裝魚餌，一面回答道：「這那算得寒冷？

君不聞『臥冰求鯉』的故事？」

那老者從岸上看到那漁人從一個布袋中拿出一粒烏黑黑的小丸子，在手中搓了幾下，就將它捏在魚鉤上，又從一個小盒子中揀了一條小蟲，也用魚鉤穿過，十分小心地把小黑丸和小蟲捏在一起，然後十分熟練地一抖手，那魚絲帶著魚餌飛出十多尺，唰的一下落入湖水，濺起小小水花。

岸上的老者忍不住了，提高聲音道：「陸鎮，你真的不認識我了？」那漁人似乎吃了一驚，慢慢轉過頭來，右手放開釣竿，悄悄拿起船頭邊上的一柄魚叉，接著抬頭一看，呆了半晌，哈哈笑道：「方軍師是您，嚇了我一跳。」他把釣竿插在船頭艙板上的孔洞中，便起身上得岸來。

方冀一把抓住他的雙臂，激動地道：「陸鎮老兄弟，你這陣子可好啊？方冀掛念得緊。」陸鎮道：「這段時間我從不進城，省得給章逸惹麻煩，每天便在京師城外的水域裡打魚過日，日子久了，魯烈那些錦衣衛也就忘了陸某這一號人物，倒也過得快活。方軍師，您怎麼來的？您一去便沒了消息，俺也掛念得緊。」

方冀道：「我到南京已三日，秦淮河一帶打聽不到你的行蹤，卻碰到一個姓王的船夫，他一聽我要找一個水性好的漁夫，便告訴我秦淮河上水性最好的便是陸爺，最近常在玄武湖一帶打魚。我好奇問他，這天寒地凍還打得到魚？老王說，別人不易打著魚，陸爺卻有秘製的魚餌，便是潛在深水的魚兒也經不住陸爺秘方的誘惑。我便一路摸到玄武湖來，沿岸走了大半個湖，真只發現你一個人在獨釣呢。」

陸鎮點頭道：「你碰到老王啊，老王是少數幾個知道俺行蹤的朋友，雖說魯烈他們已經沒有繼續追查俺，俺還是小心一點好。軍師，您上次來南京搞了個乾坤一擲，差點叫朱元璋那老兒命喪當場，這回又要幹什麼驚天動地的大事？」

方冀指著插在船頭上的魚竿道：「又有魚上鉤了，是大條的啊！」只見那魚竿的竿頭被上鉤的魚兒拉扯得上下跳動，魚竿彎成了弓狀，有點要被扯落湖中的樣子。陸鎮連忙上船，一把抓起漁竿揮起來，是一條更大的草魚，看上去總有兩尺以上，他一抖手，那條草魚精準地落入舷邊的大竹簍，簡直神乎其技。方冀忍不住又拍手叫好。

陸鎮道：「今日滿載而歸了，船底水網裡還有七八條，大多是鯉魚，俺這特別配製的餌丸專釣鯉魚，不想方才倒是條草魚上了鉤。就要過年了，家家戶戶愛鯉魚，俺把鯉魚賣了好價錢，咱們自家人就吃那條草魚，待俺做個草魚二吃，請軍師好好喝他幾杯。」說著便收拾漁具，把兩隻魚簍固定在船尾，便請方冀上船。

陸鎮抬頭看了看愈來愈暗的天色，雪花一鬆一緊地下著，自己蓑衣裡有件羊皮襖子儘能頂得住，方冀一襲灰袍看上去很是單薄，但卻完全沒有寒意，心想軍師畢竟內功深厚，寒暑不侵。他雙槳一動，小船便滑行如箭，片刻即划入護城河，到了神策門外的石橋下。

陸鎮將船繫在橋墩上，向橋上吹了一聲口哨，便有一個販魚的後生跑到岸邊，大聲叫道：「老爹，今天下大雪，怕是沒啥漁獲了吧？」陸鎮已將七八尾尺半到兩尺長的鯉魚裝在一個大木盆中，一面下船涉水上岸，一面哈哈笑道：「小李啊，今日你爺爺手氣好，上鉤的全是漂亮的鯉魚，可給你賣個好價錢啦。」那小李用手撥弄了幾條魚，嘻嘻笑道：「真服了你老爹，今日幾個平日供貨的漁人全都空手而歸，只有你老不但有貨，還全是清一色的鯉魚，這南京一帶湖裡河裡的都歸你管哩。」陸鎮道：「那有清一色鯉魚的事，也有釣到別種魚，俺們留下自己用了。鯉魚價錢照舊，也不必秤重了，一共八尾，小李給個總價，俺要趕回家去招待朋友了。」說著指了指船上的方冀。

小李付了錢，將八尾鯉魚換到他的大水盆中，陸鎮帶著空木盆回到小船上，便從護城河一路划入金川河，向北加速而行。此時整條金川河上並無其他舟船，陸鎮施展船上功夫，更兼順水順風，那條小船便如水上蛟龍，當真快速無比。

方冀讚道：「陸老弟，你船上的功夫絲毫不見減退，倒像是老當益壯，更勝昔日呢。」陸鎮笑道：「軍師現在可以瞭解，俺選擇這打魚的辛苦營生，便是要自己每日在水上鍛鍊過活，只因捨不得這一身水上的功夫。」

這金川河注入長江的河面漸寬，兩岸都是河水與蘆葦形成的濕地，十數里之內水道錯綜複雜，又隨季節河水高度而變，除非誤入，極少有船會進入這片變化莫測的水域，卻是陸鎮的最佳棲息之地。只見他划著小船，左一轉右一彎，兩三下方冀已失去方向，只見四面都是比人高的枯葦荻草，看上去景象完全一樣，不知陸鎮如何辨認方向路徑。只知他每轉一個彎，便驚起幾隻宿鷺，有白鷺也有夜鷺，振翅而鳴，待小船一過便又飛回原巢，隱藏在茫茫一大片枯葦枯荻之中。

陸鎮的棲息之地竟是一條較大的木船，船上用木板造了一間「船屋」，木船泊在濕地中一片長滿雜草灌木的淺灘邊，端的是隱秘無比，若不是熟知這水域的複雜水路，極不容易尋到此處。方冀登上大船四面眺望，輕嘆一聲，對陸鎮道：「這水上的學問，再也找不到陸弟兄這等高手，不愧為我明教當年水師中之翹楚。」

陸鎮卻是長嘆一聲，道：「軍師啊，莫提當年了吧！這一身功夫要是葬身在鄱陽湖的浩渺洪波中才值，如今就苟延殘喘於這秦淮河玄武湖之間，還談什麼水上的學問？軍師，您要問俺水上學問，方才寒湖中俺釣得鯉魚別人卻釣不到，那八條鯉魚就是如今俺的水上學問了。」他提起魚簍走到船屋門外，忽然停下身來，將魚簍放在艙板上，食指壓唇示意噤聲，指了指前方的水面。

此時落雪已停，水面上一片寂靜，方冀不知有何事發生，正要悄聲詢問，忽然水面上一點小漣漪起處，一顆小乾果落在水面上。方冀是何等眼力，只要留意上了，立刻便辨出這顆小果來自船尾方向一棵水中的立枝上，這時枝上樹葉盡脫，枝端立著一隻灰藍色的大鳥，身長近兩尺，啄黑足黃，頭頂上長了三條白色細羽。方冀見周遭別無其他鳥獸，那顆小果子顯然是這隻鷺鳥丟入水中的。

那顆小果子已經風乾，浮在水面不會沉下，只是靜靜浮上水面一動也不動。忽然潑刺一聲，一條小魚跳出吞下那顆小果子，說時遲那時快，那隻灰鳥已如箭矢般從立枝上一衝而下，精準無比地咬住那條小魚，掠水面飛去了。

陸鎮哈哈笑道：「這果子生在咱們船後這片淺灘上，乃是這片水中小白魚最喜愛的食物。這灰藍的鳥兒叫做夜鷺，天一暗了便出來捉魚，牠啣著這果兒拋在水中作餌，誘得小白魚從水底游上來，便一衝而下捕魚而去，很少失手。俺這寒湖釣鯉的本事，便是跟這夜鷺學會的。」方冀道：「天寒地凍，這夜鷺那來許多小果子？」陸鎮笑道：「講出來軍師要更佩服了，這些果子都是秋天時夜鷺在灘上揀的，全存在鳥巢裡風乾了以備冬天之用，不然冬天這些小魚全躲在水底，夜鷺就要挨餓了。」

方冀不禁大為歎服，喃喃地道：「以餌釣魚，不僅人為之，連鳥兒也為之。這片水域中的魚、淺灘上的小果子、濕地裡的夜鷺，三者構成極其巧妙的生死關係，老天爺造物的精細，實非人的智慧可以完全瞭解……」說到這裡，又想：「以餌釣魚是古人便知之計，但成功與否實是決定於餌的引誘力，以及決勝一擊出手的功力……」他的心思停在這裡，心中忽然閃過一個念頭，那念頭愈想愈強烈，終於，這個足智多謀的明教軍師腹中已經有了一個計策。

陸鎮道：「軍師，您在打什麼主意？」方冀微笑道：「我要好好學一學這隻夜鷺。」陸鎮聽得一頭霧水，忍不住續問道：「好好的學這隻鳥幹麼？」方冀道：「關係著俺心中第一件大事。」陸鎮更不解了，瞪著眼道：「那是啥事啊？」方冀道：「俺要在江湖上重矗明教大旗，重振明教威名！」

陸鎮的雙眼瞪得更大了，他提起魚簍，推開船座的木門，回頭對方冀道：「請進，俺要好好聽您講個清楚。」

∞

雪停了，雲也開了，雖然在夜晚，仍然能從東方天際一彎仄月看出來，這正是大雪初霽的天空。陸鎮的小船從長江沿著江邊向西南划進了秦淮河，方冀坐在船首，望著黑黝黝的江水和點點行船上的燈火漸漸遠去。一入秦淮河，水流緩慢下來，陸鎮的小舟逆水而來，到了河裡風也比江上小些，陸鎮划得更快了。

方冀轉過身來，與陸鎮對面而坐，笑道：「說你水裡功夫好，原來整治魚的功夫也了得，方才那條草魚紅燒清蒸兩吃，是我吃過最為鮮美的草魚，了不起啊。」陸鎮運槳如飛，一面答道：「咱們這般夤夜造訪萼梅庵，尼姑們定然嚇死。」方冀道：「萼梅庵住持覺明師太曾是見過世面的明教堂主，豈會怕咱們夤夜造訪？她削髮為尼不知是個啥模樣，說不定老夫被她嚇死。」陸鎮笑道：「昔年土木堂的董堂主，俺是久聞大名，但一直沒有機會見面，方軍師與她熟識？」方冀道：「見過好幾次面，卻也說不上很熟識，董堂主和南天王儲秉剛的交情好。」

這時彎月當空，雖然明亮，卻無普照之功，河面上一片昏暗，除了陸鎮的小船，也沒有遇上別的船隻。雪雖停了，但水上空氣卻更冷了。陸鎮一口氣划到定淮門外的渡頭，才到亥時。陸鎮將小船靠好，從艙板下拿出一隻酒葫蘆來，仰頸喝了三大口，將葫蘆遞給方冀，方冀也喝了兩大口。天氣雖寒，陸鎮卻是一身大汗，不敢歇太久，怕身體涼下來，他休息了一會便又繼續划向莫愁湖。

方冀和陸鎮到了莫愁湖畔，繫舟上岸，走到萼梅庵時已近子時。地上鋪了一層薄雪，庵堂兩側的梅林有數百株梅花已經開了，雖在黑暗中仍然察覺到，方冀不禁想到王安石的名句：「遙知不是雪，為有暗香來。」

兩人走到庵門前叩門，值夜的尼姑在門內應道：「何人深夜叩門，請施主明日再來。」方冀道：「咱們是住持師太俗家故人，有要事求見覺明師太。」那應門尼姑道：「師太已經就寢，施主還是明日再來吧。」方冀運起內功朗聲道：「來者是軍師方冀及『賽張順』陸鎮，有要事求見土木堂董堂主。」

方冀內功深厚，他這一句話聲音並不大，卻如古寺洪鐘聲傳四野，寂靜的萼梅庵全都籠罩在他的聲音之內，庵內人人清晰可聞。門內值夜女尼吃了一驚，正要答話，忽然一個蒼涼的聲音從萼梅庵內傳出，同樣有如鐘鳴，震人心弦：「請方、陸二位施主入內奉茶。」

咿呀一聲庵門大開，只見一個中年值夜女尼站在門前，手中持了一燈，舉燈細細打量方冀和陸鎮。方冀連忙拱手行禮道：「老夫方冀，這一位是陸鎮，有勞師父引路，讓咱們拜見覺明師太。」那女尼點了點頭，道聲：「請入內。」她一面拴上大門，一面道：「兩位請。」

方冀和陸鎮隨著女尼走過佛堂大殿，到了殿後會客的小間中，引路的女尼合十道：「施主稍候，待貧尼去請師太。」正要退出，房門口已站著一個精神奕奕、瘦骨嶙峋的老尼姑。

老尼手中也持著燭台，燭光閃動下她枯瘦的臉上線條有如刀削。方冀望著，依稀仍有一點當年董碧娥堂主的影子，但實不敢貿然相認，只好抱拳行禮道：「老朽方冀，老友陸鎮，師太便是……便是覺明師太？」

老尼將燭台放下，合十行禮道：「貧尼覺明，兩位施主夤夜造訪，不知有何貴事？」她轉頭對那值夜的女尼道：「有客來，快請奉茶。」那值夜女尼應聲出房去了。覺明師太雙目注視著方冀，忽然顫聲道：「方軍師？」方冀未答，卻對覺明師太一揖到地，拜起時雙掌上捧，十指張開飛揚，口中唸道：「清淨光明，大力智慧，皆備在身，便是新人，光佛保佑，功德俱足。」

覺明師太再也無法矜持，不自覺化合十為十指騰起飛揚狀，低聲道：「軍師在上，請受土木堂董碧娥一拜。」說著便要下拜。方冀隔空以內力托起，喜道：「董堂主，果然是妳。咱們劫後餘生能夠重見，實乃老夫近年少有之喜啊！」他指著身邊的陸鎮道：「這是陸鎮陸兄弟，不知董堂主有印象否？」董碧娥道：「雖然無緣見面，『賽張順』陸鎮的大名幾十年前便如雷貫耳，鄱陽湖上的水戰之神，咱怎會忘記？」

陸鎮聽她如此說，胸中熱血激動，大聲道：「俺那點水上的玩意兒，如何比得上土木堂對明教的貢獻。無論在戰場上、在江湖中，董堂主指揮的土木製造，機關埋伏，端的是變化莫測，天下無雙，明教的敵人聞之喪膽哩。」

董碧娥被陸鎮這幾句話勾起幾許昔年的雄心壯志，雙手抱拳謝道：「陸兄過獎，今日突然見了兩位明教昔年的故人無恙，真乃老天保佑，也不枉了貧尼青燈古佛，日日焚香祝禱……」她說到這裡忽然打住，因為那值夜女尼捧著茶盤正站在門口，見到房內這般情況，不禁驚得呆若木雞，不知所措。

覺明師太揮手道：「兩位請坐，先飲一碗茶，再敘原由。」那值夜女尼才警覺過來，步入房內，向客主奉茶完畢，連忙快步退出，輕輕掩上了房門。她心中狂跳，暗暗忖道：「原來師太是什麼明教的堂主？明教是不是什麼邪教？」

室內三人坐下，方冀開門見山地道：「今夜咱們來得冒昧，除了心急於與妳董堂主這老姐妹見面外，主要是來商量一件大事……」董碧娥是個見過世面、經歷過大事的人，她知方冀來此必有重大圖謀，便也不問，只注視著方冀。方冀壓低了聲音道：「方某想要重振明教，讓明教重出江湖。」

董碧娥聞言忍住激動，淡淡地冒出一句：「軍師說這件大事，定然胸有成竹，願聞其詳。」

方冀道：「自從洪武十七年，我明教高手在神農架頂崖上被朱元璋下毒害死，一網打盡我教菁英，僅我一人僥倖得免，之後又殘殺打壓明教各地的教徒，十年之內我明教勢力煙消雲散。本來我方冀這條漏網之魚，打算就此躲在鄉野中了此餘生，卻不料教主和我當年派了少年章逸潛入錦衣衛，產生了意想不到的效果。那章逸十多年來默默計畫，居然為我設計了一場入宮刺殺垂死的朱元璋的壯舉。雖未成功，但我以明教之威嚇得那暴君魂魄為之一奪，沒幾天就一命歸西了，也算是為教主及諸明教弟兄出了一口悶氣。」

董碧娥聽到這裡，伸起大拇指讚道：「軍師智勇雙全，洪武三十一年那乾坤一擲，雖然朝廷一再隱瞞封口，但在武林中還是傳開了。您用乾坤一擲刺朱，便如教主親自動手，江湖上即使和明教沒有關係的，提起這事莫不眉飛色舞。」方冀卻是黯然嘆道：「可惜終究功敗垂成。」

他停了一下，繼續道：「我這一生最料想不到的是，當我萬念俱灰、了無振作之意，藏身在鄉野中教書度日之時，卻遇見了兩個不世出的天才童子。其中傅翔跟了我上神農架，短短數年，迭有造化，他的武功不但已勝過我這老師，普天之下能勝過這孩子的只怕沒有幾人，而他年齡還不足二十呢。」

董碧娥點頭道：「我見過另外一個，鍾靈女俠鄭芫，不但一身少林武功，其聰敏靈慧也是我平生所僅見。軍師，您這教書先生的好運氣也太神奇了吧？」

方冀沒有立即回答，臉色顯得極為嚴肅，雙目盯著董碧娥，一字一字緩緩地道：「妳說『神奇』？就是這兩個字讓我忽然省悟，老天爺並未捨我明教而去，不然祂為何在神農架慘案之後，留下了我方冀不死，留下了你們及許多隱身各處的明教教徒，然後一步步讓章逸成為新一代的明教高手，也一步步讓傅翔走向武林不世出的武學大師之途。不久前傅翔加入了明教，我突然瞭解到，這一切皆非偶然，老天爺明明在指點咱們明教，我光明老祖也分明在保佑咱們往前走。往前去那裡？就是重振明教，讓我教堂堂重出江湖。」

這一番話說得董碧娥和陸鎮血脈賁張，昔日的豪勇壯氣似乎突然之間跨越了時空，回到兩人胸中。董碧娥顫聲道：「軍師，您要幹一場？」方冀緊握拳頭道：「大大的幹一場。」董碧娥道：「我這萼梅庵住持師太隨時可以不幹，追隨軍師重振明教。」方冀搖頭道：「妳仍是覺明師太，繼續主持妳的萼梅庵，幹這件大事要從長計議。還有，咱們幾人都已垂垂老矣，這大事要能成功，必須年輕人來幹。咱們老一輩的價值在於對明教的教義懂得較深入，對明教的傳統瞭解得比較充分，咱們起個頭，做個大計畫，好好培養一批年輕的好手，就讓他們放手去幹。」

陸鎮道：「像章逸這樣的人才便合軍師的理想，既跟過老教主和軍師，和昔年的明教有很深的淵源，又有年輕新鮮的好主意，加上武功高強。章逸不久前在普天寺一對一決鬥中殺了錦衣衛首領金寄容的事，江湖上已經傳得甚囂塵上，章逸這種人就是咱們未來的領袖人物。」

方冀道：「我明日便要進城去找章逸談……」陸鎮奇道：「軍師，您說您到南京已經三日，俺以為您第一個便要跟章逸談此事的。」方冀心中又閃過那一絲不安，但口頭只淡淡地道：「一則章逸事多人忙，二則這兩日我都在尋您陸爺垂釣的俠蹤，總要你和董堂主兩位明教前輩首肯這計策了，才去找年輕一輩吧。」

董碧娥道：「那章逸貧尼也見過了，果然是後起之秀的英雄人物。只是我沒有料到他的武功竟然已達如此高明之境，他殺金寄容的事，確如陸兄所言，連我在庵裡都聽說哩。以軍師和他合力刺殺朱元璋的事來看，他一定全心贊成此議，全力加入此計畫。」陸鎮點頭道：「師太說得是。」

方冀點頭稱善，心中卻暗暗盤算：「章逸是明教未來復興的關鍵人物，我心中的疑問不能不先澄清，但這人太過聰明仔細，我還要再想清楚了才動。」

∞

事實上，章逸這幾日並不在南京。

胡濙就任兵科給事中一年多，戶部出了都給事中的缺，鄭洽認為胡濙比較適合戶部的工作，便勸胡濙到朝中活動。在鄭洽的協助下，胡濙又很大方地使銀子，便順利地調任了戶部都給事中。胡濙到了戶部不久，就發現蘇南、浙西一帶不少地方的人民陳情賦稅不公，地方官員強徵不合法的稅金，以致民怨四起。

原來蘇南、浙西等地自古以來土地肥沃，風水富饒，洪武時就對當地課以重賦，也有人認為朱元璋是因為這些地區的人民當年支持過宿敵張士誠，而要加以懲罰。建文即位後，方孝孺等為當地人民請命，建文也覺得不合理，便減免了這些地區過於苛刻的稅賦。這本是一件德政，但年來不斷有民眾陳情，地方官員拒不受命，依然堅持洪武太祖的遺令，徵收重稅。

這情形到了建文三年更為嚴重，監察戶部的言官已經聯名上奏，戶部的都給事中胡濙便介入瞭解這事。胡濙的報告得到了戶部尚書郁新的贊同，一章奏到皇帝御前，建文便派錦衣衛實地調查。

章逸帶了于安江及兩個年輕錦衣衛，一同到了太湖北岸的無錫及南岸的湖州。這兩座大城人口眾多，農商發達，地方官向來是肥缺；但是此地文風鼎盛，讀書的士子也非等閒之輩，動不動就寫陳情狀子往京師送。章逸和于安江到了這兩地，很快就從地方仕紳及士子處掌握了情況。章逸又叫兩個年輕的錦衣衛改著便服，到農家去廝混了兩日一夜，從農民口中實地打探到許多事例。

到了晚上，兩人商議完了就要寫奏章，于安江道：「還不行，這樣辦案只辦到皮毛，咱們要去地方衙門查出徵稅及上繳賦金的數目，與胡濙給咱們的戶部數字對照，這案子才辦到了地方。」

章逸聽了覺得有理，便去兩個衙門清查數字，結果實徵稅金、上繳數目，全是一筆爛帳，其中的差額全都入了地方官員的私囊。其中又以建文元年及二年的數字最離譜，基本上就是用洪武舊制收稅，用建文新制上報，建文體恤百姓減賦的一番美意，完全變成了貪官的油水。

章逸和于安江把所得資料、文件、數字全都整理妥善，便要啟程回京。湖州的地方仕紳及為民陳情的士子，得知這幾個錦衣衛奉欽命查得實據，就要回京為百姓伸張正義，無不爭相歡告。大夥備了酒席，在太湖之濱搭了戲台，要宴謝章逸等人。

章逸先命于安江對地方上的錦衣衛下了命令，要他們看住地方貪官，不准貪官逃亡，靜待朝廷處理，一面赴宴對湖州的地方菁英宣布：「咱們奉欽命辦案，絕不能接受地方招待。不過我等已查明事情真相，蒐集大量證據，今晚即將啟程回京報告，不但要嚴辦貪官，俺還要奏請朝廷，把這幾年溢收百姓的稅錢一分不少地退還。不止是要還錢，也是為皇上的德政還一個公道。」

當晚湖州地方有頭有臉的人物全都到場，大家聽章逸講到這裡，那場子就像燒著了火，大夥兒平日都是斯文人，這時嘶吼叫好之聲震天，一向令百姓又恨又怕的錦衣衛，在這一夜的太湖之濱搖身一變成了包青天，那景象著實不可思議。

章逸和于安江舉起酒碗，章逸道：「各位父老兄弟，今晚的餐宴咱們就心領了，但這太湖的美酒俺還是要和大家乾上三杯，以表示咱們對湖州各位好朋友的謝意。要不是各位協助提供許多重要的資料，這案子就辦不了那麼順利，咱們這一行竟比預計的行程還早兩日便辦好了差，咱們先乾為敬。」

章逸和于安江乾了酒就離席而去，確實做到秋毫不取，一行四人在眾仕紳士子讚聲不絕中縱馬往北。次日，錦衣衛奏請朝廷退還三年來地方官衙超收的稅金，消息就傳出了湖州，數日後即傳遍蘇南、浙西地區，老百姓大聲叫好，建文的德政總算被人民感受到了。

章逸一行四騎辦完公事，心情極佳，但一路好山好水卻留不住四人的馬蹄，他們急於回京師結案，促請朝廷辦貪官、退還贓銀。章逸急著回南京還有一個私人的理由，他急於回去處理一樁一直沒有解決的家務事。

得得馬蹄聲中，章逸在心中盤算著：「過了春俺便要娶鄭娘，寒香的事總要有個了結。這姑娘跟俺好時還是個黃花閨女，雖然她義父派她來監視俺，但寒香本人對俺還是一片真心的，這些年盡心盡力照顧俺的生活起居，對俺百依百順。這趟回京，俺要跟鄭娘挑明了講，俺總不能負了寒香。」想到寒香的種種好處，又想到和寒香燕好時，心中常會想著鄭娘，不禁對寒香又多了幾分歉意和憐愛。

于安江雖然是個鬼靈精，但卻猜不到章頭兒心中在想什麼，他側目看到章逸的表情有時憂心有時甜蜜，想了半天還是猜不透，逕自做了結論：「反正肯定跟娘兒們有關。」他揚鞭指著前方林子盡頭升起的暮靄，一語驚醒沉思中的章逸：「前頭就是南京城了！章頭兒，今晚你是先回寓所吧。」

章逸的寓所是錦衣衛衙為他租的，座落在常府街和里仁街的交口，里仁街的對面是西安門三條巷，這時方冀正從巷中走過來。這是三日之內方冀第二次來訪章逸，他見天色漸暗而章寓中不見燈火，心想：「難道章逸仍不在家？」

他走到章寓宅子外瞧了一會，四周靜極，不見任何動靜，走上台階正要敲門，黑暗中忽然傳來一聲女子的尖叫，細辨之下那聲音竟是來自屋內。方冀敲門的手停在半空中，屋內又傳出一個男人的怒罵聲，依稀聽得是：「妳要作死麼？」聲調有些蒼老，絕非章逸的聲音。

方冀不禁有些猶豫，終於下了決心，一閃身，身形疾如狸貓，已經翻越門牆進入院內。他摸黑到了後院，找到一扇後門，正要設法進入，聽到那蒼老的聲音道：「寒香，妳連妳老子的話都不信麼？快將那鑰匙交給我。」靜了片刻，又聽到那女子的聲音道：「爹，您當女兒是三歲小孩麼？這麼多年來，您不停地逼我做些下作的勾當，您還能是我爹麼？你們是要害死章逸，便打死我也別想我把鑰匙交給您。」接著便是兩聲清響的巴掌，聽聲音便知打得不輕。那蒼老的聲音道：「爹叫妳監視章逸那小子，沒叫妳貼上黃花閨女的身體，妳不要臉，我那有這種女兒？」卻沒有聽到女子的叫痛聲及回答。

過了一會，一個耳熟的聲音冒出來：「杜老兒，你這女兒倔強得緊，我看她是不會聽你的了，還是讓我來問吧。」

「辛拉吉！」方冀暗中一驚，腦中飛快地思考：「這辛拉吉如何出現在章逸的寓所裡？這女子又是誰？」他確定那女子絕不是鄭芫的娘。他輕輕摸到木門邊，雙掌一摸已知門栓在內，如要強行毀門而入，必會弄出聲響，驚動屋裡的人。於是他向前摸到一扇窗戶外，雙掌扶在木窗上，施出一股柔勁，喀啦一聲輕響，窗拴已開。方冀經驗老到，那喀啦一聲雖甚輕微，仍立刻矮身退藏到一棵樹後，靜觀了一會確信並未驚動屋內之人，這才回去輕輕推開木窗，一提氣輕飄飄地落在窗內。

一入屋內便即聞到一股存放雜物而不通風的特殊氣味，方冀知道自己進入了一間儲藏室，往左邊看去，一線微弱的燭光依稀可辨，於是飛快地潛向左邊。果然左邊的另一間房中傳來了人聲：「老子進來時，明明看見妳把一包東西放回那暗牆後的密門裡，妳敢說不知道鑰匙在那裡？妳這小娘兒不要不識好歹，逼俺對妳用刑，妳便求死不得了。」仍是那辛拉吉的聲音。

方冀已潛到門邊，駭然發現竟是一扇鐵門，暗試三次居然推不開。他伏身從門上三吋的方孔中望去，只見左邊是間廚房，一個老者手持一支蠟燭台，一個女子背對著這邊，辛拉吉面帶冷酷的微笑向女子走來。女子一面驚叫一面後退，退到門前三尺處突然絆了一下，她啊的大叫一聲，扶著一張木桌勉強站住了。方冀從她背後卻瞧見，她趁勢將一件事物丟入了一個木桶，左腳順勢踢了木桶一下，那木桶便嘩啦一聲濺出了一些湯液，立刻聞到酸臭，原來是餿水桶。

辛拉吉一步上前，抓住那女子的手臂，將她帶到廚房中央的高椅坐下，冷峻地道：「老子最後一次問妳，章逸私藏公家的機密事物，到底藏在那裡？方才妳開那密門的鑰匙在那裡？」那女子閉目不答。站在後方的杜老頭道：「寒香，章逸已經犯了滔天大罪，妳這樣護著他值嗎？快快說了吧，爹保證妳不會有事……」

那女子抬起頭來，睜目對她義父道：「爹，你一再強逼女兒做非人的事，找外人來欺侮你女兒，眼睜睜看著女兒被這個醜八怪用刑，你還算是人嗎……啊……」她話未說完便吼出一聲慘叫，原來辛拉吉已經動手，他在寒香身上點了幾下，寒香便全身痛苦地扭動，只叫了一聲便戛然而止。方冀吃了一驚，卻不知辛拉吉用什麼手法在折磨寒香，她竟連叫喊的力氣都沒了。

辛拉吉冷笑道：「臭娘們，敬酒不吃吃罰酒，咱就讓妳嚐嚐咱們天竺的『無聲大刑』。哈哈，漢人是不是有句話：『此時無聲勝有聲』？」只這片刻之間，寒香臉上已成紫色，錐心刺骨之痛布滿全身，她吐出一口閉住的大氣，便要昏厥過去。辛拉吉上前在她身上又點了幾下，寒香全身停止扭動，慢慢順過氣來。

方冀暗提真氣，又推了那鐵門兩次，依然推不開。只見那辛拉吉笑道：「滋味好受吧？現在可願意說了？」寒香斜著雙目，有氣無力地盯著辛拉吉，突然一口口水吐向他，厲聲叫道：「要我說，你休想！」辛拉吉大怒，兩個巴掌過去，寒香臉上鮮血長流。辛拉吉對老者道：「杜老兒，你搜她身。」寒香的爹在她全身搜了一遍，卻毫無所獲。辛拉吉怒道：「老子就不信妳不招。」上前又要施刑。

這時，一陣嘩啦巨響夾著一句憤怒的吼聲發自右邊：「辛拉吉，你這武林敗類！」一股威猛強勁的掌力已襲到辛拉吉左脅。辛拉吉轉身揮掌借勢避開，回過頭來看時，一個清癯老者正怒目瞪著自己，微弱的燭光中依然識得，竟然是那個「明教餘孽」方冀。辛拉吉一時之間驚得不知所云，怎樣也想不通此人何以此時出現在章逸家的廚房裡？

方冀躲在鐵門外，從門上的方孔中目睹辛拉吉對一個沒有武功的女子施以酷刑，他又急又怒，試了幾次都推那鐵門不開。眼見那女子寒香受了折磨，依舊凜然不屈，心中感到十分欽佩，而辛拉吉又要再施毒手，他一急之下便施出了十成的內力，雙掌奮然推出，轟然一聲，竟將那鐵門連同周圍的磚牆一齊推倒。他立時對辛拉吉攻出憤怒的一招，將他逼退。

方冀咬牙切齒地道：「辛拉吉，老夫今日要取你性命，你跑不了。」辛拉吉曾在少林寺一戰中領教過方冀的明教武功，也曾在京師東花園與「假」方冀動過手，心想兩人武功在伯仲之間，就也不畏懼，冷笑道：「方老兒，你這明教餘孽總是壞俺大事，今日你送上門來，老子正好取你性命，你有種就不要逃。」

方冀道：「辛拉吉，你師父、師伯在武當山想要搶武林盟主大位，卻也落得敗興而去。爾等天竺人總是覬覦中土的武學而不可得，還是乖乖認了，打道回天竺去吧。可是今日你想走已來不及了，你以酷刑加諸這手無寸功的姑娘身上，這便犯了中土武林的大忌，更犯了咱明教的天條，方冀絕饒不了你。看掌！」他說打便打，起手便是「金沙掌」的殺手。

辛拉吉見他掌力極猛而掌式卻飄忽不定，便不搶攻，雙掌一前一後拍出，身形卻向後退了兩步，忽然唰的一聲，抽出腰間一把緬刀，低喝道：「方老兒，亮傢伙吧。」

方冀冷冷道：「武林中凡識得方冀之人都知道，方某平生與人動手從不用兵器，就憑這雙肉掌取爾性命，你只管出刀吧。」他口中說話，掌上卻絲毫沒有停下，明教左護法喬原士的金沙掌化為一片凌厲而綿密的掌影，剛柔並濟，而且招招互補，完全無視辛拉吉的緬刀鋒利。

那杜老頭見勢不妙，早已悄悄挪動腳步向那牆洞移去，這時摸到了鐵門邊，拔腿便穿過半倒的鐵門往那儲藏室奔去，要趁這兩人拚鬥之時溜之大吉。

辛拉吉雖有緬刀在手，但在狹小的廚房中被方冀以金沙掌近身搶攻，天竺刀法的威力一時施展不開，他只好大喝一聲，把十成內力貫注在柔中帶剛的緬刀上，想要以內力逼開敵人，方能有施展絕招的空間。就在此時，他背後忽然又有一股巨大的力道直襲過來，擊向他的督脈諸穴，卻完全沒有預警。換言之，便是有高手向他偷襲。

辛拉吉腹背遭到兩高手夾擊，但這天竺人的武功和機智確有獨到之處，只見他猛然吐氣，將無堅不摧的「御氣神針」貫注在緬刀刀尖上，直襲方冀，同時施出借力打力的天竺神功，將背後襲來的力道全部轉移，並將之加在緬刀上，一時之間刀勢大漲，方冀只得閃身避過。

辛拉吉轉過身來，一柄緬刀護胸，只見來襲者一手將溜出去的杜老頭摔在地上，一面狠狠地對辛拉吉道：「辛拉吉，咱們同是錦衣衛，你趁俺出公差未返，竟到俺寓所來撒野，你要不要臉！啊喲，寒香妳怎麼啦……」

來人正是章逸，他此刻才看到寒香倒在桌邊不醒人事，連忙奔過去一把抱起，只見她面如金紙，雙目緊閉，口鼻皆是血跡，再一摸她雙手，涼如死人，不禁大為慌張。

方冀退後一步，倒背著伸手把了一下寒香的脈，低聲道：「章逸莫慌，這姑娘是以意志力硬挺酷刑之痛，以致全身生機暫時關閉，靜躺一會無妨。」章逸聽方冀這幾句話，如聞嘉旨，一顆慌亂的心立刻穩定下來。

他正要起來對辛拉吉問話，那辛拉吉忽然一揮手，緬刀挾著一股寒氣直襲章逸。方冀喝聲：「不可硬拚！」章逸斜步躲避，那曉得辛拉吉左手揚處，一柄匕首如流星般射向倒伏在桌上的寒香。這一招出人意表，章逸發現時已不及阻止，眼看寒香還是逃不出辛拉吉的毒手。

電光石火之間，方冀奮力前傾，以身屏擋，那匕首便直刺方冀左胸。方冀臉上忽然閃過一道紫氣，一伸右手食指，一股強勁的力道激射而出，撞在那匕首的柄端，匕首疾速轉向擦過方冀的頸邊，劃破一道口子，頓時鮮血如注。他這招明教教主的「追神指」，終將寒香的性命救了下來。

辛拉吉匕首一出手，心想必然得手，便同時施展十成輕功倒縱穿出牆洞。方冀知他到了隔壁儲藏室後，必會從自己先前進來的那扇窗口逃出，於是一掌擊開廚房的窗扇，果然看見辛拉吉從窗下疾奔而過，正要飛身翻越院牆。方冀雙臂齊振，兩隻大袖飛揚之中，一道暗光激射而出，辛拉吉立時一聲慘叫，從空中跌落在地。

章逸從窗口躍出，伸手一摸辛拉吉，只見他左背上插著一支鋼箭，那箭力道駭人，竟然直沒於尾翎，辛拉吉鮮血狂湧而出，多半被鋼箭傷了心臟，已經不省人事。章逸回首看著立在窗邊的方冀，他手上握著一支暗泛藍光的鋼弩，十分的小巧精緻，看上去很是眼熟，正是在刺殺朱元璋之前，自己為方冀準備的那支「百步封喉」鋼弩。刺朱時沒能用上，想不到方冀卻一直帶在身邊，從方才一箭穿心的準頭看來，肯定還常加練習呢。

更想不到的是，武林中凡識得方冀之人皆知，明教軍師小諸葛方冀與人動手從不用兵器，亦不用暗器；今夜卻用章逸三年前給他的強力鋼弩，一箭射殺了天竺高手辛拉吉。

章逸回到廚房，見方冀正在以隨身帶來的一副銀針為寒香針灸。果如方冀所言，寒香在辛拉吉以酷刑逼供時，受到劇痛又感到極度害怕，雖然用意志力硬挺住，卻仍昏厥了過去，體內一口氣將她的生命機制全關閉了。經這一陣靜息，再加針灸打通經絡，只見她臉上及嘴唇漸漸有了血色，呼吸逐漸恢復正常，平靜地熟睡了。

章逸握著她的小手，心中有無限的憐愛，同時對今夜在他家中所發生的一切感到十分震驚。他抓起癱在地上的杜老兒，解開被點的穴道，厲聲問道：「你和那天竺人來此幹什麼勾當？」杜老頭十分強悍地回道：「章逸，你偷了錦衣衛衙門的公物，魯烈令咱們來搜查你家，你犯了重罪還敢神氣活現？」章逸怒道：「俺偷了什麼公物？你們信口雌黃，夜侵民宅又私刑拷打老百姓，俺看你們才犯了重罪。」杜老頭冷笑道：「洪武二十三年，咱們錦衣衛的頭兒毛驤讓太祖皇帝殺了，他的遺物全屬錦衣衛的機密公物，卻被你給私吞了，你還敢強辯？」

章逸強忍住一口怒氣，回道：「笑話，毛驤毛都指揮使的公物全都封鎖在衙門的密件箱裡，只有魯烈有鑰匙可以開箱查看。至於毛驤的私物，是他死前交我保管的，這事司裡很多人都知曉，魯烈和你們這批小人明明知道，還故意栽贓。俺本當今日便殺了你，瞧在你義女寒香的分上，快滾吧！你回去就報告魯烈，說辛拉吉強闖民宅，百姓自衛時把他給殺了。」

寒香的義父杜老頭冷笑一聲，自知留此也是受辱，便一面喃喃咒罵，一面走出廚房。他走到牆邊，蹲下身來查看那辛拉吉，已經死涼了一會了。

章逸望著方冀，心中七上八下，口中道：「多謝軍師趕到，救了寒香一命。這……究竟是怎麼一回事？」方冀也不完全瞭解，他記掛著寒香偷偷丟入餿水桶的事物，便拿起灶頭上一支長柄木勺，到那餿水桶裡撈出一把銅鑰匙。

章逸見了大吃一驚，忙問道：「軍師如何得知餿水桶中有這把鑰匙？」方冀一面用水沖洗，一面答道：「這把鑰匙辛拉吉他們逼問得緊，寒香便偷偷丟入了餿水桶，我正好瞧見。他們始終沒有逼問出來，說實話，這姑娘真好樣的。」

章逸回頭看了寒香一眼，便道：「待我把寒香抱到床上躺著。」他輕輕抱起寒香，快步走出廚房，穿過廳堂，上樓時忍不住親了她一下，低聲道：「寒香啊，俺章逸欠妳一世情，絕不相負。」

方冀拿著那把鑰匙在手上拋上拋下，想不出那杜老頭和章逸兩人說的話是啥意思？什麼毛驤的公物還是私物？毛驤是十年前的錦衣衛頭領，他的「私物」為何要交給章逸保管？他愈想臉色愈顯凝重，想到自己要重振明教的計畫，在這計畫中章逸是最關鍵的人物，但這些疑問不解，如何能放心著手？

這時章逸已回到廚房，方冀將手中鑰匙交給章逸，道：「方才聽寒香的義父說，這是一堵暗牆後的密門鑰匙，好像是他和辛拉吉兩人潛進屋內時，寒香正在打開一道密門，發現他們兩人後便把密門關上了。」章逸接過鑰匙，心中千頭萬緒，近二十年的往事一下子全湧上心頭。他望著方冀，知道方冀有一肚子的疑問要問自己，而自己也有好多事不能再瞞下去，但卻不知如何開口。

方冀心想：「人人心中皆有秘密，章逸在京師錦衣衛中打滾了近二十年，現在貴為建文皇帝的新錦衣衛首領，怎會沒有他私人的秘密？我方冀憑什麼要介入打探？明教早已煙消雲散，我這個軍師的頭銜也就是大家叫叫罷了，章逸那還能是我的下屬？若不是想要重振明教，我豈能管他的諸多私事？」一時也不知如何開口。

這兩個肝膽相照、共同謀劃行刺皇帝的好夥伴，這時竟然各懷心事，雙雙陷入沉默，不知如何打破僵局。

方冀終於忍不住了，發問道：「方才那杜老兒說什麼毛驤的事物……」不料章逸同時開口道：「關於那杜老頭說的毛驤的事物……」兩人同時停下，對望了一眼，同時哈哈笑了起來。

這一笑似乎讓這兩人恢復了一些好漢的氣概，不再悶在肚子裡作文章了，方冀心中很快地做了決定，便開門見山對章逸道：「章逸，我有個大計畫放在心中好久了，今日來此便是要同你好好商量，卻不料碰上了杜老頭和辛拉吉……我要來談的大事，便是重振明教、恢復明教這塊金字招牌的計畫。」

方冀看到章逸眼中閃過一道光芒，暗自點了點頭，繼續道：「傅翔在武當山已正式加入了明教，加上咱們兩人，以武功而論，咱們人數雖少，實力已可以和任何武林門派平起平坐。我的計畫是由你老弟出來擔任教主……」章逸聽到這裡，驚訝地叫道：「什麼？我做教主？這絕不可能……」

方冀伸手攔住，繼續道：「章逸，你先聽我說完。此事我已與陸鎮和董碧娥商量過，我等覺得明教若要振興，須得有一個中年高手來主持教務，此人須對我教傳統有所瞭解，對我教過去興旺時的作為及精神有親身體驗，又要對未來武林的大勢有所掌握，如此看來，這人非你章逸莫屬。傅翔武功極強，可以擔任護法之位。我等都是長老，在第二線協助教主振興教務，吸收武林高手加入我教，培養新血。等到咱們有更多能手、更多教徒入教之後，再論總教與地方分堂的組織。咱相信，只要這個重振明教的消息在江湖上一放出去，各地一定有許多隱姓埋名的我教兄弟，如陸鎮、董碧娥一樣，冒出來加入咱們。這可是百年大事，也是一生難得的契機啊。」

章逸聽了這一席話，一方面感到一陣熱血澎湃，自己從幼年被明教老教主收留養育長成，明教的興衰在他心中當然是刻骨銘心的大事，而此時提出振興的計畫也確是符合天時、地利、人和；但另一方面，方冀要自己來擔任未來的明教教主，這個想法太過瘋狂，他怎麼樣也無法接受。而此時，他心中卻閃過另一件大秘密，這秘密藏在他心中十多年了，一直如一塊沉重無比的大石壓在心頭，他在心中暗忖：「不管我做不做教主，這秘密總該說出來了吧……」

他一言不發，忽然站起身來，走出廚房進入了會客房，牆邊有個黑木櫃。章逸走到櫃前拉開一口抽屜，在一斗的什物中摸著，不知按動了什麼機關，那黑木櫃帶同牆壁緩緩轉了方向，牆後出現另一道暗牆。那暗牆的下半截竟是銅製的，章逸在牆面上幾個不同的定點按了一下，那半截銅牆又與上截脫開旋轉了半圈，出現了一個上鎖的密箱。

方冀看得目瞪口呆，忍不住問道：「這些機關是誰幫你造的？」章逸笑咪咪地回頭道：「報告軍師，全是俺自己造的。」方冀讚歎道：「章逸啊，你的土木機關有董堂主之風呢。」章逸道：「比不上她，她率幾個健婦數日之內就挖了一條百多尺的地道，那才叫本事呢。」他一面說著，一面用那把鑰匙打開了密箱，從箱中翻出一個油紙包，包上貼了一紙封條，紙色已經泛黃，上面寫了幾個字。

方冀手持燭台湊前看時，只見紙上寫著「洪武十七年神農架滅火案全錄」，下簽有「毛驤私記」四個字，字體介於行草之間，相當瀟灑漂亮，看得出毛驤當年是個有書法素養的人。

章逸面色嚴肅地從包中拿出一本手抄，雙手遞給方冀，低聲道：「那年發生在神農架頂的全部經過都在這冊子裡了，軍師你先讀一讀。」

洪武十七年神農架上，朱元璋派湯和及常遇春的長子常茂，率毛驤等錦衣衛上神農架賞賜明教諸領袖，卻以毒酒殺害了明教諸位頂尖高手。軍師方冀當時在回疆未歸，是唯一倖免的明教首領，當時在神農架頂發生事變的種種細節，他並不得知。這時得了這事件第一手的紀錄，心情的激動可想而知，他立即迫不及待地在燭火下細讀起來。章逸坐在一旁一動也不動，有如一尊石像，他沒有注視方冀的反應，自己臉上的表情卻是陰晴不定。

方冀一面讀下去，一面老淚縱橫流了滿面，那毛驤不但書法佳妙，文字也簡潔生動，將那一場謀殺從策劃到執行讀起來有如親臨現場。

方冀翻到最後一頁時，章逸的臉上出現了一絲緊張與不安，轉過臉來望著方冀。方冀見那最後一頁乃是一張名單，表列了參與此一「滅火案」的全部人名，突然間，方冀手中的手抄冊跌落地上，他指著章逸道：「你……你……」卻說不出話來。

章逸道：「不錯，當時我也跟著毛驤上了神農架！」

方冀從激動中冷靜下來，他雙目如刀，盯著章逸，等待章逸解釋。章逸道：「那時俺才加入錦衣衛一年多，雖然聽從軍師的交代韜光養晦，不爭出頭，但仍然很快得到毛驤的賞識，他明顯想要好好栽培我成為他的心腹。那年他奉皇命上神農架，追隨信國公湯和及世襲鄂國公常茂，去向明教教主及我教諸首領頒賜聖恩，便命我以隨從人員的身分跟他前去。我既不知那是一個陰謀，也不敢不服從，又來不及通知教裡，便隨眾上了神農架，卻萬萬想不到後來演變成毒殺事件……」

章逸說到這裡，如煙往事漸漸浮現眼前，愈來愈清晰，他到此時才懂得，這些年來努力不去想，努力試著忘掉的細節，原來全都深藏在腦中，竟然一點也沒有褪色。他喃喃地道：「當我發現一場由皇上發起的恩賜大會變成了冷血謀殺，我那時的驚恐和無助簡直無法形容，只能偷偷遙對那掩埋諸人的地方跪拜許願，乞求我明教前輩保佑我的小命，日後再尋機會報仇。」

方冀聽了為之動容，點頭道：「你確實做到了。你以十多年時間規劃的復仇計策，雖然功敗垂成，卻十足還了你在神農架所許下之願，明教前輩在天之靈一定看到。」

章逸好像沒有聽見方冀說的話，自顧自地繼續道：「那信國公湯和酒量真好，那五十年窖藏的御酒一開罈便香透偌大的石室，就不知他們如何控制斟酒，只明教諸位高手喝的酒有劇毒，湯和喝的比誰都多卻沒有中毒。這麼多年來，俺琢磨劇毒可能不在老酒中，而在酒碗上，可惜那批酒碗一齊掩埋了，事後也難以追查。」

章逸停了一下，面上的表情變得更為複雜，他深深吸了一口氣，繼續道：「那天晚上掩屍滅跡後，大夥便在崖頂過夜。洞外大雪紛飛，滴水成冰，洞裡架了木柴燒得熱烘烘的，大夥幹活掩埋死人時又喝了不少美酒，這會兒全都醉入夢鄉，毛都指揮使喝得特多，頭一個倒下呼呼大睡。整個神農架崖頂就只我章逸一人是清醒的……過了子夜，雪下得鬆了，還不到四更天，大雪竟然完全停了，我悄悄爬起來，一步一摸地偷偷出了石洞……」

章逸的聲音愈來愈低，音調卻愈來愈緊繃：「我出了石洞，吸了一口冷氣，從崖頂的後端躍下，一路彎彎曲曲，摸過了三個長洞，來到一處全是枯樹叢的凹地。在那密密麻麻的枯樹叢中，我摸到了一個隱秘的石縫，側著身子硬往石縫裡擠，勉強擠著進了十幾步，看到地上一堆石塊。我耐著性子把一大堆碎石移開，下面出現一塊石板，拉開石板，一個小石穴中放著一隻鹿皮袋……」

方冀聽到這裡，厲聲道：「原來如此！章逸，你如何得知那石穴中有這隻鹿皮袋？」

章逸並不回答，伸手從那銅壁的密箱中掏出一隻鹿皮袋來，自袋中掏出兩本冊子及一卷畫卷，正是明教十大高手的絕學秘笈。他自顧自地繼續道：「在那一晚的五年前，那時俺還是個十四、五歲的少年，夜裡常跑到山裡狩獵，捉些小鷹野兔，好玩得緊。也就是五年一次的光明大祭結束之夜吧，俺在那濃密的樹叢後，親眼瞧見軍師將那鹿皮袋藏好離去。五年後的這個血腥之夜，俺忽然想到軍師秘藏的東西，定然與五年前明教十大高手將畢生絕學整理成冊的事相關，俺心想這些寶物如果落入他人之手，不如俺把它拿了……這鹿皮袋中的秘笈伴我嘔心瀝血十多年，我章逸一身武功脫胎換骨，全賴這兩冊一卷。」

這時他將秘笈裝回皮袋，雙手捧著，遞給方冀道：「軍師啊，這可是我明教鎮教之寶啊，是你老人家一字一畫記錄而成，是我章逸偷藏近二十年保住了它，現在也該完璧歸趙了。」

方冀初聞章逸偷走鹿皮袋時又驚又怒，等到聽了章逸講完整個故事，他的激動已經平息，但是仍要問清楚一個關鍵問題。他一面接過鹿皮袋，一面問道：「三年前咱們在南京重逢，這件大事你為何不告訴老夫？」

章逸不答，過了一會才嘆了一口氣道：「俺也說不出為啥，便覺偷拿了那秘笈，又偷練了那秘笈上的武功，就是……就是不想告訴軍師。其實俺也知道紙包不住火，遲早終有一日俺要把這一切對軍師說個清楚，但那時節，俺就覺得還不是時候。也許，也許……」

方冀心中忽然靈光閃過，一剎那間，章逸講不清楚的，他卻完全明白了。他打斷章逸的話，接著道：「也許你還不能信任軍師，你不確信我知道了會有什麼樣的反應！」章逸聽了這話，心中重重的一震，方冀的話可說到他的心坎裡了。

方冀雙眼流露出一種理解的目光，心想：「這是同理之心啊，我不是也對章逸起了疑心，還打算用推他做教主為餌，誘他交代何以一身武功大幅躍進的秘密。」想到自己是從陸鎮釣魚的學問中領悟出這番計較，不禁思之汗顏。他這一想通，心中便無疙瘩，故意問道：「章逸，你偷練明教絕學，是何人授權於你的？」

章逸這回忽然理直氣壯了，應聲道：「明教已經被瓦解了，這兩冊秘笈若是落在別人手上，他會跟誰要授權准許才敢修練麼？軍師，您別想太多了。傅翔尚未加入明教時，您不就傳他這秘笈裡的功夫了麼？」方冀哈哈大笑，伸出雙手抓住章逸道：「說得是啊，是軍師不好，對你生疑了。」

章逸說出了這壓在心中多年的秘密，立刻覺得輕鬆多了，轉身從牆上密箱中又掏出一個沉重的小盒，打開一看，整整齊齊滿是金條。他輕嘆一聲道：「那毛驤為人陰狠無情，卻不知何以對我信任有加。洪武二十三年底，毛驤坐監落到蔣瓛手中，自知必無倖理，便把私物託給俺了，兩千兩黃金，一千兩給他家人，託我先一步送他們到安徽鄉下躲藏了，另一千兩是送俺的酬金。俺替他辦了事，這黃金保留至今。唉，便是因為毛驤對俺另眼相看，蔣瓛才遣人來監視俺。」

方冀的心結既解，立刻風趣起來，笑道：「這可沒道理。第一，蔣瓛已經去見毛驤了；第二，派來監視你的已經成了你的人了……」他說到這裡，語轉正經道：「說實話，寒香這姑娘為你受那非人酷刑，可絲毫不含糊，比起武林中的好漢絕不多讓呢。」

就在這時，樓梯上走下來睡醒的寒香，她悄悄走到廚房裡，忽然大聲叫道：「這長柄杓可是舀湯用的，是誰把它丟在餿水桶裡？」

方冀和章逸相對而笑。章逸從密箱中掏出最後一樣事物，遞給方冀道：「這可不是毛驤的私物，它是朱元璋送給軍師的……」方冀接過來一看，乃是一塊閃亮的金牌，細看那金牌，正面兩條蟠龍環繞中央兩個字：「方冀」，再將金牌反過來看時，反面鑄著兩個字：「免死」。

【第二十回】

雲錦袈裟

建文接過那件五爪金龍紫衣袈裟，面上現出極度激動之色，

他強忍著閉起雙眼，一言不發，那百般激情在他英俊白皙的臉上跳動

——這件袈裟是太祖的寶物，我是太祖欽點的傳位人，

這寶物當然是屬於我的——他心中暗思，呼吸漸漸從急促平緩下來。

浹河之役戰敗的消息傳開後，南京的朝廷中起了一陣恐慌，主要是因為眾望所寄的鐵鉉及盛庸似乎也擋不住朱棣率領的燕軍了，一種失敗的氣氛在醞釀著；起初是在朝中，漸漸傳到民間，到過年前，連秦淮河的青樓酒館裡都感受到這股蕭索之氣。燕軍在某處又打了勝仗，朝廷軍在那裡又吃了敗仗……謠言滿天飛，錦衣衛每天把各地人心動搖的消息彙報朝廷，百官束手無策。

朱棣在燕京定下了過完年便繞過山東、直下江蘇的戰略之時，南京皇宮裡也做了戰術的調整及戰力的重新布署。建文和他的臣僚幾經考慮，決心將部分京師守備的兵力抽調到前方禦敵。

十二月派駙馬爺梅殷鎮守淮安，梅殷連年都沒過，便率部隊從鎮江渡江北上。江水滔滔，瓜洲在望。他想到晉室南遷時，多少仁人志士從對岸的瓜洲古渡南遷，避難移民中的好漢祖逖得不到朝廷派兵相助，自率隨他南渡的百餘家壯丁渡江北伐，中流時擊楫而誓：「祖逖不能清中原而復濟者，有如大江。」梅殷嘆道：「祖逖慷慨擊楫之地，應該便在此處吧。」

建文派出了梅殷仍不放心，除夕之夜竟不能成眠，好不容易熬到天亮，便急召中軍都督徐輝祖入宮議事。徐輝祖在府第吃了年夜飯，和家人守歲鬧了一夜，正要回房小睡，建文的詔命已到。於是大年初一匆匆趕進宮裡，只見建文坐在議事廳中，抱著一本陸游的詩冊吟哦中，顯然已經起身了好一會兒。

徐輝祖走進議事廳時，建文正吟到：「樓船夜雪瓜洲渡，鐵馬秋風大散關。」徐輝祖連忙行禮拜年道：「恭賀新禧，皇上大年初一便有北伐之志，可喜可賀，今年前方戰事必將轉入佳境。」

建文道：「輝祖說得好。初一召你進宮，實是因為近日戰場的情況令朕寢食難安。昨夜想了一夜，便覺山東師老，江蘇的防務應該如何立加整備，一夜難眠啊。」徐輝祖想到自己也是一夜未眠，只不過是和家人在擲骰鬥牌，可沒像皇上這般憂國憂民，不禁有些慚愧，口中答道：「皇上年前不是才命梅殷駙馬去了淮安麼？」建文道：「總覺得還是不夠，朕便想到了輝祖你……」

徐輝祖不明白建文想到的是啥，便俯首靜待皇帝說下去。建文停了一停，接著道：「輝祖啊，依你看，要是朝廷再增兵力於江防，應該以何處為重鎮？」

徐輝祖指著大桌上鋪著的地圖，在徐州、宿州之間指了一下，又在兗州之處指了一下，然後對建文道：「燕軍如果南下，我軍當在此二處埋伏，與回馬南躡的盛庸軍夾擊朱棣。如敵勢不可當，則將大軍布於洪澤湖周邊，湖東有梅殷大軍在淮安，西置大軍於泗川、盱眙。北兵不善水戰，洪澤一帶濕地數百里，朱棣的蒙古騎兵陷於泥淖之中，難起衝鋒陷陣之功，我軍可設袋形陣勢，將之殲滅於水鄉澤野之中。」

徐輝祖自幼頗讀些兵書，更兼弓馬嫻熟，當下的職務雖為京師防衛，但他對北方的戰局極有掌握，雖不能說瞭如指掌，但在攻防的策略上仍大有見地。這時大年初一蒙皇上單獨召見垂詢，便趁此機會將自己的想法說個清楚。

建文聽得連連點頭，沉吟了一會，又仔細察看了兩幅地圖，然後道：「輝祖，朕就派你率軍北援，南屯泗川、盱眙，和梅殷隔洪澤湖而互為犄角，朕就放心了。」徐輝祖沒有立時回答。建文看了他一眼，問道：「輝祖有何難處麼？」徐輝祖道：「回皇上，臣幼奉庭訓，為保國衛朝之事，萬死不辭……」建文伸掌阻止道：「都督死字休出口，大年初一啊。」徐輝祖道：「但此一計謀卻不能即刻執行，須得臣下有足夠時間準備方才出兵。」

建文奇道：「那又是何道理？梅殷不是率部說走就走了？現下應該已經到達江北了吧？」徐輝祖道：「回皇上，京師部隊習於守城防衛之戰，並無攻敵於野的訓練，倘若就此率軍出戰，臣以為犧牲必然重大。梅駙馬去得急了，臣來不及與他細商，加之……加之兵部那邊的意見總是疾如風火，臣的職責畢竟是京師城防為主，是以……」

建文終於聽懂徐輝祖的顧忌及支支吾吾的是什麼，他是想先練兵再出師，卻怕齊泰那邊以為他怠慢軍令，到皇帝這邊來告御狀，便直接問道：「輝祖，你說得有理，你需多少時日練兵？」徐輝祖道：「能有三個月，臣可將京師防衛部隊練成一支攻敵雄師，臣倒要看看是他朱棣的兵能打，還是我徐輝祖的兵能打。」

建文聽到這句豪語出自開國第一名將徐達的嫡嗣之口，不禁感到一陣振奮，指著徐輝祖道：「就這樣，開年議事後，朕第一道命令便是要你負責練兵，兩個月內陳報成果，最多不得超過三個月。」徐輝祖躬身道：「有皇上這句話，臣披肝瀝血竭忠盡忱，不負皇上所託。」

徐輝祖回到魏國公府中，徐夫人迎前問候，卻見徐輝祖面色沉重，與昨夜在家和家人放浪形骸、歡樂守歲的情形大不相同。待徐輝祖進入內房，夫人問道：「大年初一皇上召你去，出大事了麼？」徐輝祖將原委說了，夫人怨道：「好好的在京師督軍，幹麼要去北方打仗？唉……」

徐輝祖道：「夫人莫要煩惱，有今日這機會讓俺單獨跟皇上稟明白了，便不怕齊泰那批不懂行軍打仗的大官在一旁進些餿主意。我若得三個月練好兵，便不信打不過朱棣。唉，可惜梅駙馬便沒有那麼好的運氣，被皇上和齊泰、方孝孺一陣緊逼，率軍即日動身北渡，真替他捏一把冷汗呢。」

∞

才過了年，燕軍便出動了。大軍在館陶渡過了衛運河進入山東，五天之內連下東阿、東平和汶上，再十日攻陷了沛縣，正月底便殺到了徐州。這繞過山東直下江蘇的戰略執行得十分順利，京師的軍隊來不及北上布防。平安和盛庸火速商議，兩人對燕軍捨山東取江蘇的戰術並不意外，但對其攻城掠地如迅雷不及掩耳的速度則大為驚恐。

平安道：「朱棣精銳之兵全已到了咱們背後，索性出兵猛攻燕京吧，逼他回頭救老巢時，再狠狠反踹他一腳。」盛庸算了算時間和距離，搖頭道：「圍魏救趙這一招這回不管用了。燕軍繞過咱們，在江蘇境內勢如破竹，燕京城卻是難攻易守，上回你不也試過麼，朱高熾守得似鐵桶般，咱們難以得逞。這一回只怕咱們還沒攻破燕京，朱棣的軍隊已經渡過長江圍攻京師了。」

平安不得不承認盛庸說得有道理，他一掌拍在桌上道：「那麼俺立刻帶兵追下去，您著何督軍何福他們跟上，咱們先追到徐州再作道理。」盛庸點首道：「兵貴神速，你先追下去，何福的部隊很能打硬仗，要立時跟上做你後盾。俺到濟南會一下鐵公，咱們現在反向行軍作戰，糧草補給的計畫也要大改，得要鐵公來運籌帷幄。」

平安帶著他的先鋒快部進濟寧、沛縣，一路追趕南下，並未碰到燕軍的阻攔，可見燕軍是只顧急攻南下長驅直入，根本沒有在攻下的城池設下留守部隊，朱棣心中打的算盤到此時已經全然明朗，目標只有一個——京師南京。

平安和何福洞悉朱棣這個戰略之後，更是絲毫不敢延慢，日夜急行軍趕到徐州時，正是二月底。徐州城外一片寂靜，既不見燕軍也不見守軍。平安派弓箭手將他的手書射入城內，到入夜時，城裡派了軍官潛行出城，到平安的部隊大營來參見平大將軍。

平安問徐州情況，城中來的軍官道：「十三天前燕王的大軍到了徐州，守軍出城接戰不利，便緊閉城門開始死守。燕軍圍攻了數日，忽然一夜之間全撤了，竟然繞過徐州不攻，直向南奔，渡河而去了。」平安暗忖道：「朱棣果然目的不在城池，遇到據城抵抗的便繞道而過。咱家的軍隊急行數日實在太過疲累，便在徐州歇一夜，飽餐一頓熱食吧。」

平安的部隊追到宿州時，終於和朱棣的大軍遇上了，一些小接戰，平安的疲軍吃了一點小虧，但總算擋了一擋燕軍的南下之勢；這一擋十分重要，因為何福、鐵鉉等部隊已趕到了徐州、宿州一帶，而雙方的糧草補給都成了問題，這時已是三月底了。

四月中，雙方的糧草戰已達白熱階段，兩軍在睢水小河上的浮橋兩端對峙。朱棣探知平安及何福的大軍缺糧，便親至前線，在緣河處與平安冤家路狹碰個正著，平安橫槊刺朱，幾乎將朱棣刺於馬下，靠部將死戰得脫。平安和何福正待追趕，忽然大批燕軍出現在己軍背後，大驚之下這才發現朱棣仗著建文的「免死符」以身涉險，用兵神出鬼沒，己方士卒一時之間亂成一團，眼看戰線遭突破，被燕軍一陣砍殺，節節敗退。

朱棣回軍衝刺，心知勝利已在手握之中，正要下令收小合圍殲滅南軍，突然之間戰情又有逆變，只見西南方黃塵大起，一支旌旗鮮明、鎧甲整齊的精銳大軍如潮水般湧到，為首大將威風凜凜，竟然是京師的中軍都督徐輝祖。朱棣趕忙鳴金收兵。

四日後，雙方大軍在靈璧西南齊眉山展開決戰，徐輝祖率領的生力軍來自京師，經過近三個月嚴格的野戰訓練，作戰力相當強勁，燕軍疲累之師抵擋不住徐軍的銳氣，被打得大敗，燕軍猛將李斌被斬於陣前，一時之間燕軍士氣大喪。這一日是建文四年四月二十二。

大戰過後，戰場附近百里之內忽然陷入梅雨前的暑溽天氣，一天一夜暑氣不散，戰場上屍首開始發出難聞的氣味。燕軍傷兵也是哀鴻遍野，朱棣感到極為沮喪。次日正午他躍馬上了一處小丘，環目四看，軍隊偃旗倒戈，士兵哀聲嘆氣，他暗自咬牙道：「難道打到這裡了，又要走回頭路？」

果然當他回到大營時，營前已聚集了十幾個部將正在議論紛紛。朱棣跳下馬來，親兵接過韁繩，眾將一起圍上來，七嘴八舌地向朱棣訴苦道：「王爺，這部隊不能打了，咱們回北找個地方整頓一下再說吧。」朱棣憂上加惱，急道：「好不容易渡了河，要北回又得渡河折返，徐輝祖善於用兵，必然埋伏在兩岸乘機突襲，咱們精銳將盡喪於這個又臭又濕的鬼地方，萬萬不可啊！」

眾將顯然已缺鬥志，仍然大聲要求先北渡整軍補糧。朱棣厲聲道：「好罷，你們意欲渡河回頭走的站左邊，繼續跟俺向南打的站右邊。」眾將左右互相看望，出乎朱棣意料的是，大部分的將領都站在了左邊。朱棣又驚又怒，一時說不出話來。

這時一員大將向前兩步，朗聲喝道：「當年漢高祖劉邦十戰倒有九不勝，但他堅持到底卒有天下，咱們不過吃了一場敗仗，豈能喪志如斯？」說到這裡，轉身面向左邊諸將，厲聲道：「諸位，咱們是在造反，造反焉有回頭路？」正是大將朱能。

燕軍之中聲望最高的大將就是張玉和朱能，東昌之戰中張玉被盛庸的部隊包圍戰死，此後只有朱能在燕軍中最得人望，可以說是眾將的精神領袖，他這一強力表態，眾將便不再鼓譟，有幾個性子直的便道：「好，王爺帶咱們怎麼打，俺便怎麼打。」

朱棣道：「眾將官，這是咱們起兵靖難的最後關頭，撐過去了勝利便屬於咱們。這徐輝祖如果死擋住咱們，俺自有計策繞過他直奔京師，誰先到京師誰便得天下。諸將官，南京城眼下是座空城啊！」眾將得此鼓勵，齊聲叫道：「直奔京師！直奔京師！」一時之間，士氣好像又回來了。

朱棣心中的計策便是佯作與徐輝祖對峙，大軍再次繞過靈璧，直下泗川、盱眙，向揚州挺進。

但事情的發展又出朱棣的意料，當前軍探子來報最新探得的消息，朱棣驚喜之餘卻真正傻了眼。

∞

南京紫禁城中，皇帝的議事廳燈火通明，齊泰、黃子澄和方孝孺正在密商。兵部送來一份秘文，報告燕軍已敗，渡過睢水小河北返，徐州守得固如金湯，也不怕燕軍的回馬槍，基本上江蘇戰事之危已解，眾大臣心情略可鬆一口氣。

黃子澄讚歎道：「到底是開國第一名將之後，輝祖一出，燕軍喪膽，真不負中山王徐公的威名啊！」方孝孺卻有些疑慮，問齊泰道：「這個消息確實否？」齊泰不太高興，冷冷地答道：「徐帥在齊眉山大破燕軍，朱棣的大將李斌被斬於陣前，有人名有地名，你說這事假得了麼？」

方孝孺連忙道：「吾非此意，實因朱棣大軍繞過山東直入江蘇，便連老家燕京城的安危亦置之不顧，頗有破釜沉舟的氣概，豈能為了睢水一戰之敗，便引兵北返？思之頗覺不可思議。」齊泰哼了一聲，便不答話。他和黃子澄兩人從建文元年起擔任皇帝親信大臣，兩罷三復，其上下原因多為戰事的勝敗及朝廷和戰的歧議，委實憋了一肚子的不平之氣，碰上方孝孺這麼一問，不滿之情顯現在臉上，方孝孺也不敢多言。

這時一個老太監帶著一個年輕的小太監進得議事廳來，老太監站在門邊恭聲道：「諸位大人，皇上即將駕到。」

黃子澄對那老太監道：「江公公，您老成天待在宮裡，也不見您如何鍛鍊保養，身子倒是愈來愈硬朗了。」齊泰道：「俺是洪武十八年殿試唱名時頭一回見著江公公，那時您就這模樣，十六、七年過去了都沒變，還顯更年輕精神呢。」那江公公滿面紅光，配著兩道白眉，看上去確是有點鶴髮童顏，他對齊泰道：「洪武十八年齊大人您以應天鄉試第一名考中了進士，殿試上文采飛揚，那情景，老奴才至今都歷歷在目哩。」

這江老太監歷經洪武、建文兩代，可以說是看著建文長大的宮中老人，為人極是正直而通情理，雖是個宮中侍候人的閹人，卻自修讀了些書，又常有機會親身目睹宮中主子及大臣們如何處理國家大事，見識自也不凡。齊泰、黃子澄等前朝老人對他十分熟知，說起話來也較隨便不拘。

黃子澄笑道：「當年洪武帝便少不了江公公的侍候，如今皇上年輕，宮中有你這老人家照應著，好比民間說的『家有一老，如有一寶』。」江公公連忙行禮謙道：「太常寺卿您這話要折煞老奴才了。」

建文由一名太監一名宮女侍候著進入議事廳，眾臣肅立，皇帝面帶微笑道：「眾卿請坐議事。」皇帝坐定了龍椅，宮女即端上茶來。建文開口道：「朕聽說有奏本要求徐輝祖回朝，可有此事？」方孝孺回道：「啟稟皇上，確有好些份奏章，一致奏請皇上下令，要魏國公徐都督早日返京，統領京師防務。」

建文雙眉輕蹙，目光投向齊泰。齊泰道：「啟稟皇上，前方來報，徐都督率京師之軍在齊眉山一戰破敵，燕軍敗後士氣為之一奪，朱棣手下諸將皆不願再戰，大軍已經北返，江蘇之危頓解，是以有敦促徐輝祖返京師之議。」建文緊接著問齊泰：「對此消息，卿意如何？」齊泰道：「燕軍能夠長驅直下，實因我大軍全在山東、河北一帶據守，江蘇雖有城池之固，卻無野戰之師，是以燕軍南下如此迅速。非燕軍之不可敵，實肇因於未遭抵抗之故也。」

齊泰抬頭見建文點首，便繼續道：「齊眉山徐督之勝，又有地理上的重大因素。燕軍以北人為主，其先鋒部隊常以蒙古朵顏三衛騎兵為進攻的矛頭，此時進入江北洪澤水系地區，渠道縱橫，濕地密布，黃、淮、江、湖齊聚於此，騎兵便陷入無用武之境。徐督部隊前三個月的野戰訓練，確實收效，敵人千里南奔之疲兵，對我精銳待勞之雄師，勝敗可逆知矣。」

建文聽了這一番話，連連點頭。方孝孺心中暗忖：「齊泰口頭談兵向來頭頭是道，任何戰仗只要是事後談起來，便沒有人能說得過他；但卻從來沒見過他料敵機先，事前有什麼策略？唉，當年諸葛亮舌戰群儒時，冷笑對孫權說：『江東俊彥筆下雖有千言，胸中實無一策。』此之謂歟。」他又想到另一個和齊泰輪流幹兵部尚書的茹瑺，不禁暗自搖頭，忖道：「齊泰就算無真才實學，也還是個忠義之人。這茹瑺麼，連人品都成問題呢。皇上把兵部交給這兩人輪流幹，有功的鐵鉉只做了幾個月的尚書便免去兼職，這場大戰要打贏，難了。」

黃子澄的想法和方孝孺又不同，他暗中想：「照你齊泰的說法，朱棣一路打下來勢如破竹原來是未遇抵抗，輝祖打了勝仗乃是靠地形地利，如此不但有充分理由調輝祖回朝，還把輝祖的功勞打個七折八扣。齊泰你也忒深沉了吧，我且說兩句公道話……」

他喝了一口剛沏好的西湖龍井，朗聲道：「啟稟皇上，臣見那些呈請下令調回徐都督的奏章，十之八九是因燕軍已敗，引兵北歸，而京師空虛且無良將，是以必須急召徐都督歸來。依臣觀之，燕軍既已北返，徐都督應與盛庸、平安聯手，乘勝夾擊燕軍腹背，一鼓作氣將之打回燕京。此地尚有徐增壽等良將率精兵十萬鎮守，何懼之有？」

方孝孺暗道：「黃子澄這話厲害，一句話就點出齊泰和朝中奏章的矛盾：既云燕軍已北遁，我軍主將何以不乘勝追擊，反而要回京？除非兵部的消息有問題，否則齊泰他們在怕什麼？」想到這裡，便開口道：「臣以為徐增壽及諸軍都督、守備衛、錦衣衛等不缺良將及武功高強之能人，京師的守備防務實毋須多慮，倒是徐輝祖好不容易打了勝仗，實應留他在前線領兵追殺敵軍，擴大勝果。」

不料建文一聽到徐增壽的名字，臉色為之一沉，方孝孺見狀便不再發言。過了一會，議事廳中氣氛沉悶到頂點，方孝孺憋不住了，便再道：「臣聞中山王徐公生有四子，次子早亡，其餘三子皆從軍為將，長子輝祖及四子增壽最為出類拔萃。在行軍作戰、兵法謀略上，輝祖頗有中山王之遺風；而弓馬武藝、勇猛善戰則推增壽為首。以臣管見，京師但有徐增壽在，他與其他軍府首領合力齊心，必不……」

方孝孺話尚未說完，建文忽然止住他，十分決斷地拍板定案道：「不必多說了，兵部備我詔令，命徐輝祖接到詔書立即返京。」說完便起身離席，諸臣連忙站起行禮，建文已由太監扶持著走出議事廳了。

方孝孺為之愕然，同時也似乎感覺出一些不對勁，不禁喃喃自語：「好像一提徐增壽，皇上便怎麼了？」其他兩人也都有些發懵，齊泰雖然達到了召徐輝祖回京的目的，但卻不理解何以建文一聽到徐增壽，便下旨要召回徐輝祖。

黃子澄等建文離開以後，便直接問齊泰：「齊兄，為何輝祖必須回朝？真實的原因是什麼？」齊泰微笑道：「子澄兄你想想看，朱棣何以要繞過山東直下江蘇，那是有奸細通報朱棣京師防備空虛，朱棣才打算繞過所有的大城，直奔京師，讓盛庸、平安反而在後面追趕。這京師兵力空虛且無良將確是事實，皇上召回輝祖實為上策啊！」他說著站起身來，拱手道：「小弟先回部去，明日一早要發出詔令。」

黃子澄、方孝孺送他走了，不約而同又坐了下來，都有再談一下的意思。黃子澄道：「方才齊泰說的不是真心話。」方孝孺道：「何以見得？」黃子澄道：「燕軍雖敗在輝祖手下，但朱棣恐怕不會放棄南攻。因為他若北返，將面臨盛庸、鐵鉉在北，平安、何福、徐輝祖在南的夾擊，燕軍就真要全軍覆滅了。我擔心兵部的情報大有問題。」

方孝孺點頭道：「那麼明顯的局，齊泰何以會相信燕軍敗後北返？」

黃子澄嘆口氣道：「皇帝上回秘密提拔鐵鉉及盛庸，並未徵詢齊泰的意見，主要是梅駙馬和徐都督的推薦，聽說連李景隆和耿炳文兩個打敗仗的老將都被徵詢了，齊泰至今心中不舒服，尤其不願徐輝祖成為平燕的最後功臣。」方孝孺也嘆了一口氣，道：「皇上難道看不出這一點？」

黃子澄道：「皇上聰明絕頂，他要召輝祖回來，乃是他不能信任……」方孝孺吃驚道：「子澄兄，你說皇上不能信任輝祖兄弟……啊，可是因為燕王妃？」黃子澄緩緩點了點頭，低聲道：「燕王妃是中山王的長女，是輝祖之妹，增壽的大姐，他們兄妹姐弟之間的感情極為深厚……」方孝孺搖頭道：「皇上對徐增壽生疑有跡可尋，方才只要一提到徐增壽之名，皇上臉色就沉了下來，但……要說皇上對徐輝祖生疑，小弟絕不相信。子澄，你只要看秘薦鐵鉉及盛庸的事，就知道皇上心中第一信任的大將，便是梅殷駙馬爺和徐輝祖都督，此事絕對錯不了。」

黃子澄雖然點頭，但心中仍然不能釋懷，默默地問：「然則皇上何以又要聽從齊泰的建議，火速召回徐輝祖？」

∞

方孝孺對一些事情有點書呆子氣，但他有些推論本於厚道的堅持，看似迂腐，到最後卻往往證明是對的。

建文從來沒有懷疑過徐輝祖，但他對徐增壽卻生了疑心。他急於將徐輝祖召回京師，不是對輝祖有了不信任，反而是因為不能放心徐增壽成了京師防務的主將，這才火速調輝祖回朝來安定京師大局。

建文拍板定案後離開了議事廳，走到一處天井中，問身邊的太監是何時辰了，小太監回道：「戌時剛過。」建文舉頭望天，天空萬里無雲，一彎明月如鉤。建文問道：「今夕四月二十幾了？」身後的江公公答道：「回皇上，今夕四月二十四。」建文道：「到御花園坐一會。」江公公立命小太監通知侍衛到花園待命。建文問道：「今夜侍衛該當何人指揮？」江公公答道：「錦衣衛鄭芫。」建文心中一喜，腳步也加快了一些。江公公年過七十，步履倒還矯健，儘跟得上建文的步子。

才走近御花園，鄭芫已在門口侍候，建文見了她心中歡喜，輕鬆地問道：「芫兒，今晚是妳當差？」鄭芫恭聲道：「御花園各角落都清查過了，皇上請進。」

建文走入花園，揮手示意要太監及宮女站在門口候著，他自和鄭芫步向荷花池旁的石亭。是時天空雖然只有一彎斜月，因晴空夜無雲，卻也清輝如練。建文忍不住吟道：「紫金山頭月如鉤，京口江上橫百舟；何人揮起寒霜劍，不教燕騎渡瓜洲。」

鄭芫待建文在石亭中坐下來，便低聲道：「錦衣衛朱泛的兄弟們在查的事，已經有譜了。」建文道：「如何有譜？」鄭芫道：「燕京來的信息是透過南京城裡一位大人物交到徐增壽的手中。」建文驚道：「一位大人物？誰？」鄭芫道：「朱泛正在搜查那封燕京來的信，他相信是燕京慶壽寺道衍和尚處送來的秘函。」建文道：「道衍和尚？就是那姚廣孝。」鄭芫道：「不錯，就是那姚廣孝。」

建文忽然笑出聲來，指著鄭芫道：「芫兒，妳十四歲時便會過這姚廣孝了，聽說妳難倒了他，對吧？」鄭芫笑道：「那年他到靈谷寺來論經，我胡亂問了些問題，擾亂了他的思路，那能算難倒了他？」建文道：「朕是聽了天禧寺的溥洽法師說起，聽說這姚廣孝乃是朱棣造反的頭號幫凶，他有什麼秘函要交給徐增壽？這事關係京師的安危，妳告訴朱泛要儘速查個清楚，還要查那個轉信的『大人物』是誰。」

正當建文和鄭芫在御花園聊天的時候，朱棣已經以行動打破了燕軍北返的謠言，他親率的部隊襲擊護糧草的平安，他的二公子朱高煦率大軍襲擊來援平安的何福部。大戰在靈璧附近又全面展開，而來增援的南軍大將徐輝祖，卻已奉詔在返回南京的路上了。

8

章逸在常府街的寓所一連兩日喜氣洋洋。四月二十八、二十九連續兩天好日子；二十八不宜遷居，二十九不宜安葬，但兩日都宜婚嫁迎娶。於是二十八那天，章逸先在家中辦了兩桌酒，點了大紅蠟燭和寒香合巹了。寒香的義父不肯出面，寒香也不在乎。客人散了，章逸緊緊牽著寒香的手，對著那一對大紅燭，四周靜了下來，兩人卻都不想說話。寒香默默想著這些日子來的甜蜜和苦楚，她不在乎名分，只覺幸福塞滿了心胸，腦中只有一個念頭：自己終於和心愛的這個浪子在一起了。

四月二十九，章逸用花轎到夫子廟旁阿舅的家中迎娶了鄭娘子。章家兩位新娘子以姐妹相稱，鄭芫管章逸仍叫叔叔，叫寒香阿姨，娘還是只有一個。婚宴辦得小而熱鬧，除了章逸在京師的至親好友，並未多發請柬。鄭娘子的舅爺是女方家長，方冀權當了男方家長，和舅老爺並坐，著實受了章逸和新娘的跪拜。

鄭洽送了一幅「吉祥」的雲錦，祥雲襯著兩隻肥胖的綿羊，造形十分可愛。胡濙送了一支漂亮的人蔘。這兩件禮物都價值不斐。朱泛去坊間買得一幅黃公望的山水畫做為賀禮，也做為新錦衣衛替人民伸冤翻案第一次成功的紀念。鄭芫偷偷問他花了多少錢，朱泛回說花了五十兩銀子，鄭芫道：「怕是假的。」朱泛笑道：「俺一個花子那來許多錢，意思到了就好。再說黃公望這老兒的畫到底好在那裡，俺那看得懂？」

章逸的頂頭上司魯烈親自來道賀，卻沒有留下來喝酒，他送了一支精鋼百煉的短劍，劍柄造形十分精緻，配了一條大紅劍穗。劍鞘是鑲銅墨綠厚革製成，十分典雅古樸。鄭芫偷偷拔出來瞧了一眼，只見劍身長約二尺四，寬約一寸二，從劍尖散發出一汪暗芒，襯著劍身上的紋路顯得森然。鄭芫握在手中感覺稱手極了，忍不住把玩了一會。朱泛在她耳邊道：「要不要俺施個手段，教章頭兒把這柄短劍轉送給妳？」鄭芫瞪了他一眼，卻也沒拒絕。

婚禮已畢，酒筵將啟之時，忽然一隊侍衛護著一個太監來到章宅，帶來了皇上的賀儀及喜幛一幅，一個大大的「囍」字寫得喜氣洋洋，章逸和新娘子連忙跪接。方冀哼了一聲，暗暗不喜。

喜宴中，鄭芫的娘和寒香比肩而坐，兩個美嬌娘打扮得格外出眾，既素淨又嬌豔。眾人見章逸這個浪子竟有這麼美滿的豔福，無不稱羨不已。朱泛一面敬酒，一面指著置放禮品的案桌道：「章頭兒，您今日雙喜臨門，兩位新娘子一般地美出水來。禮物嘛，除了皇上送個字貼在幛子上以外，其他收的倒也實惠，您最中意那一件禮物？」鄭芫埋怨道：「朱泛，你說人家新娘子美，也要說得文雅一點，什麼美出水來，簡直粗鄙無文極了。」

章逸已喝了不少，頭腦有些發昏，便囫圇地答道：「禮物俺都中意，那有不愛的？」朱泛道：「這其中只有一件禮物不適合。」章逸奇道：「那有不適合的？」朱泛道：「便是魯烈送你的那把短劍不適合。」章逸道：「怎麼不適合呀？」朱泛指著案上那把短劍道：「魯烈送你的這把劍長二尺四，寬一寸二，劍上鑄有蘭草紋，翠綠色的劍鞘，配上粉紅色的劍穗，俺瞧倒像是送給娘兒們舞弄的劍，對章頭兒有些……有些不敬，不適合呀。」

章逸聽了，重重放下酒碗，打了一個酒嗝兒，指著朱泛惱道：「紅孩兒說得有理，這把劍俺是不會佩用了。」忽然之間，他又像是清醒了許多，便問道：「朱泛，你怎知這把劍的詳細尺寸，又知劍上鑄了蘭草紋？」朱泛嘿了一聲道：「有人拔出來看過，俺恰巧也瞥了一眼，就看到了。」章逸呵呵笑道：「你這小子繞著彎打什麼主意，俺還不知道嗎？墨綠色的劍鞘硬說成翠綠，大紅的劍穗說成粉紅的，劍上的血槽說成蘭草紋，這劍俺還能佩用麼？俺瞧就轉送給鍾靈女俠鄭芫算了。」

鄭芫在一旁喜翻了天，朱泛卻將手中酒乾了，一本正經地道：「章頭兒，是您的劍，您高興給誰就給誰，別人那有得說的。」

∞

建文四年四月二十九深夜，章逸終於醉意醺然地送走了賓客。寒香侍候他洗漱換衣，燃上了紅燭，想到昨夜和章逸合巹後的百般甜蜜，俏臉上紅暈如雲。她扶著新娘子入房，含羞帶喜的心情竟然和新娘子一無二般。道了喜，道了安，她將大紅燭移到房外，自己輕手輕腳下了樓。躺在床上，想到樓上久寡的娘子在那浪子的風流手段下恣意承歡的情景，不禁久久不能入眠。

就在四月二十九這一天，江北的戰事有了驚天動地的變化，一度僵持膠著的靈璧之戰，突然意外地結束了。朝廷軍隊全軍覆沒，燕軍生擒了平安、陳暉兩員大將，另有三十多位大小將軍、一百多名朝廷官員，均遭俘虜，擄獲的戰馬也有兩萬多匹，兵士投降的更是數以十萬計。朝廷派出的大將中，只有左都督何福率領極少數的人馬逃脫戰場，一路上忍飢挨餓，策馬狂奔到南京時已是五月初一。

又是黃昏時分，南京城裡梧桐更兼細雨，溽氣惱人。何福緊急求見，在建文的書房裡，向建文報告了靈璧之戰的後半段，徐輝祖侍候在側。

四月二十五夜，何福和平安合兵於靈璧，令將士挖深溝砌高壘，打算和燕軍對峙一陣子，同時也在觀察朱棣究竟是否會引軍北返。此時大批糧草將至，平安知兩軍搶糧搶得厲害，遂親率六萬大軍出城獲糧，卻碰上朱棣的精銳部隊橫襲平安，讓平安首尾不能相顧。何福得報，便率軍救援，卻為朱高煦所阻。

平安與何福約定四月二十九半夜以三聲炮響為號，一齊突圍衝向淮河邊取糧。豈料朱棣於此同時決定全軍攻打靈璧，各路軍馬亦以三聲炮響為進攻之號。平安與何福的部隊聽到燕軍放的三聲炮，以為是己方號令，便全速向南突圍，奔向淮河。朱棣突然發現這一意外造成的情勢，毅然揮軍全力攻擊南軍之後。平安、何福的部隊一時失去控制，軍士全都以為中了敵軍的圈套埋伏，紛紛奪路而逃，一日之間竟然徹底退敗，全軍覆滅。

決定性的一戰竟是如此結束，實在不可思議。靈璧之戰，燕軍勝得僥倖，朝廷軍則敗得糊塗。大戰結束的地點，和一千六百年前決定楚漢相爭的垓下之戰古戰場，相距只有數十里。

建文聽完了何福的第一手戰報，只揮手說了一聲：「傳旨議事。」便頹然坐倒龍椅上，一言不發。徐輝祖離開靈璧不過五天，戰事急轉如斯，這樣的結果他怎麼樣也不能接受，他瞪著何福，有一連串問題要弄清楚，忽然發現何福臉色發青，面部抽搐，全身開始顫抖。他一把抱住何福，對廳外內官叫道：「蔘湯，快！太醫，快！」同時在他耳邊喊道：「何福，撐著點，你脫力了。」

何福服了蔘湯，一口氣轉了過來，建文賜他躺在長椅上。他雙目緊閉，腦海中卻不斷飄過這一生經歷過的大小戰役：他曾從傅友德南征平定雲南，也曾隨藍玉在捕魚兒海大勝北元；十年前朱元璋拜他為平羌將軍討越州叛蠻，五年前又拜征虜左將軍討麓川叛蠻，顧成、瞿能都曾是戰場上的夥伴。這一生戎馬，雖未能建立不世出的彪炳奇功，但所從之役不下百戰，累積的汗馬功勞也足以長留青史，卻從未想到最後慘敗在靈璧，而且是如此糊里糊塗地潰不成軍……他長嘆了一口氣，緊閉的眼角流下了末路英雄之淚。

∞

靈璧戰後，盛庸全軍集聚在淮河布防，想要阻止燕軍渡河，因此燕軍自靈璧南下並未遇阻礙，五月七日下泗州渡河時才受阻。朱棣西試鳳陽、東探淮安，盛庸和梅殷的軍隊皆已布防妥善。朱能率兵從淮河上游渡河，反襲盛軍之背，五月初九遂克盱眙。到這時，燕王大軍已經渡過淮河，長驅直下揚州。五月十八，揚州守將開城門投降。

揚州失陷，朝廷震動，建文下詔罪己，一面派遣大臣外出募兵，另一面派出朱棣的堂姐慶成郡主與朱棣談判，願割地求和。但事到如今，豈能善了。終於，六月初三，朱棣在揚州大宴諸將，許以事成後的重賞，在諸將齊呼「進軍京師」聲中，朱棣連盡三觥，率軍直奔瓜洲。

朱棣騎在馬上，四顧旌旗連天的大軍，三分酒意湧將上來，有些昏昏欲睡，想到從燕京出發，四年來戰場上峰迴路轉，柳暗花明，今日終於到了橫渡長江的時刻，不禁豪興大發。他雖然喜武愛兵，但也通一些文墨，這時在馬背上朗聲吟道：「揚州酒力四十里，睡到瓜洲始渡江。」正是元人薩都剌的詩句。身邊的大將朱能讚道：「王爺好豪氣，此去大功指日可成。」朱棣哈哈笑道：「到了鎮江，俺要和尚來會商。」朱能答道：「道衍法師已經在路上了。」

六月初六，長江南岸的鎮江守將開城投降。兩天後，燕軍大營駐紮到龍潭，距離京師只有六十里路。

朝廷再次恐慌了，朝議終日，晚間少數親信大臣又議了一個時辰，終於歸納成三項方案：一是逃往內地，重新生聚教訓，以圖復興；二是再派大臣及身在京師的諸王出城，與朱棣談判議和；第三，由徐輝祖率城中餘軍堅守，以待勤王之師趕來解救。方孝孺大義凜然地向建文再拜稟道：「萬一不幸戰敗，國君為社稷而死，義理所在也，臣必隨皇上拚至最後一滴鮮血，絕不偷生。」

章逸的寓所中高朋滿座，鄭洽正在談今日皇宮廷議的經過。章家的兩位新娘子合力整治了幾道好菜，朱泛吃了讚道：「京師第一，『鄭家好酒』和『章家好菜』這下合而為一了。」鄭芫道：「好酒好菜當前，朱泛什麼肉麻話都說得出口。」時局危急，大家也笑不出來，飯後便品茗談論大事。

鄭洽道：「朝廷已經派出了李景隆和茹瑺，要跟朱棣和談，接著便要派谷王朱橞和安王朱楹出馬……」朱泛忽然打斷鄭洽的話，從懷中掏出一只信封道：「鄭學士，您且瞧瞧這封信再說。」鄭洽接過信封，只見上面寫了一個「谷」字，左下角寫了一個「壽」字，字跡很是挺拔秀氣，看來是徐增壽給谷王朱橞的秘函。

鄭洽從信封中抽出一紙，看了一眼後臉色大變，忙問朱泛道：「紅孩兒，這信從何而得？」朱泛道：「俺捉到一個漢子，從左都督徐增壽家裡出來，要送信到谷王府去的，搜他身便得到這封信。您說，信上寫著的是什麼意思？」鄭洽將那頁信紙攤在長桌上，只見上面寫著：「燕子飛來，遵囑迎春。」

沙九齡大嗓門叫道：「都六月天了，還什麼燕子飛來？他媽的，這分明是要迎燕軍進城的意思嘛。」朱泛道：「正要將這封信呈給皇上看，俺也要看看皇上還要不要派這谷王去談判？」

沙九齡接著道：「奇了，朝廷要派去和談的人，李景隆、茹瑺、谷王朱橞，似乎都是暗中和朱棣眉來眼去的人，說不準全都是朱棣埋伏在京師的奸細，派他們去和談豈不可笑？」朱泛冷笑道：「老沙，這個你又不懂了。若要談判雙方利害取捨，就要派能幹的重臣；若要派人去談求和的，必是派對方瞧得順眼的人。如今朱棣氣燄正高，建文是去求和，如果派方孝孺、暴昭這些人去談，不但三言兩語就鬧翻，說不定還被朱棣抓住殺了，還談個屁。」沙九齡覺得有點道理，便道：「也對，這時派出的人要能忍氣吞聲，在朱棣面前當孫子。」

章逸愈聽愈覺事態嚴重，對鄭洽低聲問道：「皇上怎麼個打算？」鄭洽道：「皇上似乎對死守待變的建議較為中意，但他又覺得一旦京師攻守之戰開啟，軍民死傷必然慘重，心中十分不忍，因此願意割地求和，對派出去談判的大臣也特別寄以厚望。」章逸嘆道：「實在是個有仁心的皇帝，可惜打仗靠仁心是打不贏的。」

鄭芫一臉的憂慮之情，她想到建文的勤政愛民，忍不住道：「萬一燕軍真的攻進城來，咱們如何應變？」

此問一出，大家都黯然無語。鄭洽看了眾人一眼，緩緩地道：「照我的觀察，皇上是不會離城逃走了，但他又不忍全城文武百官、數十萬軍民同遭殺戮，我瞧如果真有那麼一天來臨，皇上將自我了斷，以謝祖宗，以贖國人。」眾人聞之都有哀傷之意。

這時屋角一張長椅上一個留著山羊鬍的老漢發言了，正是丐幫的右護法「醉拳」姚元達：「以俺一個江湖上的老百姓來看，這建文皇帝若能一死了結這場戰爭，實是大大的慈悲善行……」

當初姚元達與伍宗光自願加入錦衣衛，讓魯烈十分緊張，他推說人員費用已無餘額，要章逸暫緩加聘新人。但鄭洽請中軍都督府徐輝祖幫忙，表示錦衣衛新加高手有助京師防務，如果錦衣衛費用有困難，中軍都督府願意先行墊撥。這一來，魯烈只好勉強批可了。

這時姚元達一開口，眾人都在等他說下去，他卻搓著山羊鬍沒下文了。身旁的「魔劍」伍宗光接著道：「咱們的意思是說，從老百姓的眼睛來看，打來打去只是朱家的叔侄在爭皇位罷了，不論誰輸誰贏，百姓照樣納稅完糧，辛苦終年但求溫飽而已。誰來做皇帝，只要日子還能過，對老百姓就沒有差別。可日子倘若實在過不下去了，大夥兒抓起鐮刀鋤頭拚命，反正活不了啦。而最讓老百姓活不下去的便是打仗，戰亂一起，人命如草芥，財產似塵土，屍橫遍野，千里荒田，百姓傷心慘目，有如是焉？」

姚元達點頭道：「所以我說建文皇帝如能犧牲自我，早日結束打仗，實是最大的慈悲善行，當真是善莫大焉。」

這兩個丐幫的護法加入錦衣衛，完全是出於江湖義氣，對皇位之爭並不想介入太深。兩人從江湖民間立場的看法，自然與鄭洽這些朝廷官員大為不同，但鄭洽聽了倒覺也有見地，因為這說法竟與方孝孺的看法有些不謀而合。

而聽了這番話，想得最深的是坐在章逸身邊一言未發的方冀。他來此原是要和章逸深談明教復興的事，不知章逸已約了鄭洽，他來了之後，話題便落在軍國大事上了，方冀覺得明教之事不便在此時提，便坐在一旁聆聽大家的意見。

他想到自己這段時間在民間走動，確實感受到討元之戰結束後二十多年來人民安居樂業的幸福感，儘管他恨不得親手取朱元璋的首級，但也不得不承認，朱元璋治國嚴刑峻法，雖然錯殺了許多功臣好官，但吏治漸清，人民生活漸佳，卻是不爭的事實，是以他死了四年，不少做學問的士人已經在為「洪武之治」做註腳。而建文皇帝登基以來，四年內力行仁政，民間口碑甚佳，天下的讀書人也都期盼文治盛世來臨，讀聖賢書者可以一展抱負；鄭洽這些人便是抱著這般理想而擁護建文。

方冀想到這裡，忍不住發言道：「老夫看來，燕軍之勢難敵，朝廷派出募兵勤王的至今不見蹤影，朱棣大軍距京師只一日路程，你們真該好好商量城破之後該如何？最好有詳細妥善的計畫，不然到時兵荒馬亂，誤了大事。」

鄭洽聽方冀這麼說，一顆心重重地沉了下去，望著方冀道：「方先生，您是軍師，計策最多，當此危急存亡之時，盼能以妥善之計教我，感激不盡。」

方冀道：「鄭學士忒謙。老夫一生混跡武林，雖曾在明教中輔佐教主，但對這朝廷大計卻是一竅不通，而且朱元璋對我明教是出賣朋友、殘殺弟兄的仇人，老實說，朱家的爭權奪位，叔侄廝殺，俺是望著他最好兩敗俱亡，鄭學士你是問道於盲了。」

鄭洽對朱元璋毒殺明教高手的事並不深知，聽方冀說得怨憤，遂辯解道：「方先生，古人云罪不及妻孥，何況祖孫乎？皇上仁慈有道，登基以來，為天下百姓去除了諸多不合理的嚴刑峻法，又減免了許多不合理的重稅苛捐，是廣得民心的仁政之帝，便是對大臣也是尊重有加。不久前，他因國事憂勞偶患風寒誤了早朝，遭到御史尹昌隆上奏批諫，皇上身邊近臣咸勸他說明自己染有風寒，他卻道：『如此敢諫之言官，如今朝中已如鳳毛麟角。』不但沒有自辯，還將尹御史的奏疏公布傳閱，大加表揚。他和洪武太祖確有天壤之別啊。」

眾人聽了這一段建文虛心納諫的故事無不動容，便是方冀也暗自點頭。鄭芫對這個溫文儒雅的年輕皇帝有著特殊的好感，便對章逸道：「章叔叔，您說說呀。」章逸道：「說皇上，還是說大局？」鄭芫道：「都要說。」

章逸道：「便不久之前，俺和于安江奉派到浙西蘇南查案，該等地區在洪武時賦予極重田稅，皇上得知後以為不合理乃予減免。但地方官員陽奉陰違，下徵不減而上繳大減，中間差額全入私囊。咱們辦了地方貪官，當著鄉親仕紳宣布皇上減賦命令，當時那種歡聲愛戴之情，實非我言語所能形容。從那時候起，俺便覺得咱替這個主子賣命也還值得……」

那醉拳姚元達插口問道：「章逸啊，你判斷燕軍還有幾日便要進攻京城？」

這是關鍵的問題，眾人都想知道答案。章逸望了鄭洽一眼，緩緩地道：「俺瞧明日之內，朱棣必定發動攻城。」鄭芫道：「朝廷不是已經派人在與朱棣談和麼？」朱泛也道：「俺截下的這封徐增壽給谷王朱橞的秘函要趕快讓皇帝看到，不然他派朱橞這個奸細去談和，豈不要糟？」章逸道：「派誰去談都沒有差別了，朱棣絕不會就此罷手，他唯一的目標是天子大位，什麼靖難、清君側，全是騙人的鬼話……」

沉思中的方冀這時說話了：「諸位，老夫也覺得明日日落之前，甚至明日一早，朱棣就會進攻南京城。但南京城牆極為堅固，外城一百二十里，大部分只是夯土所築，易攻難守；內城牆周長七十里，為石磚所砌，高度有四丈四到六丈五，乃是宇內最高大的城牆，這還是朱元璋這個暴君親自監督修建的，這內城卻是難攻易守。老夫估計，朱棣的軍隊攻入外城應在指日之間，但要攻入內城，卻非短時可奏功。」

鄭洽聽他說的城牆相關數字和兵部的資料幾乎完全一樣，心想這方冀到底是軍師人才，對這些攻防資料如數家珍。眾人也都望著方冀，看這昔年威震武林的明教軍師要說出什麼樣的策略。

方冀喝了一口茶，繼續道：「方才鄭學士說，朝廷中大家商議了三個方案，老夫看來只有一個方案，便是固守待援。以南京城的形勢，東有鍾山盤據，西有石頭江險，南隔秦淮護城，北控玄武後湖，朱棣的燕兵勢頭再旺，只要城裡防守得法，撐他一段時間應屬可能。朝廷既已派出重臣募兵，召集各地軍隊勤王，只要援兵一到，南京之圍可解……」

鄭洽是個文人，雖然也是個讀書活用的能臣，但對軍事攻防之事卻是外行，這時聽了方冀這番分析，心中又燃起希望，顫聲道：「方先生一席話，勝讀十年書啊！可願隨小弟進宮，就京師攻防大勢給皇上說一說，必定勝過他每日聽兵部的報告。」方冀搖頭道：「老夫山野草民，那懂許多攻防軍事，只是就各位方才所談，略表一點粗淺看法。但是京師能否固守，還有一樁事老夫可也料不定……」

鄭洽道：「何事？」方冀道：「城裡的細作。聽起來朱棣處心積慮，在南京城裡各方埋伏了許多內應，這事如不能預先處理，到時必為心腹大患。」章逸一掌拍在桌上，大聲呼應道：「軍師這句話說到俺心底裡去了。咱們錦衣衛便是頭一個，從頭兒魯烈以下，讓朱棣買通的難計其數，其他在朝廷中的、軍隊中的、各王府的、寺廟裡的……真不知究竟那些人皇上可以真正信任，俺也認為這是心腹大患。」

方冀這才說出他想法中真正的要點：「是以你們應將這些道理讓皇帝瞭解，軍事上自有徐都督等人去傷腦筋，你們還是策劃一下如何防止內應的力量。更重要的是，如果燕軍真的破城了，你們如何應變？每一步都要想好、商量好，到時候每個人就負責一樁大事，敗而不亂，才不致慌中鑄錯、潰不成軍。老夫說這些，乃是因為一個是防範敵人埋伏城內做內應之計，一個是萬一城破的應變之計，這兩樁事，朝廷恐怕都不會有人去細思，就全靠咱們了。」

鄭芫和朱泛仔細聽了，方冀從「你們」、「你們」一路說到最後，終於說出「全靠咱們了」的「咱們」兩字，不禁大喜，知道方冀對建文的想法已經有了轉變。他倆都感覺到，雖然章逸和朱泛都是足智多謀的聰明人，但是策劃及掌控大場面的事兒，只有明教軍師有充分的經驗。如今京師事急，有方冀願意加入，未來緊急時刻能發揮的作用可就大了。

章逸也有同樣的感覺。他身兼錦衣衛和明教教徒的雙重身分，而方冀希望章逸出來做明教的教主，擔起振興明教的大任，這事他還沒有答應，但在方冀心中，已經把他當作未來的教主。此時章逸聽了方冀的說法，便問道：「軍師，您說咱們從那做起？」

方冀不慌不忙地道：「第一件事，章逸的錦衣衛弟兄和朱泛的丐幫弟兄，要全時盯住魯烈他們的動靜。第二件事，要鄭學士建請建文下令，嚴查京師十三門出入的人等，尤其要注意有無京師中的官員、軍官、富商、京中有影響的僧尼潛行出城，有無可疑人士從外進入京師。第三件事最為重要，便是由章逸找幾個人火速規劃幾條緊急時的逃亡路線。這事朝廷原該已有腹案，正所謂未慮勝先慮敗，但老夫相信朝中無人敢做此規劃，兵部尤其不會去做。咱們明日就要決定方案，分派緊急行動時個人該負責的工作，務必做到事發時人人就位，各行其當行，才能達成任務。」方冀一口氣說到這裡，他看眾人無一人有異議，便接著道：「諸君，老夫希望永遠不需要用到這逃亡計畫。」

大家沉默了片刻，鄭洽起身拱手為禮道：「鄭洽今日見識到了江湖中對大事的謀劃布局，看來並不亞於朝廷的水準，佩服，佩服。」

那丐幫的魔劍伍宗光哈哈笑道：「鄭學士此言顯得坐井觀天了，大明的朝廷便是從江湖草莽中打下來的。朱元璋在郭子興義軍中，不就是個餓得活不下去才鋌而走險的和尚頭？郭子興的紅巾軍不全都是來自江湖草莽麼？至於明教，打蒙古人時明教立下了多少汗馬功勞，還不都是江湖豪客、武林高手？方軍師策劃行軍打仗，是真刀真槍幹過的，豈會不如當今朝廷裡、兵部裡那些無用書生？」

鄭洽覺得尷尬，但心中不得不服。方冀還了一禮道：「老夫方才說過，城防軍事方面，朝廷自有徐都督等人負責，但在如今形勢不利的情況下，應變之計不可不縝密策劃，以防萬一。」

然而方冀和章逸都猜錯了，一天過了，朱棣按兵未動；三日過了，朱棣仍然按兵不動。他紮在龍潭的大營，每日都有周遭地方的小軍隊來降，希望加入勝利的一方。燕軍歇了三日，軍容軍備都整頓得煥然一新，但就是按兵不動。

京師朝廷裡各種謠言又起，有的官員以為割地求和的談判已經生效，燕王得了大塊新封地，願意收兵；有的說建文答應清君側，要按朱棣提出的名單，將單上有名的人縛進燕營任朱棣處置，以換取燕軍退兵；民間還有謠言在偷偷地散播，說建文同意遜位，讓位於叔叔朱棣，以仁心化解一場京師大戰，以保數十萬軍民性命，以全祖宗社稷不被分裂。這些謠言沸沸揚揚，錦衣衛每天蒐集這些朝野傳聞上報，除了顯示京師人心惶惶，朝廷卻沒有任何動作。

朱棣率大軍在龍潭按兵不動已過了四天，眾說紛紜謠言滿天飛。只有建文自己知道，朱棣在等什麼。

他每天問兵部勤王的軍隊到了沒有，得到的都是令他失望的答案。援兵不來，城裡精銳之軍已送到前線，靈璧一戰消耗殆盡，剩下的部隊士氣低落，實難靠他們抵禦燕軍，唯一能依靠的是，環城七十里的堅固城牆。這是太祖朱元璋監造的大明長城，沒有一塊磚敢偷工減料。那麼朱棣在等什麼？

建文知道，他在等建文自我了斷。不管是遜位或是自殺，都能消除朱棣造反弒君的惡名。建文深知這個野心勃勃的叔叔，他要在歷史上記載：建文帝身邊奸臣當道，亂改洪武舊制，造成大明災難。燕王發兵靖難旨在清君側，不在奪皇位，而建文自知失政，遂以皇位讓給能幹的四叔，實乃順天應民，天下之大幸。至於如何讓位，是主動遜位還是自殺，倒是可以商量。

和談使節李景隆等無功而還，援軍久候不至，建文把自己關在內宮裡苦思出路，半日不見大臣。齊、黃二人在外募兵未返，方孝孺急得有如熱鍋上的螞蟻。鄭洽趕到章逸寓所來聽城破的應變計畫時，他深深地感受到：京師已成無援的孤城了。

∞

然而，此時仍有兩個人急著趕到南京來給予援手，這兩人是傅翔和完顏道長。

這段時間他們待在武昌一帶，傅翔和完顏道長兩人一面雲遊勝景，一面切磋武學；阿茹娜則在漢水兩岸行醫濟世，很快就贏得了武漢一帶民眾的讚譽。烏茹女醫之名在民間傳開，仁心仁術，救病濟貧，談起烏茹女醫，好像在談女菩薩。

武林盟主錢靜每隔兩日便收到京師來的飛鴿，京師的情勢都在她掌握之中。當她接到朱泛的報告，得知燕王大軍已經到了龍潭，便急召傅翔商量。錢靜特別耽憂南京保衛戰一旦開打，錦衣衛中與朱棣早有勾結的武林人物，包括天竺來的高手，將會以魯烈為首發動內應，章逸這邊如果加以反制，是否會將天尊和地尊引出來？

錢靜手中拿著剛才收到的飛鴿傳書，朱泛在小布條上用針尖般的細筆寫著：「燕軍即將攻城錦衣敗類蠢蠢欲動未知二尊動向如何傅翔速來。」她對傅翔道：「南京吃緊了，你快趕去吧，說不定就要變天。」

傅翔將阿茹娜託給錢幫主，他和完顏道長雇了快船，晝夜兼程趕到南京。他們的船駛到金川河口前方一個小江灣裡靠了岸，未上岸便看見南京外城的「外金川門」，這時不遠處傳來又沉又厚的喊聲，依稀可以分辨出是千萬人齊聲在喝叫「進城」、「進城」、「進城」……

船老大臉色變得蒼白，指著東面天空的塵土飛揚，顫聲道：「燕軍來了，客官你家還要上岸？」傅翔掏出一錠銀子丟在船艙板上，低聲喝道：「船家謝了，不用找錢，咱們這就上岸。」他和完顏道長才一跳上岸，船老大抓起銀子藏在懷中，一面叫聲：「你家好走。」一面飛快地掉過船頭駛向大江，逃之夭夭。

那外城牆土夯不過兩三丈高，傅翔和完顏道長一躍而過。牆內一片大水池，池邊水草又長又密，倒是躲藏行蹤的好所在。傅翔和完顏道長環目四看，水池這邊一片荒地，可見處並無人家，前方一條黃土大道從外金川門一路通進來，看來是直通內城「金川門」的大街。

這時，外城門突然被衝破倒塌，大批燕軍如入無人之境，蜂擁而至。同時沿長江的外城又有好幾處土牆被燕軍用火藥爆破，更多燕軍越外城牆而入，沿著金川河兩岸、內外城牆之間，遍山遍野地衝向內城「金川門」。

傅翔和完顏道長隱身在一個小丘上的樹頂，完顏道長指著遠處一個漸漸移近的黃色麾蓋，蓋下三匹駿馬比肩而行。傅翔跟著望去，道：「道長，您瞧中間那個金盔大帥就是朱棣了，他右邊那個和尚該是道衍法師，左邊的被蓋傘擋住了臉，瞧不出是什麼人……」

內城上忽然箭如雨下，不少士氣高漲、奮力前衝的燕軍中箭倒地，但更多燕軍前仆後繼地衝向城門，靖難之戰打了四年，終於打到京師門前，燕軍的士氣已無人可擋。金川門外「進城」的喝聲愈來愈響，真可用聲威震天來形容。

完顏道長對傅翔道：「燕軍就要攻城了，你說該怎麼辦？」傅翔道：「朱家叔侄誰做皇帝咱們管不了，但南京城六朝古都不能毀於戰火，城中數十萬軍民不能屍橫遍野。」完顏道：「善哉，善哉。然則咱們該怎麼做？」傅翔知道身邊這位天下無人能打敗的武林奇人，只要和自己在一起，就絕不肯用腦子做任何決定，便堅決地道：「若要保住京城，只有燕王退兵；如要燕王退兵，只有咱們下去將他擒住了。」

傅翔這話說出口，聽在天下任何人耳中都會認為是句玩笑話，只有完顏道長信以為真。他十分認真地思考了一會兒，然後道：「可行。你去擒朱棣，俺來對付其他人。」傅翔知道這位老道長的習性，只要替他做了第一步的決定，往下的思慮便極是細膩流利，他說「可行」必有其道理。果然完顏道長接著道：「擒不住朱棣也沒關係，就是要他知道，已經有人盯上他了，他最好乖乖不要濫殺無辜。」

傅翔從背包中拿出一件道袍穿在身上，將髮髻散了，又成了一個行腳的小道士，他也不向完顏多作解釋，這一老一小像是早已心意相通。完顏笑道：「傅翔，你又變成了燕京城那個方福祥方郎中，有趣啊。」傅翔也笑道：「方郎中要去見見京城的故人了。」

只見他一長身形便從小丘上躍下，很快就到達平地，混在燕軍士兵之中，一齊向內城的金川門湧去。燕王大軍中突然冒出一個年輕道人是有點突兀，但也沒有什麼人特別在意，大多以為是為作戰勝負祈福、為死難弟兄作法的軍中道士。只是跑在傅翔附近的士兵發覺，這個散髮道士速度異常地快，簡直沒有人跟得上他，便有些奇怪了。

傅翔一面跑，一面漸漸向朱棣的黃色大麾靠近。那麾蓋下三騎走得不徐不疾，左右前後都是服裝、兵器整齊劃一的燕王府親兵，個個顯得英氣畢露。傅翔靠得近了，忽然向前一縱，越過一排親兵，唰的一下轉過身來，面對著燕王麾蓋，雖是倒退著快步走，卻和燕王坐騎踩著同樣的步調，既輕鬆又瀟灑。

他抱拳一禮，朗聲道：「燕王爺，還記得燕京城的方福祥郎中否？」朱棣乍聞方福祥郎中來了，甚是驚喜，腦中一時轉不過來，只是直覺地問道：「方郎中，你怎麼跑到俺的軍中來……」

這時傅翔駭然發現，朱棣左邊的那人竟然是天尊，暗叫一聲「不好」。天尊已認出傅翔，大喝一聲道：「傅翔，你想裝神弄鬼……」說時遲那時快，傅翔身形忽然定住，那三匹馬立時到了跟前，傅翔伸手便要將朱棣拉下馬來，而天尊的雙掌也已揮到；傅翔若是不顧朱棣死活硬將他拉下，天尊的雙掌便正好打在朱棣身上。傅翔心想只要拿住朱棣，天尊只好縮手，自己便可得手，剩下的便是如何從千軍萬馬中脫身的問題了。

但出乎他的意料，天尊竟然完全不顧朱棣死活，雙掌一分不改地直襲而至。傅翔大驚失色，他無意傷害朱棣性命，只得飛快地變招換式，反而被逼得以自己的單掌去護著朱棣，另一掌去接天尊的掌力，立刻便顯單薄。這天尊出招極為狠毒，只一招便把傅翔逼成劣勢，傅翔要顧著朱棣的性命，而天尊反而不顧！

在那轟然一聲的瞬間，傅翔在無預設、甚至無意識的情況之下，完全順其形勢，使出了前無古人的一招，只見朱棣被拋離馬背後安然落在地上，對自己方才的危險並不自知；傅翔則穩穩抵在天尊馬前，雙目微閉，雙臂伸展如白鶴亮翅。原來天尊的掌力被傅翔完全轉移到朱棣的座馬身上，那匹駿馬哀鳴一聲，倒斃地上。

天尊的心為之一緊，暗忖道：「這傅翔的武功又精進了。」他以不顧朱棣死活的打法取得優勢，結果竟然如此出人意外，傅翔這一招根本沒有「招式」，但也可以說是幾種厲害招式的精華，在一瞬之間依形勢所需自然組合而成。天尊知道傅翔的功力仍稍遜自己一籌，但他所進入的武學境界卻令天尊心驚膽戰。

燕王四周的親兵立刻如潮水般湧了上來，十幾支長槍和刀劍一齊砍向傅翔。傅翔不願傷害這些沒有武功的兵士，但環目一看，這十幾個親兵的外圍已聚集了上百人，正湧向自己所站之地。自己如不傷人，勢必要被糾纏得沒完沒了，加以天尊在旁，此人出手完全不顧這些兵士的死活，如此情況下，自己如何脫身？

正驚疑間，他猛一抬頭，只見空中一人如巨鷹般由天而降，那人長袍飛舞，在四五丈高的空中盤旋，似乎借長袍長袖的舞動減低了下落的速度，其姿勢之優美宛如神仙中人。

傅翔瞥了一眼已知其意，他突然一躍而起，在四丈高處與來人互對一掌，兩股巨大的掌力在空中相撞，捲起地面一陣黃沙，而這兩人竟藉著這一對掌的反力，雙雙如斷線風箏般，在空中劃出兩道優美的弧線，一左一右落在城牆之上。

城牆上的守軍一陣驚呼，以為天神下降，定睛一看，落在左邊的是個仙風道骨的老道長，右邊落在三丈外的是個散髮飄飄的年輕道士，有些士兵便跪下膜拜。比較起來，傅翔雖然年輕，由於扮裝模樣比較怪異，反而得到較多人下拜。

傅翔和完顏道長正要下城牆，忽然聽到許多軍士鼓譟起來，有人大叫：「叛賊開城門了，叛賊開城門了！」也有人狂叫：「李景隆，叛賊！」「谷王朱橞，叛賊！」傅翔從城牆上往下一看，只見金川門被人從內打開，燕軍如潮水般湧入了南京城，沿著金川門內大街往城裡衝。

換了一匹戰馬的朱棣意氣風發地進了金川門，曾與他鏖兵對壘的朝廷大將李景隆上前拜倒。朱棣哈哈大笑道：「景隆，你做得好啊，省了雙方多少士兵的死傷，救了京師多少百姓的性命。」李景隆身旁一個著皇家袍服的青年公子，年約二十出頭，長得細皮嫩肉，見了朱棣拜倒在地，口呼：「迎四哥入京。」正是朱元璋的第十九子谷王朱橞。朱棣問道：「徐增壽何在？」朱橞道：「增壽欲開門內應，事發遭建文親手斬殺了。」朱棣聞言不勝唏噓。

和朱棣並騎進入金川門的天尊，方才不顧朱棣安危，只為了要一招就佔傅翔的上風，這其中的奧妙大夥卻不懂，還以為朱棣的坐騎是為傅翔所斃，天尊反而救了朱棣。這時有兩個軍官上前躬身對天尊行禮，看其服飾，一個是錦衣衛中魯烈的部下，另一個是新加入錦衣衛的天竺絕塵僧。

朱棣身邊的道衍和尚趨前低聲道：「王爺，軍紀要緊啊。」朱棣回道：「虧得你提醒我。」他在馬上揮鞭，朗聲道：「傳我軍令，燕軍入城須得秋毫無犯，與百姓商家和諧相處。有違我令者，就地正法。」這是千古以來新來的統治者口徑一致的第一道命令。於是燕軍將士入城肅然，秋毫不犯，市不易肆。

街前三家灣處的牌樓頂上隱藏著兩個花子，默默盯著這一幕燕王入城的大戲，這兩人正是醉拳姚元達及魔劍伍宗光。兩人對望了一眼，一個說：「城破了。」另一個說：「天尊來了。」伍宗光遙指城牆，低聲道：「傅翔和完顏道長也到了。咱們不必守這裡了，俺去方冀那邊報告金川門的情形，你留在這兒，過一會看看能不能和傅翔、完顏道長搭上線。」

姚元達點頭道：「你快走。你不見城防部隊從左邊小門口那邊過來了，還有一場廝殺呢。」伍宗光低聲囑咐道：「山羊鬍，兵荒馬亂，你多留點神啊。」一起身，人已在街邊民房的屋頂上，兩個起落便消失在皇城方向櫛比鱗次的屋頂之中。

∞

這時皇城中的章逸已經得到了城破的消息。于安江有個部屬留守在金川門，他在城垣上用瀏陽燄火傳訊。錦衣衛弟兄在皇城高處的守望樓上，一看到那道血色的燄火，便知道金川門出事了。

章逸飛快地奔入內宮，宮中侍衛個個全副武裝，面色都緊張得發青，章逸一路奔到乾清宮底的左邊迴廊處，有一道階梯通到地下的密室。這時密室門窗緊閉，門口守著兩個錦衣衛的軍官，正是朱泛和鄭芫。

鄭芫見章逸狂奔而至，便開門低聲問：「外面情形？」章逸沒答，只對鄭芫及朱泛道：「都跟我進來吧。」三人進入密室，只見偌大的地下室可容數十人，建文皇帝坐在一張高背椅上，對面坐著明教昔日的軍師方冀，正在向他說明緊急計畫。兩側坐了二十來個文官，人人面色凜重，室內氣氛宛如結冰，令人不寒而慄。

方冀見章逸進來便停下說話，章逸躬身道：「城已破，朱棣自金川門入城。」建文尚未答話，眾臣一陣慌亂，有的已經痛哭失聲。方孝孺厲聲道：「城破危至，尤需鎮定以對，諸君此刻萬萬不可慌亂，咱們且聽方冀先生說話！」

方冀道：「咱們已計畫了幾條出走的路線，皇帝由章逸陪同走暗道……」方孝孺打斷問道：「暗道？」方冀點頭道：「不錯，章逸已安排妥當，暗道直通城外，神不知鬼不覺便出了危地，最是安全。眾臣願追隨皇上出亡者，從東南雙橋門處出城，由鄭洽負責帶領。雙橋門處的城牆有行人走的小門，門外已有馬匹備用，眾臣向南到一座廢寺『普天寺』會合待命。此其中要選兩位體型年齡和皇帝相似的臣子或內官，身著皇帝便袍，由錦衣衛及內侍護著，一位從南走經湘桂到雲南，另一位則走安徽到湖北入川，讓見著的百姓以訛傳訛，傳得愈廣愈好。」他停了一下，接著道：「每條路線除了有侍衛隨護外，都派有武功高強的錦衣衛或江湖義士相從……」

這時密室外有人重重敲門，停半拍，然後又連敲五下。朱泛道：「是丐幫的護法來回報了。」門開處，魔劍伍宗光大步走入，抱拳為禮，朗聲道：「朱棣大軍入城，李景隆和朱穗這兩個王八蛋開門揖賊，徐輝祖還在金川河西岸苦戰。」他說完轉身對方冀和章逸道：「軍師，俺瞧咱們頂多還有一個時辰……」

章逸朗聲道：「諸君，事急矣，速換衣冠，各人帶足銀錢最重要，切勿攜包袱行李。」此時一個戶部的四品官推了一輛小車過來，車中堆著一隻隻布袋，在場每人都分了一袋，袋上鏽了一條小金蛇。鄭芫打開瞄了一眼，袋中全是碎金塊，想是為了在民間使用方便，故不用官家的金錠。

鄭洽已經深刻瞭解方冀的計畫，此時權充領袖，掏出一疊緊急通行令，道：「要隨小弟走的，一刻後在千步廊長安西門集合，逾時不候。」立時有十二、三人起身，一一向建文跪拜了，領了通行令便走出密室。室中還剩下十幾個人。

建文悽慘地道：「朕無德失政，引發內戰，四年來受朕新政之益者少，而內戰中死傷者眾。朕當殉國，否則有何臉面見太祖於地下？」方孝孺原本是建議建文殉國的，此時反而不好再說什麼。

章逸道：「皇上死，於國於民無補。靖難之戰，非皇上新政引禍。天下百姓皆知皇上是仁義之君，朱棣乃是狼子野心，皇上不必過於自責，更不可自絕。」

建文抬頭道：「孝孺，你隨朕去麼？」鄭芫聽了這句話，緊繃著的心終於放鬆了一些；建文這句話終於表示他接受了方冀的逃亡計畫，至少不會在此時尋求自殺了。

方孝孺凜然道：「臣不離去，臣要留在朝廷面對竊國的奸賊，好好痛罵他一頓，為我大明留下一股正氣。皇上保重，臣要去了。」他跪下三拜，起身正冠，看也不看其他眾人，昂然走出密室去了。鄭洽望著他的背影下拜行禮。

這時一個坐在角落的僧人走到建文面前，合十道：「皇上啊，您仁心為懷，飽讀詩書，太祖原以為由您接位，內有文治，諸王在外而有武功，鐵打的江山永遠都是姓朱的，因而殺盡開國大將毫不手軟。豈料禍起蕭牆之內，皇上再無平燕之大將……」

建文道：「溥洽法師休要再說，朕錯用了庸將，錯信了奸臣，又有婦人之仁，此時悔之不及了……」溥洽道：「貧僧忝為皇上主錄僧，愧對皇上無寸進之功，但求終生留在天禧寺中，青燈古佛前為皇上焚香誦經，祈求佛祖保佑，死而後已。」

這時兩朝老太監江公公趨前跪下，手中捧了一隻黑綢布包，舉過頭頂獻給建文。建文詫道：「這是什麼？」江公公將黑綢布包解開，拿出一件金光閃閃的紫衣袈裟，展開一看，原來是雲錦織成，上有九條五爪金龍，在祥雲之中伸爪騰翔，顯得金碧輝煌。一看便知是南京聞名天下的雲錦極品，金龍竟是用真金線所織。

江公公道：「這是太祖爺交給奴才保管的寶物。太祖爺少時曾在皇覺寺出家為僧，就了大位後，曾秘命南京雲錦織造製作了這件五爪金龍的紫衣袈裟。他說這件袈裟表示他雖貴為天子，卻不忘本，要奴才好生保管，代代傳與皇帝子孫，讓子孫知曉其來有自。今日皇上要遠行了，老奴不願將這寶物交給……交給……別人，便請皇上帶著，今後只好麻煩皇上自己保管了。」

建文接過那件五爪金龍紫衣袈裟，面上現出極度激動之色，他強忍著閉起雙眼，一言不發，那百般激情在他英俊白皙的臉上跳動——這件袈裟是太祖的寶物，我是太祖欽點的傳位人，這寶物當然是屬於我的——他心中暗思，呼吸漸漸從急促平緩下來。當他睜開雙眼時，兩眼中熱淚盈眶，但終究沒有流下來。

他四顧尋人，口中喊道：「芫兒，鄭芫何在？」鄭芫在一旁注視著這個年輕的皇帝內心正接受人間少有的煎熬，同情之心充塞她的胸懷，忽然聽到他叫喚，連忙上前道：「鄭芫在。」建文低聲對鄭芫道：「用妳短劍削我頭髮，溥洽見證。」

眾人一聞此言大驚出聲，有人叫道：「皇上不可……」卻聽得溥洽大聲道：「皇上好主意！一來易妝有利潛行，二來可說是深體太祖製這袈裟的心意。事不可為，從那裡來的就回那裡去吧！」

眾臣中又有一人拍手道：「俺也覺得皇上好主意。芫兒，妳快動手，事急不可再延。」說話的乃是紅孩兒朱泛。

鄭芫望了章逸一眼，章逸微微點了點頭，鄭芫上前向建文行了一禮，從衣袋中掏出一條雪白的細布巾遞給建文。建文揩拭充滿眼中的淚水，對著鄭芫微微笑道：「芫兒，聽說妳得了一把寶劍，快動手吧。」

鄭芫覺得那微笑中有無限的淒涼，她深吸一口氣，一手挽住皇帝頭上解開了的長髮，一手唰地拔出腰間短劍，暗暗泛藍的劍光一閃，建文頂上長髮落地。

等到建文的長髮被削去剩下不及半寸時，江公公已親自端了金盆熱水，將一柄鋒利的短刀遞給溥洽，低聲道：「皇上削髮，還是您這僧錄司善世來完成吧！」溥洽接過短刀，由太監侍候著，片刻間即熟練地將建文剃成了光頭。

建文望著滿地頭髮，哈哈大笑，信口吟道：「明知煩惱不在頂，枉去三千煩惱絲。皇帝削髮，由你這掌管天下僧錄的善世操刀，此乃古今佛門佳話也。」說完這話，雙目發酸，兩眼辛酸之淚差點奪眶而出。

鄭芫得到這柄寶劍，心愛不已，每天總要拔出來觀賞揩拭好幾回，一直在設想，不知頭一回用這劍開利市是個什麼場面？萬萬想不到這寶劍在她手中第一回開利市，竟是為建文皇帝削髮。她一時忘情，輕輕握了握建文的手，又拍了拍他的手背。

建文站起身來，向溥洽道：「溥洽，索性再借你身上僧衣僧帽。希望能有再見之日，還你一身新的。」溥洽稱是，便要換衣，忽然碰的一聲，接著密室大門外捶門之聲大作。站在門邊的伍宗光拔出長劍，厲聲道：「什麼人在外喧囂！」

門外傳來淒厲的哭喊聲：「不好了，快開門，不好了……」那聲音一聽便知出自太監之口。伍宗光將門打開，一個太監跌跌撞撞進來，大聲叫道：「坤寧宮起火了，皇后……皇后她自焚了！啊呀……」他突然看到削了髮的建文，驚嚇得褲子立刻濕透。建文一聽皇后自焚，一個踉蹌，哇的一聲吐出一口鮮血，鄭芫一把扶住。

這突發情形十分混亂，在這種時候就看出丐幫護法的膽識和機智了，他一把抓住那太監，不慌不忙地道：「什麼自焚？快帶我去救火！」那太監回頭便跑，伍宗光跟了出去。鄭洽還有話要問那太監，忙追過去叫道：「伍護法且慢。」朱泛伸手攔住道：「鄭學士稍安勿躁，伍護法馬上便會回來。」

這時鄭芫在建文背上點了兩指，建文漸漸平息下來。章逸從懷中拿出一疊緊急通行令，上面蓋的是中軍都督徐輝祖的官印，他分給鄭洽、鄭芫、朱泛、方冀、沙九齡及諸臣每人一張，剩下幾張放回懷中。

章逸道：「鄭學士，你和朱泛、鄭芫、沙九齡到千步廊長安西門去吧。記住，從雙橋門的小門出城，直奔普天寺。」建文指著鄭芫道：「鄭芫跟著朕這一路吧。」章逸望了方冀一眼，方冀不置可否，章逸便道：「芫兒，妳就跟著我吧。」他悄聲在鄭芫耳邊道：「妳娘和寒香阿姨已由于安江先送出了南京城。」鄭芫大喜，想問細節但忍住了。

朱泛和鄭芫緊緊握了手，朱泛道：「萬事小心，聽章頭兒的吩咐，咱們再見。」便和鄭洽、沙九齡走出密室。章逸見江老太監侍候著建文換好衣袍，戴上僧帽，儼然一個英俊的年輕和尚，便上前請道：「皇上，咱們也該走了。」

建文對溥洽合十道：「溥洽方丈，請賜我法名。」溥洽想了想，道：「南京是應天，皇帝為建文，你便叫應文吧。」

這時江公公指著一個年輕的太監對建文道：「王鉞侍候皇上也有一段時間了，他忠心耿耿，辦事俐落，便讓他跟著皇上，代替老奴侍候皇上了。」建文道：「你不走？」江公公微笑道：「老奴年紀大了，走不動啦，咱送皇上走了以後便要回老家去了。」建文道：「書房裡花架下的白花瓷盆裡還有千把兩銀子，都是平日零用省下來的，你拿了回家去吧。」江公公跪下叩頭道：「謝主隆恩，奴才下輩子還要侍候您。」

密室門碰的一聲大開，只見魔劍伍宗光大步走進來，進門第一句話便是：「坤寧宮燒得沒法救了，那報信的小太監倒是忠心耿耿，跳到火場中隨皇后而去了。」建文聞言更加傷感，鄭芫聽了也極為感動，只有方冀冷冷看了伍宗光一眼，心中雪亮，那小太監已被伍宗光處死了。千不該萬不該，小太監撞見了削髮為僧的建文帝，知道這秘密的怎能留下活口？丐幫會這麼做，明教也會這麼做，只是方冀不會去拆穿它。

伍宗光抱拳道：「事已急，燕軍將至，咱們快走吧。」章逸從密室的右角地板上摸到兩個鐵環，他抓著一個鐵環跟方冀打個眼色，方冀抓住另一個鐵環，兩人開聲吐氣喝道：「起！」一塊千斤石板被拉起，下方出現一條窄狹的階梯，向下不知通往何處。章逸道：「壁上插著的火炬，咱們拿幾支，就跟著俺下去。鄭芫，妳侍候著皇上。」

建文朝紫禁城南方太廟的方向拜了三拜，喃喃祝道：「允炆如不能恢復帝祚，這一生便就是『應文』終了。」他抬起頭來道：「走吧！」

江公公跪在地道口旁，恭送建文帝。鄭芫、方冀隨章逸魚貫進入了地道，其餘諸臣匆匆走出了密室，頃刻間整間密室就只剩江公公一人。只見他不慌不忙從幕簾後搬出一堆堆紮好的稻草及葦竿，在密室中央鋪了一個圓圈，又搬出一桶桐油澆在一紮紮的稻草堆上，然後到壁上拿起一支火炬，走到圓圈中央，盤膝向南坐好，將手中的火把丟在淋滿桐油的稻草堆上。

8

魯烈和錦衣衛中的天竺高手們全力投入迎接燕軍的戰鬥中，這批武林高手衝入徐輝祖的城防軍，直如虎入狼群，勇不可當。徐輝祖見事已不可為，便拍馬迴轉，打算回到宮裡與建文帝共赴國難。就在他回馬之時，背後一個尖銳的喝聲響起：「徐輝祖，你那裡走！」他猛一回頭，只見一人疾奔追來，速度更勝快馬，手中長劍閃爍著寒光，竟是當今錦衣衛的首領魯烈。

徐輝祖勒馬橫槍，凜然不懼，也大喝道：「魯烈，你終於明目張膽做叛賊了，吃我一槍！」他一槍刺出，藉著跨下駿馬暴衝而出之勢，極具威力。魯烈雖知徐輝祖並無上乘武功，但也知他一生勤練的刀馬功夫和臨敵經驗仍不可小覷，於是施展輕功一躍而起，從三丈高的空中人劍合一殺將下來，正是全真劍法中的殺手。

徐輝祖並不識得這招式，只得側身倒向馬背一邊，雙腿一夾馬腹，馬兒長嘶一聲，四蹄躍起，徐輝祖的身軀已配合這馬兒上躍之勢，從馬側邊一彈而起，手中長槍使一個「舉火燒天」，對準疾速下落的魯烈刺去。他這一擊裡，馬與人的配合已入化境，沒有幾十年的馬背上功夫絕難做到。

魯烈運起內力，由上而下劍撥長槍，順著槍桿直砍下來，同時左手一把抓住長槍的槍頭，大喝一聲，徐輝祖的槍頭已被生生折斷，手中只剩下槍桿。他奮力一擋，雖然擋住了這一劍，槍桿也只剩下了半截。

魯烈要再下毒手，忽地身後拳風破空之聲大起，一股罡風凌厲無比地直取後腦，他暗叫不妙，心知高手到了，只得回身揮劍自保，兩股內力相互碰撞，各自收式。來者正是大名鼎鼎的「醉拳」姚元達。

姚元達及時趕到，解了徐輝祖的危機。徐輝祖將手中半截槍桿擲出，拔出腰間長劍，見來人是新近加入己方錦衣衛的丐幫高手，心中一安，便冷冷喝道：「姚老哥，這廝不是你的上司，是朝廷的叛徒。」

魯烈和姚元達立刻鬥在一起，徐輝祖則躍馬上了左邊一處小山坡，從坡上下望，只見燕軍已攻過安仁街、丹鳳街口，到達京師國子監的外圍，「金吾後衛」業已潰敗。徐輝祖知大勢已去，心中反而篤定下來，他是朝廷高層中極少數知曉方冀擬定的突圍計畫的人，抬眼向皇宮方向望去，忽見濃煙冒起，暗忖道：「皇上突圍的計畫已啟動了。」

那宮城中的濃煙愈升愈高，激鬥中的姚元達和魯烈都已注意到，姚元達暗道：「差不多該走了。」猛向魯烈攻出三招，便打算撤身而退。那魯烈見到宮城濃煙，心中忽然閃過一個念頭：「咱們這邊的錦衣衛已全部投入襄助燕軍的戰鬥，何以章逸那邊的高手除了這姚元達，一個也不見？唉呀，不好，章逸他們定有詭計……」

他想到這裡，也是無心戀戰，見姚元達奮力攻出三招，他勉力接了兩招後，突然拔起身來，搶先一步脫離戰場，悶聲不響地往皇宮方向飛奔而去。姚元達怔了一下，正準備依計畫趕往集合地，卻見徐輝祖縱馬從前方小山丘上衝下，口中喊著：「姚老哥，留一步說話！」

姚元達才站定身形，那徐輝祖的馬已衝到，唏喇一聲便穩穩立定在腳前，騎術簡直神乎其技。姚元達忍不住讚道：「徐帥好俊的馬上功夫。」徐輝祖在馬上抱拳為禮道：「方才多謝姚兄來救，輝祖才不致傷在那魯烈手下。」姚元達道：「好說，好說。」

徐輝祖道：「簡單一句話，『雙橋門』候著的馬匹全是俺府上的良駒，其中一位馴馬師父希望你們帶他出走，此人姓廖名魁。」姚元達複誦道：「廖魁，魁首的魁？」徐輝祖道：「不錯，廖魁。此人是個頂尖的盜馬賊，對俺赤膽忠心，極重義氣，帶在身邊絕對安全，而且必有後用，豈不聞孟嘗君養雞鳴狗盜之士麼？」姚元達道：「記下了。然則徐帥不跟建文走？」

徐輝祖騎在馬上，遠方的廝殺吆喝聲漸漸逼近，他淒然搖了搖頭，十分嚴肅地對姚元達道：「俺不走了，請轉告皇上及章逸等人，我徐輝祖便守在中山王的祠堂裡，等著朱棣來捉我。他若殺我，看他如何面對天下悠悠之口；他若不殺我，日後皇上無論去了何方，京師無論如何演變，俺這裡就是個聯絡站……」他說到這裡戛然而止，一帶馬韁，道聲珍重，策馬直奔太平門而去。中山王徐達的墓及祠堂，都在太平門外鍾山之麓。

姚元達極想從玄武門衝進皇城一探究竟，但他必須嚴格遵守方冀的計畫，此時他應儘速趕到雙橋門。他摸了摸衣袋，確定那張緊急通行的文書仍在口袋中，章逸事先就給了他一份。

8

章逸領著建文、方冀及鄭芫走入了地道，在密不透光的黑暗中，全賴幾支火把照出前路，地道裡霉味甚濃，但火燄並不熄滅，顯示仍有通風的秘孔。章逸輕聲道：「咱們現在是向南而行，對照地面上的位置，大約剛剛走到午門。」摸索著走了一千步左右，章逸又低聲道：「咱們現在大約走過承天門。」地道陡然向右偏轉，約略又走了八九百步，走到了盡頭，前面是一面土牆，鑿痕累累。

章逸停下來，方冀忽然開口道：「章逸，咱們現在可是在錦衣衛衙門的地下？」章逸稱是，心中大為讚佩，暗想：「前次潛入皇宮刺殺朱元璋時，曾要方軍師熟記全城重要建築位置，如今在黑暗的地底下，他居然能感覺出地面上的位置。明教軍師小諸葛，這大名可不是白叫的。」

鄭芫道：「前面無路了，咱們怎麼走？」章逸道：「咱們要出地面，出口是在錦衣衛衙門後院的一座石亭中，石亭藏在一片極為隱蔽的林子裡，平日絕少人在那裡出沒。咱們小心不弄出聲音，動作迅速一些，即可安全無虞。芫兒，妳好好侍候著皇上。」

建文從進入地道後一直默默無一語，這時忽然低聲道：「世上再無建文皇帝了，貧僧『應文』。我少年時也習了一些拳劍，章逸，你不要擔心。」

章逸恭聲道：「大師父說得好，建文這兩個字便留在皇宮裡吧。」他在地道左右兩牆擊出兩掌，牆上泥沙簌簌落下，兩牆發出的聲音略有差異。章逸對著左邊的泥牆道：「是這裡了。」提氣對牆連擊五掌，牆上泥土崩落，出現了一個小洞，洞中有簡陋的階梯向上，顯然是通往地面。

章逸率先彎身鑽入，向上斜爬了五、六十步，頂上摸到一個石塊，石上有道鋼製的機簧，章逸施力一扳，一陣咔咔機簧響過，那石板竟然轉開可通過一個人的孔隙。章逸一吸氣，如一隻狸貓般已到了洞外地面上。他環目四看，洞口果然就在深林子裡石亭中央的石桌下，林子靜悄悄的並無人影。他連忙伏地向洞口裡低聲喊話：「安，速上。」方冀和鄭芫推扶建文出洞，章逸伸手接住，略一施力，建文已經上了地面。章逸只覺建文動作靈活敏捷，有點超出意料。

方、鄭出洞後，章逸和方冀齊施內力，將機簧撐開的巨大石板硬推回原狀，一聲咔嗒響，機簧到位，從外面再也沒法打開了。章逸領著三人很快地轉過石亭，在林子的盡頭找到一口枯井。這枯井正是當年刺殺朱元璋時，章逸從護城河底的秘門走回城內的地道出口。

章逸摸到井邊，輕輕發出一聲口哨，方冀聽出這口哨的音節正是明教的切口：「你——在——那——裡？」

一排參天古槐後是一片矮竹林，竹林中唰地閃出一個又乾又瘦的老尼姑，低聲對章逸和方冀道：「你們來的正是時候……」

這時前方的錦衣衛衙門裡傳出動靜，接著講話的聲音傳到了院中，只聽得一個焦急的聲音道：「……你確信章逸沒有到衙門來？……」聽那聲音帶著一絲特殊的口音，章逸急對那女尼道：「董堂主，魯烈來了，妳快帶路。」

那女尼正是明教昔日土木堂的堂主董碧娥，現下是南京莫愁湖萼梅庵的住持覺明師太。她也無暇寒暄，三兩下便移開堆在井口上的石塊，揭開一塊石板，一躍而入。鄭芫扶著建文，托著他的雙脅，也是一躍而入。

董碧娥在井底抽開一塊鐵網，下面出現向下斜伸的階梯，她十分小心地走下去，輕聲道：「小心地上的引線，千萬不要踩斷了。」火光照耀下，果然看見階梯邊一條黑色的火藥引線一路鋪設下去。

復行數百步，鄭芫聽到河水拍岸的聲響，低聲問章逸：「下面有河水？」章逸道：「咱們立足之處已比河面更低了。」

這時井口上面傳來驚呼之聲：「都指揮，這裡有一口枯井被人打開了！」另一個驚呼之聲道：「這枯井下面大有文章！」

鄭芫低叫道：「糟了，這秘道被魯烈的手下發現了。」只見那董碧娥不慌不忙，彎下身去，用手中的火摺子將火藥引線點燃，同時急速向前十數步，仔細察看了一下地道頂部，唰的一下，從腰間拔出一支短鐵杵，猛一招「韋陀擎天」，那短杵挾著凌厲力道，直擊頂上土石。

果然頂上是一塊薄石板，一擊而破，大堆沙土嘩啦落下，一道光線透了進來。董碧娥抬頭向上仔細察看，喃喃說道：「費我蕚梅庵姐妹們三整日打了這口豎井，落點果然正中目的。」方冀忍不住讚道：「董堂主，妳的土木技術愈老愈厲害了。」

董碧娥一躍而起，雙腿叉開，雙足蹬在豎井壁上一連數縱，便攀出了地面。就在此時，地道另一端傳來轟然的爆炸聲，董碧娥埋在枯井的大量火藥已經引爆，整座枯井被土石填滿不復存在，那兩個發現枯井的錦衣衛已被炸得血肉橫飛，恐怕是活不成了。

爆炸的音波震駭了地道中諸人，硝煙及塵土也飛快地向地道這一頭衝過來。董碧娥從腰上解下一根粗繩，從豎井上垂落下去，鄭芫立刻將繩在建文腰間繫好，一抖繩索，董碧娥便從豎井外往上拉，建文自己也手腳並用往上攀，不一會便上了地面。董碧娥伸出大拇指讚道：「皇帝好身手。」

待方冀、鄭芫和章逸一一攀上地面，五人正站在護城河與城牆之間的狹窄帶狀綠地上。董碧娥率蕚梅庵的土木工作隊伍，在此狹窄空間以三天時間挖就了這口豎井，與下面地道的連接分毫不差，確實不愧了這「賽魯班」的名頭。

這時一條單桅的修長小艇悠悠地滑過來，停在五人面前，船頭站著一個竹笠蓑衣的漁夫，正是陸鎮。陸鎮沒有二話，低喝一聲：「事急，快上船吧。」

他伸出一支竹篙，讓建文抓住上船。建文和鄭芫坐在船中央的小竹艙中，其餘三人上了船，立刻坐在三個有槳的位子上。陸鎮以長篙一撐，這條狹長的小艇便如一支箭般射向護城河的中央。陸鎮道：「三位調整施槳節奏，第一，必須齊步，聽我號令；第二，和俺的撐篙動作相間隔。好，開始！一——二，一——二……」

三人都是一身武功，臂力既強，協調力極佳，三五槳之後便已抓到訣竅，划出的步調趨於一致，跟著陸鎮的口令，三人六槳一扳出，陸鎮的長篙立刻跟著撐出，那小艇便以驚人的速度向前方駛出，當真是劃水猛進而水花不興，船行端的是優雅瀟灑。

這時坐在竹艙中的鄭芫才為建文介紹，船頭的女尼是明教昔年的土木堂主董碧娥，船主漁夫是明教昔年的水師大將陸鎮，最後還介紹了章逸。令建文最為震驚的是，這個久已認識的新錦衣衛首領竟也是明教的隱形高手。

建文想到自己逃出皇宮，靠的是方冀的規劃、章逸的指揮、董碧娥的土木機關，最後走了水路，接應的是陸鎮；四個人全是明教的舊人，而自己的祖父竟毒殺明教高手，將明教勢力瓦解殆盡。如今明教人以德報怨，救自己出宮，免落朱棣之手，實是大大的恩惠，他思前想後，長嘆一聲，久久不能自已。

方冀也在想同樣的事，他的心情極為複雜，甚至自己都不相信會全心全力地幫建文逃亡。是因為建文施行仁政？是因為人民生活改善？還是看到章逸、傅翔這些年輕一輩的都能跳出過去，面對未來？也許都有一點，但他此時還沒有想清楚，促使自己想法改變的一個重要原因，竟是朱棣！

朱棣的作風太像朱元璋了，他相信的是武力和權謀，他要以武力奪皇位，打的旗幟卻是「靖難」。方冀和朱元璋之間有不共戴天之仇，他冷眼觀看這幾年的發展，不知不覺間便對朱棣產生了極大的反感，這種反感使他對建文隱然產生了很大的同情，超過了方冀自我的理解。這時朱棣殺進南京，建文面臨生死最後關頭，方冀竟然毫不猶豫地放下對朱家的仇恨，為助建文逃亡悉心做了規劃。想著想著，方冀也是長嘆一聲，一時說不出話來。

陸鎮停止了指揮划船的口令，只因四人的配合很快便入佳境，那小艇愈划愈快，片刻便到了護城河與外秦淮相交之處。陸鎮要大家停槳，他將小艇撐到岸邊。方冀隨即站起身來，對建文拱手道：「老夫到此與諸位暫別，要速趕到普天寺去。皇上此去有章逸、鄭芫、董堂主相護，陸鎮掌船，可以安抵目的地。」

建文也合十道：「朝廷有負明教，方先生與明教諸君以德報怨，救貧僧免落叛賊之手，大恩雖不言報，貧僧終生不敢或忘。」

陸鎮將船向前一撐，長篙在岸石上點了幾下，那船竟如長了眼似的，極其巧妙地駛入一條橫交的狹小引道中，轉向時船身與兩邊石岸擦身而過，相距不過寸許。這陸鎮駕船的功夫已到了神乎其技的地步，便連章逸都瞧得目瞪口呆。

章逸見船已入外秦淮，方冀施展上乘輕功，身影消失在城牆彎處，便準備宣布目的地。他正色道：「根據方軍師的計畫，他老人家須火速趕到普天寺與眾人相會，咱們卻直接由秦淮河走水路，南下浙江去也。」

坐在船頭的董碧娥上身特長，坐著比一般男子還要高，更因人瘦如柴，整個人像是一件黑袍撐在竹架子上。她接著解釋給建文聽：「方軍師命大夥分批到普天寺去，難免有人瞧見通報，這讓朱棣及他的手下以為皇帝一定也往普天寺去了。但他卻不事先告知眾臣何去何從，就算萬一有人落入了燕軍之手，燕軍也問不出什麼機密。他要確信皇帝這邊已經上路了，這才趕去普天寺主持大計，分派不同小組逃亡的路線及目標，要讓敵人的偵騎疲於奔命，而咱們已到了浙江浦江鄭宅鎮的江南第一家。」

鄭芫興奮地道：「鄭學士的家？」她爹娘的老家便在鄭宅鎮，雖不是「江南第一家」，卻是在同一鎮中。

建文點頭道：「但願不為鄭洽家中帶去殺身大禍。」章逸道：「軍師規劃之時，鄭洽主動建議去『江南第一家』，咱們想到江南第一家自南宋以來，三朝忠義相傳，仁孝為律，從宋高宗建炎以降，已經九世同居共食，忠臣孝子名滿天下。皇上去那避一避，最是安全不過。」

建文從開始出走，見識到方冀規劃的縝密，一步緊扣著一步，而各人依計行事，時間地點分毫不差，比起來朝廷文武無一人、無一衙門有此效率，不禁喟然而嘆：「國事如得有方軍師之才者主持，焉至於此？」董碧娥暗忖：「方冀乃是朱元璋毒酒相害唯一的漏網之魚，談什麼主持國事？」

小艇漸漸行入秦淮上游，陸鎮揮篙左撐右點，將小船駛入了蘆葦遍生的濕地中。只見他輕鬆無比地撐篙，小艇流利無比地在複雜的水道中穿巷入弄，一晃眼便從秦淮河的河面上消失。就連建文也感覺得出來，朱棣就算發現自己失蹤，派出千百偵騎來追，只怕也已來不及了。他到此時才鬆了一口氣，腦中卻立時想起自焚的馬皇后，想起不知未來命運的兒子，想到大好江山，想到茫茫前程……

「朱允炆啊，就算你保住了性命，這後半輩子如何度過？」他默默自忖，到這時，兩行熱淚才奪眶而出，潸然滴濕了僧衣而不自覺。

∞

南京城外的普天寺，斷壁殘垣的主殿後兩間尚稱完整的禪室，和破落的主殿廟宇之間，隔著一道斑駁充滿滄桑之色的石牆。方冀施展輕功，從坡上小路一路抄捷徑趕到兩間禪室前。他在左邊一道門上用約定的暗號敲門，門開處，朱泛一把將他拉入室中。

眾人見到方冀，緊張的心情皆為之一鬆。方冀道：「建文帝已安全出宮，沒有任何人見著他的行蹤……」眾人齊聲叫「好」，方冀續道：「適才來時，有一段沿城牆而行，見城垣上旗幟已易，所有城門都緊緊關閉，看來京師已完全落入燕軍之手。估計朱棣到了皇宮，發現焚屍中並無建文，諸位想想看，朱棣會怎麼著？」

一個頭戴布冠的年輕官員應聲而答：「朱棣必指定一具焚屍，一口咬定屍身便是建文帝，對外宣布建文帝已自焚而亡，私下卻立即啟動搜捕建文帝的行動。」

方冀暗暗點頭，對這年輕官員的見識十分欽佩，抱拳道：「兄台所言極是，請教台甫？」

那官員道：「御史葉希賢。」一旁的朱泛補了一句：「前不久上疏彈劾李景隆，名聲動京師的葉御史。」

方冀對京師裡發生的大小事並不熟知，但他覺得這葉御史見事極是明白，便多看了他一眼，覺得這葉希賢身材瘦削挺拔，雙目炯炯有神，倒和建文的神形有些相似。他繼續道：「老夫估計不出半個時辰，搜捕的偵騎便會到城外來搜查，咱們要趕快行動了。」

燕軍派出的偵騎尚在城內戒嚴搜查，天尊帶著絕塵僧及楊冰已經出了城門，正要往普天寺的方向奔來。

天尊如何會想到普天寺？只因有線民看到了兩批人馬往此方向潛行，有人認出其中名氣較大的官員，便向錦衣衛魯烈報告。那時魯烈在錦衣衛衙門的後院發現了一口枯井，正要派人下去查看，豈料那枯井中埋有大量火藥，被人引爆後全毀了。

魯烈正在苦思這其中的道理，天尊已帶了絕塵僧和楊冰趕到錦衣衛衙門，他問魯烈道：「有沒有見到醉拳姚元達？有人瞧見他朝這邊過來。」魯烈道：「沒有看到，但這座枯井爆破得十分蹊蹺，會不會有人先進去了，而裡面另有出路？」楊冰是個仔細人，他瞧了瞧形勢，點頭道：「魯都指揮使料得不錯，定是有人先躲進了枯井從秘道出城，順便燃爆了事先埋好的火藥。咱要把秘道清出來，怕不要花一兩天的工夫？」

天尊暗自沉吟：「聽說皇宮的失火現場還未找到朱允炆的屍體，會不會是從這口枯井中潛逃出去了？」他忽然想到一事，便指著枯井口堆塞的土石道：「魯烈，你恐怕要找些士兵把這口枯井清出來，再派人下去仔細搜查。我想到了一個地方，是章逸等人最熟悉的城外據點……」楊冰搶著道：「普天寺？」魯烈也道：「方才有線民來報，往普天寺城郊發現了可疑人等。」天尊便點頭道：「絕塵、楊冰，咱們速去普天寺瞧瞧！」

天尊領著絕塵僧和楊冰向聚寶門奔去。這三人施展出絕頂輕功，便如三隻大鳥在屋頂上飛過，到了城垣處躍起空中，在內城牆上略一借力，便登上了五丈高的城牆。城垣上的燕軍眼前一花，三條人影已掠過他們面前，飄然下城去了。

然而，就在通往聚寶山的米行大街中央，站著兩個人，正氣定神閒地等候天尊等三人。天尊一眼就認出，暗暗咬牙道：「完顏和傅翔，又是你們。」

完顏道長站在傅翔左邊，低聲對傅翔道：「咱倆的任務便是盯牢天尊地尊，其他的一律不管。」傅翔道：「但是始終沒有看到地尊呀，地尊去那裡了？」完顏道：「不要問我，老道士的腦子不夠使。待會兒天尊交給我，你對付其他兩人。」

他們的對話才了，天尊率著絕塵僧和楊冰已到了五丈之內。天尊停下身來，冷冷地道：「兩位請讓開，咱們有急事。」完顏道長嘻嘻笑道：「什麼急事？碰到咱們便不急了。」天尊忍住怒氣，好言道：「道長請讓，咱們確有急事要趕路。」完顏仍然嘻皮笑臉地道：「前回在武當山和地尊打了一架，十分的過癮。自少林寺一戰後，還沒有機會和天尊試試招，看你天竺武功加上張三丰真人的太極武學，又有什麼驚人的進境？對了，地尊去了那裡？是不是怕了我老道躲起來了？」

天尊怒極而笑，冷然道：「道士不作興吹法螺，當心吹掉自己的舌頭，你是讓開還是不讓？」他雙拳內收，提氣待發。完顏道長居然不知自制，繼續道：「其實我老道並不可怕，俺最多就是一個百戰不敗的老皮子，真正可怕的是俺身邊這個小伙子。天尊啊，上次你僥倖贏了他一招半式，今天碰上，興許你就打不過他啦！」

天尊不再答話，雙拳起處，一股罡風疾如閃電，直取完顏道長胸前，完全是以硬碰硬、以快打快的戰術。完顏退半步，立刻抓住了天尊尚未發出的招式動向，一掌拍向天尊左側，看似打空，卻是天尊發出下一招時必保之處，逼得他只好撤招換式，這一招攻擊的狠招便算白打了。

傅翔不待絕塵僧和楊冰動手，便率先攻出一招明教左護法喬原士的「金沙掌」，腳上一踩「鬼蝠虛步」，左掌極其自在地點出一指，正是明教教主的「追神指」，一攻絕塵僧，一攻楊冰，配合之巧妙，令兩個敵人一面回招閃避，一面暗中讚歎。

這時，普天寺後的禪室中，方冀已經分派任務完畢。決心隨建文逃亡的眾臣中，一個吳王教授楊應能，一個御史葉希賢，從外形看來與建文帝朱允炆有幾分神似，兩人自願假扮建文，混淆敵方偵騎。

方冀暗忖道：「建文已經削髮為僧，但敵方並不知曉。我瞧楊、葉兩位官人先不要削髮，以免弄巧成拙，只要披上皇帝的錦袍即可。」於是宣布道：「葉御史往雲南走，沙九齡老兄帶路，朱泛護駕；楊教授走湖北入蜀，由姚、伍兩位護駕；鄭學士、王公公、廖魁隨我走，其餘各位可各自選擇加入那一條路線。請諸君牢記，此去千里逃亡，一路必然十分艱苦，如能眾人一心互相照顧協助，自能平安擺脫燕王的偵騎。」

接著方冀對兩位官位較高的大臣道：「廖大人、金大人，咱們以半年為期，半年內諸君安頓好了，歡迎臘月十三到紹興城外的會稽山會面，共商爾後大計。」廖、金二人是兵部侍郎廖平及刑部侍郎金焦，此後由二人負責聯絡。

眾人聽了別無異議，便分成三批走了。馬匹不夠，就讓文官們騎馬，其他人步行，到了有市集的地方再添購馬匹。那徐輝祖特別推薦的馴馬師廖魁道：「馬匹都給其他兩組，咱們只留一匹給鄭學士騎就好。」他轉身對方冀道：「咱們南行到雨花台街，那裡有個京師府軍衛養馬場，俺去牽他幾匹來，大夥上路。」

姚元達曾把徐輝祖的話轉告方冀和章逸，方冀知道這廖魁不僅是馴馬高手，還是個經驗豐富的盜馬賊，他說去「牽」他幾匹，那便是盜他幾匹馬的意思了。方冀但點首，沒答腔。

這時兩批人馬皆已出發，禪房中只剩下四人。鄭洽這時才宣布建文的去處，低聲道：「咱們這一路便由我來帶路，方先生護著，直奔浙江浦江鄭宅鎮去，和皇上會合。」方冀道：「不錯。從今日起，咱們不能再稱呼他建文，也不能叫皇上了，大家便叫他『大師父』吧。」太監王鉞細聲細語地道：「咱們這就動身吧？魯烈他們在城裡找不到皇……大師父，必定出城來查。咱們快走吧。」方冀點了點頭，便要鄭洽上馬。

這時在米行大街通向雨花台的路上，天尊和完顏道長已交手了好幾百招，雙方都沒有任何破綻，僵持不下。

而傅翔以一人力戰兩大高手，便顯得有些吃力。絕塵僧盡得地尊真傳，這些日子跟著天、地兩尊者，又得他們傳授了不少新的武學體悟，功力確是非同小可，辛拉吉等師弟和他比起來有相當的差距；但最令傅翔驚異的是那少林叛徒楊冰的武功，楊冰不但少林功夫純正而精深，在運氣吐勁之間，竟然也有極為深厚的天竺內功。

數十招過後，傅翔全力對楊冰出招，逼得楊冰把壓箱底的本事全盤使出，再無半分保留，不但傅翔為之驚駭，就連絕塵僧也感到震驚，暗忖道：「怎麼楊師弟的天竺功夫底子竟不在我之下？這是怎麼一回事？」但楊冰使出的少林劍法又是如此正宗純正，他怎麼可能同時練就兩派武功，而且全都達到極為上乘的地步？

絕塵僧一面出招攻敵，一面暗忖道：「楊冰肯定多年來都在偷練天竺神功，如不是今天碰到這傅翔武功太強，逼得他露了底，真不知還要被他瞞到何時？」

就在此時，聚寶山西邊的雨花台大街上一陣馬蹄聲響，來了四人六騎。馬蹄翻動得急，揚起的黃塵飛得老高，為首一人正是明教軍師方冀。這邊廂在纏鬥的四人並不知曉，只這一瞬工夫，廖魁已經從雨花台府軍衛養馬場中偷出了五匹駿馬，一人一騎，還有兩匹空著備用，他說：「今後說不準要日夜兼程趕路，多兩匹空鞍馬可以輪流換騎，不要累死了坐騎。」設想還真周到。

天尊和絕塵僧一眼望去，四人中並無建文，也沒什麼大官，倒是對方加了一個方冀著實麻煩，耳邊已聽得傅翔大叫道：「師父，快來將我這邊兩人接過去一個！」天尊知道以三對三的局面，必是傅翔首先得勝，然後和方冀以二打一，自己被完顏纏住無法援救，自己這方就要落敗。

他當機立斷，暴叱一聲：「去！」雙掌如五丁開山，完顏稍微避開，天尊已一躍而起，大喝道：「正點兒不在此，咱們去搜外城！」他施出超凡入聖的輕功，從天空中一折腰，不待落地，已如一隻大鳥般向京師外城的「大驪象門」奔去。絕塵僧和楊冰也跟著扯呼，緊追天尊而去。

傅翔向方冀低聲問道：「建文去了那裡？」方冀道：「建文削髮為僧，陸鎮、章逸、鄭芫和董堂主護著他由水路去浙江。」他指著鄭洽道：「咱們正要由鄭學士帶路，去浙江浦江的鄭宅鎮暫避。」接著反問傅翔：「你和道長是否也和咱們一道走？」

傅翔默唸一遍地址，牢牢記下了，搖了搖頭道：「我不能去，還有一件大事要辦。」方冀問道：「何事？」傅翔道：「我要去救鐵鉉。」完顏道長也跟著道：「我也有一件大事要辦。」傅翔問道：「何事？」完顏道：「我要留在這裡盯住天尊。」

【第二十一回】燕王篡位

方孝孺先不接筆，只是雙目直瞪，目光中透出利刃般的銳氣直逼朱棣。過了片刻，他的目光漸趨平和，伸手接過那枝飽蘸濃墨的中楷硬毫，在紙上寫下「燕賊篡位」四個字，然後將筆猛擲於地，大聲道：「我死意已決，焉能為你草詔書以欺天下？」

朱棣意氣風發進了南京城，道衍法師姚廣孝隨侍在側，建議了三件事情：第一，立刻向金陵軍民發布文告，說明燕王原無爭天下之意，實因建文身邊奸臣當道，專橫弄權，導致皇室叔侄反目，祖宗家法易制，這才不得不起兵清君側。現京師已定，有罪奸臣一個也不能赦免，無辜臣民一個也不會濫刑。如有小人藉機作亂，殃及無辜，非我朱棣之本意也。

第二，如找到建文屍體，則厚葬之；如找不到，弄個假屍葬了作數，暗中立刻全面展開搜查。對朱允炆，活要見人，死要見屍。

第三，有兩個人絕對不能殺：方孝孺不能殺，他是天下讀書人的種子，文人的榜樣；徐輝祖不能殺，他是大明開國第一名將的嫡嗣，天下武將的表率。

朱棣策馬走進皇城時，宮殿的火已熄滅，步廊兩側百官夾道而列，有些機伶的已經跪拜高呼萬歲了，有些臉皮較薄的只是默默行禮迎接。這時，翰林院編修楊榮趨前站在朱棣馬頭邊，低聲提醒朱棣：「殿下是先謁孝陵，還是先即位呢？」朱棣猛醒，暗道：「該演的戲還是要先演完，即位不必急。」便很嘉許地對楊榮點了點頭，暗道：「這人是個明白人，可以用。」

朱棣手下在皇宮火燒過的現場只找到了兩具屍首，立即抬到大殿上，一具原在坤寧宮內，當是馬皇后無疑，另一具在乾清宮地下的密室中被發現，雖燒得焦黑了，卻仍盤坐不倒。道衍上前辨認，是具男屍，但他略加細察，便在朱棣耳邊低聲道：「王爺，是個太監。」

朱棣點了點頭，上前蹲下，抓著馬皇后被燒得焦黑的手，垂淚哭喊道：「痴兒，何至於要這般？」硬生生便把馬皇后當成了建文，於是官方就宣布建文帝已遇難。

朱棣轉首問隨從：「俺要厚葬建文，禮部有大臣在嗎？當以何禮？」身旁緊跟著的是禮部侍郎王景，王景道：「該當用天子之禮。」朱棣點頭，命親信侍衛速辦這件大事。

朱棣沒有找到建文的屍首，心中一塊石頭又懸了起來，他低聲對道衍道：「發動全面搜查，就說是追查主凶餘黨，勿枉勿縱。」

道衍算是世上最瞭解朱棣的人，他已意識到「朱允炆下落不明」這件事，將會變成朱棣心中的死結，令他終生寢食難安。道衍暗自嘆了一口氣，忖道：「要解這個心結，唯有讓他親眼看到建文的屍首。」於是立刻請天尊及魯烈入宮商議到子夜。

驚天動地的建文四年六月十三日，終於過完了。

六月十四是個炎熱得令人難過的日子，一大早便烈日高照。宮中的議事大殿雖然未被火災全毀，空氣中仍瀰漫著燒焦難聞的氣味，即便門窗全開了一整夜，但因為是夜無風，嗆喉的氣味依然濃烈。

朱棣步入大殿時，百官無不垂手肅立，不知是誰頭一個叫出：「國不可一日無君，殿下請進大位。」接著勸進之聲便如春雷般連續發作，此起彼落。朱棣面色嚴肅，雙手舉起，示意大家安靜，然後道：「朱棣甘冒天下之大不韙，以四年時間發動靖難，便是要清君側、除奸臣，恢復祖制，永保我大明江山，絕無半分覬覦帝位之意。此心可昭日月，諸位好意朱棣十分感激，但請莫再提勸進帝位之事，以免陷朱棣於不義。」

眾官員那肯依他這番話，但也瞭解自古勸進之事，至少要勸他三次才能成功，必要時還得安排一齣感人肺腑、賺人熱淚的好戲，當事人才會勉強答應做皇帝。眾人知道這是必經的過程，便也就繼續勸進，樂此不疲。

等百官散了，朱棣留下了道衍和尚、魯烈，還有大將朱能，另外叫翰林侍講禮部侍郎王景在室外候傳。朱棣的第一個問題是：「昨天一日一夜搜查南京城裡城外，有何收穫？」

魯烈道：「皇城起火前後，有民眾看見身著便服的朝廷官員結隊潛出城去，還有一人報告他看到一個像是建文帝的人也在其中。錦衣衛湊合各方消息，猜測逃亡者分為兩路，一路向南，一路向西，咱們已經傳令浙江、安徽、湖北、湖南一帶的錦衣衛加強偵查。咱們衙門幾個追蹤偵查的老手一致判斷，這兩起出走人馬，最終目的總不外乎四川、雲南、貴州、廣西一帶……」

道衍點頭表示贊同，加上一句：「建文最親信的一批錦衣衛下落如何，也要快快查明。」魯烈應了。朱能道：「逃亡人等最好能在走出江蘇之前便加以截下，跑得遠了，追蹤就更難了。」

朱棣點頭，轉了話題問道：「今日大殿上雖不算是上朝，但差不多京師的官員都到了，有沒有不現身的？傳那個禮部的王侍郎。」

王景入內，聽了朱棣的問話，便答道：「回殿下，下官站在大廳角落細細地記了一會兒，共有二十八名官員沒有到場。」說著就從袖中掏出一份卷宗，展開來給朱棣過目。那卷宗上列有該上朝的名單，其中二十八位的名字上畫了一個小圈。

朱棣看了一下，怒道：「怎麼黃子澄、齊泰、方孝孺、徐輝祖這幾人都不在場？」王景答道：「齊泰在廣德募兵，黃子澄去了蘇州，御史大夫練子寧募兵於杭州，侍中黃觀募兵於上游。」朱棣道：「下令給這四處的地方軍及錦衣衛，就近捉拿四人回京。那方孝孺和徐輝祖呢？」

終於問到了重點人物，道衍和尚雖然早已力勸朱棣這兩人萬不可殺，但以朱棣獨斷凶狠的個性，實在難以預料結果會是怎樣。眾人一時沒有回答，朱棣便瞪著道衍。

道衍和尚回答道：「適才有消息來，方孝孺昨日就去了天禧寺，閉門不肯見客。據天禧寺和尚報來，他在禪房中未做他事，只終日揮毫書寫文文山的詩文，一篇〈正氣歌並序〉便寫了不下十幅。」朱棣睜大了眼，問道：「他要做文天祥？」道衍道：「方孝孺以聖人門生自居，逢此家國巨變，書寫文文山詩文以抒其義憤之氣，亦屬理所當然。殿下定要敬他這分忠義之氣，方能收此人為己用。」

朱棣哼了一聲，又問道：「那徐輝祖又去了那裡？」朱能道：「俺問了督軍府的將校，都說徐輝祖昨日兵敗後走太平門出城，到了中山王的祠堂中，跪在徐達的神主位前一語不發。」朱棣怒道：「他要抬他老子的神主牌嚇唬俺？這個王八蛋。」朱能見他口出惡言，心中雪亮，朱棣定是想到鐵鉉在濟南城拿太祖的神主牌擋他大砲轟擊的往事，這才怒從心頭起，惡向膽邊生。

六月十五，百官再次勸進，朱棣仍然不允。

六月十六，百官三度勸進時，有人開始痛哭流涕，曰天不可無日，國不可無主……朱棣仍然不允。

六月十七，朱棣出了朝陽門，率其親信直奔明孝陵。到了太祖陵墓前，朱棣跪下默禱，口中唸唸有辭，沒有人知道他在對亡父訴說什麼，只看到他唏噓感動，淚流滿面，久久不能止。祭拜完畢，上馬回營，走到朝陽門外大街，便被諸王及文武百官率軍民耆老夾道歡呼，連稱萬歲。太監捧著玉璽，要擁朱棣上鳳輦，於是朱棣終於「迫於形勢，勉強同意」做了皇帝。

六月十八，朱棣廢了建文的年號。他自己的年號「永樂」要到明年方能啟用，今年這六個半月照規矩應該仍稱「建文」，但朱棣一天也不能忍受在「建文」兩字下做皇帝，便將建文改為「洪武」。既稱洪武，索性從建文元年起，四個年分統統改為洪武紀年，於是建文元年就變成洪武三十二年，建文四年變成洪武三十五年。建文皇帝統治的四年徹底消失，而朱元璋已死了四年，他的年號卻依然正式使用，此為史上前所未有的奇觀，眾臣敢疑而不敢言。

六月二十，朱棣以天子之禮葬了一具焦屍，對外宣稱建文已安葬。從二十日起，赴外募兵諸臣皆已押解回京，朱棣便開始了恐怖的屠殺。六月二十五是一個特別可怕的日子。

朱棣先殺了黃子澄和齊泰，又派人去中山王的祠堂捉捕徐輝祖，但終於沒敢殺了他，只將他削爵廢為庶人，仍居於魏國公府裡交付看管。剩下一個要處置的，便是學問名滿天下的大師方孝孺了。

朱棣著人到天禧寺將方孝孺帶到殿上，事先準備了一套仰慕讚頌的說辭，打算要好好將這個博學高士收為己用——為朱棣寫一篇詔文，詔告天下朱棣起兵靖難絕非為奪皇位，乃是為了大明江山、祖宗法制及天下蒼生。如今做了皇帝，實因諸王眾臣擁戴使他無法推辭，他本人著實無奈。

但是方孝孺一出現，情況就失控了。只因方孝孺既不是被人架著，也不是昂然闊步地走進大殿，而是披麻帶孝，一路嚎啕大哭而來，弄得朱棣連開口說話都感困難。那方孝孺哭得過於悲慟，大殿內外朱顏為之失色。朱棣只好上前安慰道：「正學先生，建文已死，今諸王及百官力促我朱棣繼位，我為社稷蒼生不得不受之。我入京原要傚周公之輔成王，豈料事與願違。今日既受大位，願得先生輔助，為我大明開一代盛世。」

方孝孺停止了嚎啕大哭，瞪著朱棣，厲聲質問：「成王安在？」朱棣答道：「建文已自焚死了，俺以帝禮葬了他。」方孝孺道：「那麼為何不立太子為皇帝呢？」朱棣忍住怒氣答道：「國家經四年戰亂，端賴一位有經驗的明君來收拾破碎河山，豈能交付於黃口孺子之手？」方孝孺愈聽愈激動，繼續質問朱棣：「那麼為何不立建文的皇弟？」

朱棣聽了，終於忍不住胸中的怒氣，板起面孔冷冷地道：「這是皇家的家務事，皇室自有道理，不勞方先生多慮。如今萬民百官要俺登基，須得有一篇擲地有聲的詔書明告天下，這篇詔書，非借重先生大筆起草不可。」他手一揮，從人捧了紙筆墨硯過來，放在方孝孺面前，擺明了要逼方孝孺動筆起草詔書。

方孝孺先不接筆，只是雙目直瞪，目光中透出利刃般的銳氣直逼朱棣。過了片刻，他的目光漸趨平和，伸手接過那枝飽蘸濃墨的中楷硬毫，在紙上寫下「燕賊篡位」四個字，然後將筆猛擲於地，大聲道：「我死意已決，焉能為你草詔書以欺天下？」

朱棣看見「燕賊篡位」四個字，臉色突然轉為死灰，面上肌肉不停抽搐，像是被徹底打敗，又像是狂怒而不知所措。終於朱棣壓抑著的一肚子怒氣爆發了，他厲聲道：「建文失政，就是敗在他身邊的奸臣之手，齊泰和黃子澄這兩個奸賊都讓俺滅了他們九族。俺敬你方孝孺的學問道德，這才以禮相待，求你草詔，你莫以為俺不敢滅你九族？」

方孝孺愈激愈犀利，冷笑道：「你便滅我十族，又奈我何！」

至此，朱棣的怒氣突然轉變為血腥的乖戾之氣，他命人把方孝孺押入死牢，施以殘酷的磔刑，並誅殺其全部族人。

屠殺一旦開始便再難止住，正所謂「殺紅了眼」。朱棣凌遲處死了他最恨的幾個建文大臣後，牽連入內遭殺害的族人多達數千人，少數「大奸臣」的家人即使逃過一死，活罪也難免：男的充軍，女的送入勾欄瓦舍為娼；多有被折磨凌辱至死的，也有許多不堪折磨自行了斷殘生的。一時之間，南京城裡城外每日鮮血淋漓，有如煉獄。

朱棣屠殺「仇敵」的同時，沒忘了大大封賞有功之人。他深信為君之道，賞罰必須分明，罰過不可怠，賞功不可吝。不但靖難之戰跟著他打天下的功臣，如朱能、丘福等封了公，戰死的張玉也追封了公，連降將張信、顧成等都封了侯；李景隆開城迎王師有功，保住了他的曹國公；最後投降的茹瑺也封了「忠誠伯」，只是「忠誠」二字就不知做何解釋了。第一個為迎燕軍想要提前打開城門的是徐增壽，遭憤怒的建文帝親手斬了，朱棣追封他一個「武陽侯」。

在這瘋狂屠殺的時節，南京城裡同時瀰漫著忠臣義士的浩然正氣。建文名臣如暴昭、練子寧、卓敬、王叔英等數十人，有的遭殺戮，有的壯烈自盡。這些人在建文朝中，有謀國之忠而乏制敵之策，但是他們視死如歸，確實發揮了鼎鑊甘如飴的人間正氣，傳百世後凜然而有生氣。

另一方面，靖難戰役中打得轟轟烈烈的大將盛庸、平安、何福，在靈璧之戰潰敗後，先後投降了燕軍，也都能保住官位。至於朱元璋病榻前託孤的駙馬梅殷，所率原是京師城防部隊，戰野的戰力不佳，與燕軍大戰不利，終於敗降。

經過一番處置，該殺該賞的都告一段落，朱棣遂下詔廢除了建文四年中所有改革的政事，在恢復太祖舊制的口號之下，不顧建文施政那些對百姓是好是壞，一律廢止。群臣中有人開始耽憂，認為朱棣這不分青紅皀白的倒行逆施恐非國之良策，但看到朱棣統治者的殘暴手段，大夥兒都在觀望，沒有人敢跳出來諫阻。

這其中只有道衍和尚不著急，他對朱棣的心理狀態十分瞭解，知道這一切都源自朱棣心中的一個陰影，也是一個死結，一時之間無法解開，只有假以時日，朱棣的心裡才能逐漸平復。那個陰影，那個死結，便是「朱允炆不見了」。

朱棣派了道衍一個官職——僧錄司的左善世，這是天下僧侶中最大的官。原來的左善世是天禧寺的主持方丈溥洽。溥洽是朱允炆身為皇太孫時的主錄僧，道衍則是燕王朱棣的主錄僧，兩人原就熟識。溥洽是個熟諳人情世故的明白人，從朱棣入城尚未登基時，便把自己的職位讓出來，函請道衍來做左善世。

果然朱棣封了道衍後，道衍一面謝恩，一面替溥洽說項：「原來的左善世溥洽乃是建文的主錄僧，皇上為顯示靖難並非爭皇位、對建文身邊和尚的大度，便留著溥洽做右善世吧。」朱棣搶了朱允炆的皇位，也要展現一點對這個「痴兒」侄子的念舊之情，便一口答應了。

∞

這時新上位的左善世道衍，正在天禧寺中與退居右善世的溥洽敘舊。溥洽面帶愁苦之色，向道衍合十道：「燕王登基以來，此城腥風血雨，日日殺戮之氣衝天，我心實憂。」道衍望著溥洽，並未回應。溥洽續道：「我憂的不止是『建文』一朝忠臣，他們也是大明忠臣啊，何須如此自相殘殺？新皇登基才盈月，過度的暴行有干天和，絕非新皇之福！師兄是唯一能勸阻新皇濫殺之人，何以三緘其口？」

道衍嘆了一口氣道：「此時此刻，任何人也阻止不了永樂皇帝，這一會兒他心中有一魔障，隱隱掩蓋住了他的神智，歸根結柢，那是一種懼怕之心呀。這懼怕的心魔愈大，他就更加只能以殺戮來與之相抗。我知其病，卻乏藥石，唯有他自解心魔，方能得救。」

溥洽道：「他淩遲齊、黃、方，誅殺其族人數千，後世史書必記下此一暴行。其實殺數千、數萬人，仍不能改變他篡奪皇位的事實啊。難道這便是他的心魔？」

道衍曾再三叮囑朱棣不可殺死方孝孺，但後來事與願違，方孝孺大筆一揮寫下「燕賊篡位」四個字時，道衍目睹了朱棣的臉色、情緒和行為的變化，便是道衍自己也被那四個字的凜然之氣鎮住，啞然說不出話來。他當然知道這四個字打入朱棣心中的震撼，但造反篡位原是道衍慫恿朱棣幹的大事，他豈能在這上面認帳，便厲聲對溥洽道：「當今皇上原是起兵清君側，就皇位只能說是應天命，他的心魔乃是建文不見了。」

溥洽聰明絕頂，他利用兩人都是皇室的主錄僧這分情誼，和道衍套了幾句慈悲為懷的體己話，但一涉及政治面，道衍便不再是僧人，溥洽也知道到那裡就該停止。於是他立刻順著道衍的口氣，低聲問道：「師兄，你是說……建文帝沒有死？六月二十日，新皇不是已把建文燒焦的大體安葬了麼？」

道衍雙目深深地盯著溥洽，溥洽知道此刻絕不可示弱，便以極大的定力、最自然的神情以對，牢牢望著道衍，眼皮都不稍眨。

兩個佛門高僧，各以修行定力測試對方有幾分真偽。過了片刻，道衍忽然微微一笑，點頭道：「溥洽師兄，你在誑我。」溥洽搖頭道：「在師兄面前，我那裡敢出誑言？」

道衍和尚不再理會，閉目打起坐來。溥洽心中一陣忐忑，暗忖此時不可多言，便也閉目默唸佛經。兩個和尚如菩薩般趺坐相對，只各人佛肚佛腸中在盤算些什麼，外人無從得知。忽然道衍睜開雙目，緊瞪著溥洽，低聲道：「溥洽師兄，我有一話問你，望你據實相告。我以佛祖為誓，絕不洩露，亦不相負。」

溥洽聽得心中一緊，暗道：「終於來了。」他睜開雙目，只覺對方一雙三角眼射出的光芒其利如刀，其寒如冰，不禁暗中打了個寒噤，但口中仍不示弱地道：「師兄請問，我溥洽無不可告人之事。」道衍點了點頭，壓低的聲音近乎耳語：「溥洽，你可知道建文的下落？」

溥洽眼皮都沒跳一下，也用極低的聲音回道：「確實不知。」道衍道：「有人看見溥洽法師在六月十三清晨匆匆入宮呢！」溥洽道：「不錯，不僅進了宮，還進到乾清宮底下的密室裡。」道衍逼問：「建文就在密室中？」溥洽毫不猶豫地道：「不錯，皇上正和二十多位忠臣義士說話。」

道衍想不到溥洽有問必答，而且絕無退縮之態，便緊問道：「談什麼大事？」溥洽道：「眾大臣在力勸皇上出走，但是皇上不肯答允。」道衍想了一想，接著問：「你是說建文準備以身殉……」說著便停了口。溥洽道：「方孝孺便勸皇上力戰到底，若有不測，以身殉國，也是為大明留下一股萬古長新的正氣。」道衍為之氣奪，停了一下才問道：「後來呢？」

溥洽道：「後來皇上便嚴命所有在座的人離開，他要單獨靜思，如無旨令，不得入室打擾，大夥兒就行禮退出了。後來溥洽得知皇宮起火，而且就是那間密室，便知皇上殉國了。溥洽只能隔空朝皇城遙拜再三，為皇上唸了三晝夜的《金剛經》，送龍歸天。」

道衍聽了溥洽這番話，前後全無破綻，實在不得不信，但心中又總覺得宮中焦屍既然不是建文，表示建文已逃亡；建文若逃亡，溥洽不可能不知道他的下落。他反覆想了好一會，終於以一種同為佛門子弟自家人的口吻，極其誠懇地對溥洽道：「溥洽師兄啊，但願你所言是實，你確實不知道建文的下落。但是你若知道他的下落，這一生一世絕不要鬆口，便咬定你不知罷。」

道衍說完這話就告辭了。溥洽送走了這位神秘而不可捉摸的權謀高僧，細細咀嚼他最後說的幾句話，似乎懂了，又似乎多了一些迷惘，暗忖道：「這道衍和尚有雙重性格，既是有道的佛門高僧，亦是有權謀、有野心的梟雄。他最後的幾句話，究竟是那一個道衍說給我聽的？」又想道：「朱棣發動戰爭打了四年，既攻下了京師，必然會大開殺戒。但殺得那麼殘暴血腥，牽連那麼多的無辜，確實是心裡有了極大的孽障，這心魔其實就是『燕賊篡位』四個字。但道衍絕不肯承認，反而說是因為建文失蹤了。其實建文就算沒有死，朱棣也不怕他，真正的心魔還是他永遠洗不掉『燕賊篡位』這四個字吧。」

此刻朱棣心中還有一個人沒有處理，那便是鐵鉉。

∞

燕軍破了京師，建文朝廷的將領及江北各城守將紛紛投降，只有鐵鉉拒絕招降，他率領殘部，連夜趕回濟南。朱棣遍數建文的將領，只有鐵鉉一人還在抵抗，便派大軍反過來北上攻打濟南。

經過四年南北血戰，從河北到江南，大運河沿岸的城鎮原來都是商旅必經之地，如今繁華熱鬧均不復見。這些平時富庶之地，此時大鬧糧荒，只有大城鎮中還有一些屯糧，但難以供應大量湧入的飢民。鄉村已經遍野餓莩，室空屋廢，路上不見商旅，幾乎只見逃荒的男女老幼。

傅翔和完顏道長自燕軍進城後便牢牢盯著天尊，其實從武當一戰起，他們兩人就已認清自己最重要的任務便是好好盯住天尊和地尊。在中土與天竺的爭戰中，真正使中土武林思之生畏的就是這天、地兩尊的武功難敵，如果傅翔和完顏道長能緊盯住他們，讓這兩個天竺的絕頂高手無從大肆發揮，其他的便可交給武林盟主錢靜來處理了。

這次京師破城之役，天尊公然出現在朱棣身旁，地尊卻不見身影。傅翔和完顏在聚寶門外擋走了天尊後，和方冀一行人略加交代，便決定由完顏繼續留在南京制衡天尊，而傅翔要去辦一件大事——救鐵鉉。

這時在通往濟南城的官道上刮起了狂風沙，不但日光隱曜，漸漸地路前方只見一片迷濛，五尺外路邊舞動的樹木也只能約略看到幢幢鬼影，片刻之間此地就陷入嚴重的沙塵暴中。傅翔正在路上疾速趕往濟南，他從未經歷過這種天候狀況，一時之間驚沙入面，不但看不清楚，連呼吸都有困難，舉頭上望，立刻發現這風暴並非來自路上的塵土，而是漫漫由天而降，顯然即使自己往高處躲也不是個辦法。

他勉強疾奔了半里路，所幸路邊出現了幾間農舍的影子。傅翔飛快地奔到頭一間房屋的門前，只見木門緊閉，敲了數下無人應門。他心想農舍主人必然逃荒去了，便略一施勁，推開了拴著的木門，在狂風中閃進屋內，又飛快地將木門關上，抓起屋內一張桌子將門抵住了。

屋內窗戶全釘上了木板，這木門一關便陷入黑暗，但至少暫時與屋外的狂風飛沙隔開了。傅翔吁了一口氣，抖落身上厚厚的一層砂土，正要仔細打量一下這屋裡的情況，黑暗中忽然聽到一聲淒厲的吼叫，那聲音充滿了絕望與不甘，令人聞之心寒。

傅翔嚇了一跳，循聲摸去，那聲音發自隔壁一室。他摸到隔室，推開一扇門，立刻聞到一股血腥味及腐屍味，聞之欲嘔。他隱約看到一個人蜷臥在地，不知生死，於是屏息亮起火摺子，見地上那人略為動了一下。更令傅翔震驚的是，屋子中央及角落裡還有三人躺在地上動也不動，地上一灘灘的血跡，臭氣四溢。

傅翔很快便判知屋中四人只有在門口的一人尚存一息，其他三人均已死了一段時間了。他見地上散放著幾隻水袋，抓起一袋一掂，似乎還有半袋水，於是從懷中摸出一粒藥丸，塞入那蜷臥門口的漢子口中，仔細灌了一、兩口水，讓藥丸化了，流入那人口中嚥下。那人又抖動了一下，過了一會，居然緩緩睜開眼來，卻又發出一聲淒然的哀嚎。

傅翔在桌上找到半截蠟燭點燃了，借著燭光四面一瞧，只見屋中四人都是穿著制服的兵士，有一個死去的手中還握著一把腰刀，看上去都是因重傷流血過多而死。屍體上的傷口極是可怕，有的已經生蛆，死狀甚慘。

那個只剩下一口氣的兵士，在服了傅翔的藥丸後，漸漸醒了過來。傅翔又給他喝了兩口水，蹲在他身旁問道：「兄弟，你是那個部隊的？」那人低聲道：「鐵……鐵大人……的部隊……」傅翔聽到「鐵大人」三個字，精神為之一振，忙問道：「鐵鉉鐵大人現在何處？你等怎會……怎會來到這屋子裡？」

那士兵半邊臉都是血跡，顯然頭上受了傷，燭光下看去是個頗為英俊的小伙子，他掙扎著回道：「咱們在淮河以南打了敗仗，後來聽說京師已破，鐵大人拉了部隊回濟南，一路上被各地叛降燕軍的自己人追殺。咱們一路趕回，被連連襲擊，死傷得厲害，俺和這三個弟兄都受了重傷，但部隊不能等了，長官便將我等放在這空屋裡，留了些乾糧和水便走了……」他說得激動了，又吐了一口血，喉嚨卡住說不出話來。

傅翔連忙在他胸口點了兩指，那士兵吐出一口血痰，又喝了一口水，這才回過氣來，繼續道：「咱們也不能怪誰，誰教咱們受了重傷，拖累了部隊行動，便只能在這裡等死。那三個弟兄先後都死了，只俺還沒死透，卻不想小哥兒摸到這救醒了俺，許是這會兒俺這命還不該死在這農舍裡。」

傅翔聽他說「這會兒命不該死在這農舍裡」，意思是生命隨時可能死於其他時間、其他地點，不禁聞之心酸，便安慰道：「兄弟，你服了我的治傷良藥，死不了啦。我且打聽一下鐵大人的部隊此刻在何處？」那士兵掙扎著要拜謝傅翔救命之恩，傅翔伸手將他按住，道：「不忙起身，你先答我問題。」那士兵道：「鐵大人的部隊離此已經好幾晝夜，想來定已到了濟南城。小哥兒，你要尋鐵大人的部隊作甚？」

傅翔暗中計較：「聽起來不但鐵鉉已到了濟南，只怕燕軍很快就要追到。鐵鉉帶著的是殘兵敗將，燕軍則是剛破京師的勝利之旅，這濟南城未必能守得住。我要儘快趕到濟南，救鐵鉉突圍，把這位難得的忠義好官送到安全之地。」

那士兵見傅翔不答，正要再問，傅翔已喃喃自語道：「我要去救鐵鉉。」那士兵聽了，不禁呆住了，想說什麼但沒說出來，只在心中暗問：「千軍萬馬的戰場上，你一個人如何救鐵大人？」

傅翔又從地上揀起兩隻水袋，將那士兵拖到外間躺好，將內間的門關緊，讓那血腥味和屍臭隔離在內室裡。這麼做感覺上似乎略佳，便從揹袋中掏出一包乾糧，有幾塊烙餅、幾個炊餅，又從腰間解下水囊，耐著性子餵那士兵吃了半張烙餅。那年輕士兵肚中落了五穀便有了生氣，緩緩爬起來，跪拜救命之恩。

傅翔為他點了幾個穴道，確保傷口不再流血，還將一包乾糧和清水都留給了他，又留下兩顆藥丸，道：「也是有緣在此相遇，你每日再服一丸，兩日後當可行動，好生掙扎著離此戰場，回家去吧。」那士兵噙著淚水道：「小人老家離此地不過八十里路，四年往來都是戰場，幾場大火下來，那裡還有什麼家？這回小哥您救了俺，小人若挨過這次不死，還是要去尋鐵大人歸隊的，下回死在那裡就不知道了。不然怎麼著？」

外頭的狂風沙漸漸弱了下來，傅翔離開了那血腥味令人作嘔的農家，冒著漫天黃沙向濟南城疾奔而去。他心中充滿了哀傷，這四年的戰爭裡，不知多少人成了像方才農舍中那些腐爛生蛆的屍首，命喪黃土魂魄無歸處？又有多少家園在戰火中如那兵士的老家一般被夷為平地？傅翔想到那死裡逃生的年輕士兵，他逃得了這一次，除了再歸隊投入打仗，竟然走投無路，只這條年輕的生命在這亂世裡終不知何時何地死於何人之手罷了。想著想著，不禁喟然長嘆。

傅翔把身上的乾糧和清水都給了那年輕士兵，自己必須儘快找到一個人家補充必需品，再不就日夜兼程，一口氣奔到濟南。但一路上居然沒有碰到一個行人，也沒看到一個人家或店鋪是開門的。基本上，這條通往濟南的官道已成為一條死道，毫無生氣。傅翔心想：「看來要想在路上尋個人家或店鋪打尖，是沒指望了，只不知天黑前趕不趕得到濟南？」於是他提起真氣，施展開最上乘的輕身功夫，加速向前疾進。在漫天飛沙之中，只見一條灰影滾滾而行，當真比得上駿馬疾奔。難得的是一個時辰疾行下來，他氣不喘、面不紅，只如御氣飛行一般，身法無比的輕鬆平穩，絲毫沒有減慢。

天色漸漸暗了下來，風沙也漸漸停了，官道兩旁的景物逐漸可以分辨，只見左邊隔著一條小河是一片荒廢的良田，右邊隔著一排樹林是一幢幢的農家，卻見田畦縱橫，地無莊稼，農家窗門緊閉，不見炊煙。

傅翔有些急了，便又加快了腳程，此時他的輕功已近驚世駭俗的速度，四下如有武林中人瞧見，只怕要高聲驚呼了。這時他腳下的官道沿著一片茂林向左彎去，他奔過一段長彎，昏暗的暮靄之中終於望見濟南城的影子。

就在此時，他也看見一縷炊煙從林子後裊裊升起，心中暗喜：「終於見著人家了。」他放緩了腳步，瞧見路邊林子中有條小路，便飛身落在小路上，穿林而入。

前行了百十步，便聞到燒烤食物的香氣，傅翔大半日沒有進食，連忙循香味轉到林後。只見一片黃土夾著青草的空地上，一棵合抱的大樹下蹲著兩個叫花子，一個面黑的瘦子正在臨時搭建的土爐裡烤紅薯，另一個一臉精明相的漢子用鐵叉扠著一隻兔子在火堆上燒烤，烤一會又用一支小刷在破碗中蘸些醬汁，塗在兔子身上，繼續翻烤，香氣四溢。

傅翔本就餓了，聞著紅薯的甜香及烤兔肉的肉香，不禁垂涎三尺，便上前拱了拱手道：「兩位大哥請了。」那黑瘦子翻了翻眼睛，瞪了傅翔一眼道：「趕路的，想討些吃的？」傅翔原覺開口討食有些不好意思，瘦子倒是體貼，主動說了出來，連忙道：「不錯，是我一路趕得急，也沒個打尖的地方，聞得兩位大哥燒烤得香氣四溢，便聞香而來了……」那瘦子笑道：「老弟你倒好，討食討到叫花子這裡了，那還有什麼不好的！咱這裡有十來個紅薯，包大人那邊好大一隻野兔，足夠咱們三人飽餐一頓。」

傅翔抱拳謝了，道：「小弟姓傅，有事要趕到濟南，在這裡遇見兩位大哥，確是有緣。」那瘦子道：「俺叫小黑狼，幸會。」那燒烤野兔的漢子一直專心翻轉那隻兔子，又不時加刷些醬料，將那兔子整治得皮脆又金黃發亮，令人望之垂涎，這才停下來咧嘴笑道：「俺叫包弓，客官莫誤會，是弓箭的弓。這隻狡兔俺花了九牛二虎之力才捕到，你老兄來得卻是巧，正好烤到火候你便到了。這兔該你吃的，沒得話說。」

傅翔被他這麼一說，倒有些不好意思了，但他猛然想起一人，便覺釋然了，說話也就輕鬆起來，哈哈笑道：「不知兩位大哥識不識得紅孩兒？」那兩個花子臉色一變，小黑狼道：「你認識紅孩兒？」傅翔道：「八年前我認識朱泛時，他還是個孩子。」那包弓為人仔細，緊抓住這句話，接口道：「俺瞧你恐怕比紅孩兒更年輕些，八年前豈不更是個孩子？怎會……」傅翔聽得出來包弓有些生疑，便道：「我初識朱泛時，是在襄陽城裡，他正和一個范老前輩合夥盜取衙門的官銀，事後還分了些銀子給我，說是見者有分哩。」

包弓和小黑狼對望了一眼，心中都是一陣激動，還是由包弓發問：「客官，方才你說你姓傅，莫非是……莫非是傅大俠傅翔？」

傅翔倒沒想到自己成了「傅大俠」，連忙謙道：「不敢，不敢，在下正是傅翔。」兩個花子納頭便拜，小黑狼十分激動，大聲道：「哈，今天咱倆見著傅大俠，可真是走運了。德州城隍廟口的鐵算子三天前老說俺要遇貴人，俺從來不信那老騙子的話，嘿嘿，想不到他媽的還真讓他說中了。若不是咱們在這林子裡烤些吃的，又若不是傅大俠趕路趕得乏力了，咱們那裡見得著傅大俠？」

原來武當山一戰，錢靜當上了武林盟主，天下丐幫弟兄莫不以為是無上榮耀，因而三場比武中代表中土出戰的三位高手，都成了全丐幫的大英雄。其中傅翔以弱冠之齡，居然和天尊對戰了幾百招，最終才以一招落敗，早已被丐幫弟兄傳得繪聲繪影，傅翔的大名在武林中已是人人如雷貫耳，只有傅翔自己不知。

傅翔道：「兩位好說，咱們有話慢慢談，趁這兔肉、紅薯烤得恰到好處，咱們是不是先吃將起來？」他腹中空空如也，又趕了這許多路，實在有點撐不住了，便索性不客氣地討食了。小黑狼道：「說得是。」一面用塊濕布包住手，從土爐中掏出十來個香噴噴的紅薯，每個都軟硬恰好，皮上冒出點點糖漿。包弓掏出一把鋒利的小刀，將那隻兔子的腿切下來，遞了一隻給傅翔道：「傅大俠，你嚐嚐俺包大人的手段。」傅翔吹了幾口氣，拚著燙咬了一口，果然是皮脆肉嫩，那醬料也不知是什麼調製的，一經烤過，發出十分特殊的異香，極是可口。

包弓把兔子另一隻後腿給了小黑狼，自己割了一大塊肋排肉，咬了一口道：「這兔個兒不小，肉倒還嫩，好吃啊。」他又不知從那裡掏出一個酒葫蘆，拔塞咕嚕嚕喝了一大口，遞給傅翔道：「這泡過毒蛇的酒，敢不敢喝？」

傅翔知道江湖上共飲時，自己先喝一口表示酒中無毒，但包弓又加一句說這酒泡過毒蛇，聽起來心中確實有些發毛，但他知道自己若不接過喝下這口酒，便是瞧不起對方了，當下毫不猶豫，接過來便對著嘴喝了一大口，再把葫蘆交給小黑狼，哈了一口氣道：「這酒好劣，配不上你的烤肉。」

包弓伸出大拇指，讚道：「傅大俠好本事，一口便嚐出來，酒是俺自己造的，質劣不堪下嚥，但卻最是咱叫花子的風味。不是丐幫的好朋友，俺是不敢給他喝的。」

傅翔暗道：「這還要什麼好本事，你這酒如此難喝。倒是這些叫花子最講這些規矩，還好我一口酒喝得豪邁，不然便不是好朋友了。」他咬一口肉，吃一口烤紅薯，喝一口酒，只覺肉香、薯甜，吃得無比受用，就是那酒實在太劣，一上口就一股辛辣之味，下嚥後回味裡還是那股辛辣，且帶些腳臭味。喝到第四輪，傅翔實在受不了，便道：「兄弟，你這酒確是好漢喝的酒，但實在太過辛烈難當，我這就夠了。」

包弓點點頭，也不勉強，反而讚道：「這酒有多難喝，俺自己最清楚，只除非幫裡兄弟喝慣了的，幫外的好朋友能喝完第三輪還不吐掉的，傅大俠你是第一人呢。」小黑狼插口道：「不錯，包大人釀的酒是山東第一劣酒，連我都難以下嚥呢！好了，俺也夠了，剩下的包大人留著自己享用吧。」

包弓哈哈笑道：「幹過叫花子的都知道，討飯容易討酒難，便只好自己造酒自己喝。

下回丐幫大會，俺定要建議錢幫主，挑選我丐幫裡善於釀酒的弟兄各顯神通，來一次丐幫品酒大會，選出最佳的前三名，公開他們的釀酒秘方，讓天下的丐幫兄弟都能自製美酒喝。」

小黑狼仗著幾分酒意，終於問到重點：「傅大俠，你趕路趕得如此狼狽，到濟南城有何事要幹啊？」傅翔道：「我要見鐵鉉。」包弓聽了一怔，低聲道：「不瞞您說，俺昨日還和鐵大人在一起。您尋鐵大人何事？」傅翔道：「我要救他脫難……」他雙目盯著包弓，心中對包弓說「昨日和鐵大人在一起」之事甚是起疑，便停口沒有再說下去。

包弓是個明白人，立刻解釋道：「兄弟我專門蒐集往來這一帶的各種消息，凡與丐幫有關的，便報總舵；沒啥關係的，便看消息內容放給相關人等知道有這麼回事。凡想知道詳情，便要來找我包大人，俺給他消息細節，要他出錢賑濟窮困做為交換。公平交易，童叟無欺。一年多前東昌大戰時，俺給鐵大人提報了些消息，助鐵大人和盛將軍打了個大勝仗。就只那一回，俺沒向鐵大人討賞，只問他要了一塊匾，上面鐵鉉落款親書了『天下第一包打聽』，現下還掛在俺濟南花子廟裡呢。」

傅翔聽得又驚又喜，便笑道：「原來包大哥有這般了不起的本事，又有這般了不起的胸襟，佩服，佩服。」小黑狼道：「那時候，紅孩兒同一個和他相好的雌兒錦衣衛也來山東，見了鐵大人，又見了盛將軍，俺小黑狼也參了一分力呢。」

傅翔忙拱手道：「是，是，小黑狼大哥也是丐幫英雄，我替紅孩兒和鄭芫謝兩位。我去濟南城，主要是看到南京已經變天，朱棣稱帝，鐵大人卻抵死不降，如果大勢不可挽回，他下一步怎麼走？我與鐵大人在南陽見過，這人是個了不起的好官，我不忍見死不救。」

至此，他對包弓和小黑狼再無疑心，便坦然談開了。

包弓道：「昨日鐵大人告訴俺，燕軍不出三日必將殺到濟南。建文二年六月，他死守濟南三個月，擊退了朱棣大軍，濟南城裡百姓對他又感又敬。這次回到濟南，全城民眾卻並無歡欣鼓舞之情，想來他會大失所望。」

傅翔道：「民心之變，何以這般快？」包弓道：「這也不難理解，上一回是燕軍來犯，鐵大人率領全城抵禦來侵者，民眾自然感恩；這一回鐵大人班師回濟南，卻是把戰事帶到濟南來。百姓不管誰坐皇帝那張龍椅，只知燕王已成氣候了，您鐵大人想當忠臣，最好去別的地方當吧，您一回來，濟南肯定又要打仗啦。您說老百姓會歡迎麼？」

傅翔覺得有理，不禁更為鐵鉉的處境感到悲哀與擔心，他吃了一條兔腿、三個烤薯，覺得十分落胃，便抱拳道：「無論如何，我總要去濟南城找著鐵大人，仔細瞭解他的想法，也好好勸他不要再做沒有指望的抵抗，白白送了自己及許多士兵百姓的性命。」

包弓拍手道：「有傅大俠去勸他最好，俺也覺得這仗不能再打下去了。鐵大人若是願意就此罷戰，憑傅大俠的蓋世武功，定能保他潛隱到一個安全地方。將來的事，唉，將來再說罷。」

小黑狼插嘴道：「話是不錯，但朱棣當上了皇帝，建文的忠臣那裡還會有什麼將來？」

包弓道：「這天理循環報應的事，誰也料不準的。朱棣奪了他侄兒的皇位，帝室骨肉相殘，天曉得那一天他自己家裡也會發生骨肉相殘、爭奪皇位的事。有時候報應來得比你想的還快。」小黑狼道：「就算朱棣他家兩個兒子不爭皇位，就憑他濫殺幾千忠臣及無辜族人，他媽的老天爺教他生的子孫都沒屁眼。」

傅翔道：「多謝兩位款待，又告知許多消息，我這就告別了，咱們後會有期。」包弓道：「傅大俠去濟南城，鐵大人就在城中山東布政使司衙門裡，您隨便問誰都會指路。」

∞

在山東布政使司的衙門裡，傅翔終於見到了鐵鉉。

鐵鉉原本正在為軍糧供應的事傷腦筋，他深知一旦燕軍圍城，自己這邊如果糧草充足，憑濟南城的堅固，足可暫時守住頹勢，與敵相峙。但此時濟南城的糧食供城中居民食用都捉襟見肘，一下又來了這許多軍人，如何支撐得住？

這時親兵來報，說一個少年看上去非文非武，自稱是鐵大人的南陽故人，有重要消息，定要親自向鐵大人說明。鐵鉉問了姓名，一聽是方福祥，又是驚奇又是歡喜，連忙叫人請進來相見。

兩年多不見，鐵鉉原就老成的面孔變得更為清瘦，清癯之中似乎愁苦之色更濃了三分。他皮膚原就蒼白，髮色也淡，此時膚髮略現疲敗，三十多歲的人看上去竟然有些蒼老。

鐵鉉看到傅翔，倒覺得這少年故人比上次南陽相見時更為成熟健壯，神情也更為從容自如。他暫時拋開一肚子心煩事，一把抓住傅翔，哈哈笑道：「方兄弟，南陽府一別，匆匆已過兩年，你更顯得神采飛揚，而小兄我卻像老了十歲。」傅翔道：「鐵大人憂國憂民，又戎馬倥傯，為國辛勞，令人敬佩。」

鐵鉉道：「上回在南陽府調解地方族群糾紛時，兄弟你出手助我。此次小兄陷入更大危機，方兄弟你何以教我？」傅翔道：「正要請教鐵大人，目前濟南形勢如何？」鐵鉉嘆了一口氣道：「濟南雖有堅固城牆，易守難攻，但此次糧草不足，恐難持久。更何況朱棣攻入南京，又傳出建文帝殉國的消息，天下各路軍馬投降朱棣之勢必然加速，鐵某在濟南恐怕很快便成孤軍……是以……是以情況十分不妙。」

傅翔試著探問道：「然則濟南城裡，軍民的民心士氣如何呢？」鐵鉉沉吟了一會，緩緩地道：「部隊由於新敗，士氣有待整頓鼓舞，只怕敵軍立即殺來，就沒有足夠的時間。至於民心方面，因我鐵鉉上次在濟南率領全城軍民，與大夥兒同甘共苦數個月，終於擊退了朱棣的大軍，濟南的百姓對鐵某便有相當的信心，是以……是以民心應該還好。」

傅翔聽了，對照丐幫包弓及小黑狼的話，心中已經有譜。在民心方面，鐵鉉顯然高估了濟南百姓對他的支持，待要把包弓從底層觀察到的實情相告，一抬頭看到鐵鉉那張苦臉，便不忍心說出口，只沉重地點了點頭道：「依小可看來，這次鐵大人回軍濟南，最大的困難還是孤軍奮鬥，獨木難支大廈。想當年，不僅有平安、盛庸互為犄角，糧草還可從南方源源運來。如今……如今這場仗可真難打了。」

鐵鉉道：「方兄弟說的不錯，今夜子時之前將有三處探子回報，便知還有幾處援軍可待。過了子時，咱就要敲定戰略，做最後一拚了。」傅翔一路行來，心中十分清楚鐵鉉這場困獸之鬥絕無倖理，但是不忍直言。鐵鉉又問道：「方兄弟，你這會兒打從那裡來？」傅翔道：「從南京來……」

鐵鉉精神一振，立刻打斷傅翔道：「京師傳出的謠言滿天飛，方兄弟能否說明一二。」傅翔道：「不瞞鐵大人，小可在京師有幾位朋友是建文帝身邊的侍衛，據他們相告，朱棣大軍入京師後，皇宮忽然起了大火，朱棣雖然說建文已被燒死，其實那具焦屍並非建文。建文帝易裝逃出了南京，不知去向。」

鐵鉉道：「我也聽過這種傳聞，但無從確定是否屬實，如今聽你這麼一說，似乎倒也可能是真。天下各地的兵馬說不定還不致全盤倒戈，如此則咱們死守住濟南，讓反朱棣的力量再次凝聚，到時再設法與皇上聯絡，大事猶有可為。君不見，一千七百年前，就在咱山東，齊國失七十餘城，田單以即墨孤城為基地，仍然完成復國大業，事在人為啊。」

傅翔雖知反攻無望，但是對鐵鉉這種忠義之臣，以及他敗而不餒的鬥志，實感欽佩萬分，暗忖道：「事到如今，要救這個忠臣義士，我便不能再騙他了。」於是站起身來，抱拳行了一禮。鐵鉉奇道：「方兄弟何以多禮？」

傅翔道：「是向鐵大人請罪。」鐵鉉更奇了，問道：「方兄弟，你何罪之有？」傅翔道：

「小可方福祥的名字原是假名，用假名欺了鐵大人這許久，實覺萬分愧疚。小可的真名為傅翔，飛翔之翔。」鐵鉉道：「南陽府你我邂逅於酒樓之上，兄弟你不願以真名示人，情有可原。」傅翔卻道：「傅翔若將鐵大人當了朋友，便當肝膽相照，不該再有隱瞞，實因家世關係，遇著官府中人便特別小心些。傅翔乃是穎國公傅友德之孫，家祖遭禍後，傅翔得武林異人相救，倖免於難，是以……」

鐵鉉一把抓住傅翔道：「原來兄弟是穎國公之後，哎呀呀，鐵某失敬了。穎國公當年北伐南征，一生從未打過敗仗，乃是開國以來，繼開平王常遇春之後第一勇將，是鐵某心目中最為敬佩的前輩。傅兄弟，你受我鐵某一禮。」說著便起身一揖到地。傅翔連忙回禮道：「不敢受鐵大人此禮。實不相瞞，傅翔此來是眼見大勢已不可為，要保鐵大人平安撤離，為我社稷保存一位忠義能臣，也免除百姓再受無謂戰火之苦。」

鐵鉉望著傅翔，他知傅翔和他在南陽府萍水相逢，互相便有惺惺相惜之意。這時若是別人勸他撤手撤離，他必然不肯接受，甚至怒顏相向，但傅翔來此完全基於緣分及義氣，他不得不冷靜下來思考：再撐下去究竟有無意義？

鐵鉉想了好一會，向傅翔問道：「聽說方孝孺的事嗎？」傅翔答道：「只聽說朱棣殺了方孝孺、齊泰、黃子澄，還株連了無數無辜族人，詳情卻是不知。」傅翔離開南京時，尚未發生屠殺方氏族人八百多人之事。他先在江北一帶追尋鐵鉉的部隊，一連數日都撲空，直到鐵鉉決心率部返濟南，他才從鳳陽城裡的商旅聊天中打聽到鐵鉉的走向，也聽到朱棣大開殺戒的消息，只是不知詳情。

鐵鉉道：「方孝孺原來並非主張削藩最力之人，他與齊泰、黃子澄的情形大為不同。朱棣因方學士的文名太盛，原也無意殺他，而且十分客氣地請他為靖難之變草詔天下。方學士和朱棣當庭辯論，最後寫下『燕賊篡位』四個字送給朱棣，這才激怒了朱棣這屠夫，不但凌遲處死了方孝孺，還誅殺他族人八百多。」

傅翔聽得目瞪口呆，說不出話來。鐵鉉接著道：「傅兄弟，我提方孝孺的事，乃是要以此明志。大明朝廷演出叔篡侄位的慘劇，也是一齣最醜陋的皇位爭奪大戲，朱棣權力鞏固後，必然要篡改歷史，後世人從正史上是看不到今日發生的真相的。吾輩總得要有幾個人犧牲性命來維護忠義世道，這些人死得愈慘烈，他們的故事愈會在民間流傳千古。千年之後的讀書人讀不到今日的真相，庶民卻會從戲台、說部中活生生地看到咱們這些人的身影和事蹟。這便是孝孺公心中清清明明的想法，也是我鐵鉉此刻心中的想法。」

傅翔年輕，史書讀得不多，對鐵鉉說的人間浩然正氣，並未深刻思考過。這時聽了鐵鉉這番話，頓覺已經遠超出自己前來救他撤離險境的想法和意義，一時之間也不知該說什麼。

這時，房外一名親兵急急忙忙跑進來，單膝點地，報告道：「大帥派出的三個探子均已回來，正在門口求見，等待報告軍情。」鐵鉉揮手道：「快請進來。」

親兵帶了三個便服的漢子進來，三人都扮作商旅之客。為首一人行禮道：「回報鐵大人，末將持大帥親函到淮安，梅駙馬雖已降了燕王，但他手下還有八九萬部隊留在淮安一帶。末將尋著駙馬爺的副將卞崇書，他看了大人的手書，只是嘆氣，卻不肯發兵。俺尋著了實際帶兵的總兵王桂，他說現下群龍無首，誰也不聽誰的，他是調不動部隊了。是以……是以俺只好兼程趕回來。」

第二個漢子行了一禮道：「鳳陽那裡倒還有幾萬朝廷軍守在外圍，沿著淮河紮營，尚未投降燕軍，帶兵的是鐵大人的舊識安徽參將陳均。俺求見陳均，他倒是親自見了俺，看了大人的信，很是為大人擔心，不斷問俺咱們的兵力、糧草，還有鐵大人下一步要怎麼走，問得我起了疑心，便回答道：『這些軍事機密，俺也只知道個大概，數字上未必準確。』接著便開始吹法螺，人馬加了一倍，糧草加了三倍，至於鐵帥下一步怎麼走，俺便不知曉了。」

他說到這裡，停下來見鐵鉉並無惱意，便繼續道：「結果他請俺吃了一頓晚飯，天還未亮，俺就覺得不對，偷偷起身跑離河邊的營房。等到午時前，陳均果然拉著部隊向燕軍投降了，我還好閃得快，不然便見不著大人了。」

那第三個漢子從開封趕回來，垂頭喪氣地報告，他人還沒有到開封，就傳來守將已經降燕的消息，連身上那封鐵鉉的親筆信都沒有遞出去，便打道回濟南了。

濟南孤立無援，已成定局。

鐵鉉反而鎮定下來，命親兵帶三個探子下去換衣，好好吃頓飯，回營休息半天。傅翔目睹鐵鉉派出去求救的三個信差，一個個帶回壞消息，不禁替鐵鉉感到萬分難過，但也不知如何安慰他，默默沉思了一會，終於還是忍不住道：「看這情況，鐵大人將面臨孤軍奮鬥的局面。燕軍即將趕到，若無糧草供應，濟南又能守多久呢？鐵大人不如隨我……」

他話未說完，鐵鉉已經伸手打斷他的話，十分平靜地道：「傅兄弟本與鐵某素昧平生，只因在南陽府相識一場，便千里迢迢趕來濟南救我性命，此情此義，我鐵鉉終生不忘。但鐵某以身殉國之意已決，傅兄弟莫要再說，徒亂我心意。倒是此時居然能和老弟再見一面，實是老天難得的恩惠，鐵某有一事相託，未知傅兄弟能否答允……」

傅翔忙道：「鐵大人但說不妨，傅翔只要能力所及，必不負你所託。」鐵鉉道：「如此鐵某先謝了。」他起身對傅翔一揖到地，口中道：「鐵某老家在鄧州，老父母雙在，有妻楊氏，帶一子二女守著幾十畝薄田過日子。鐵某殉國之意已決，朱棣殺我之後必殺我家人，傅老弟若能救得他等性命，為我鐵氏留一苗裔，鐵氏永感大德。」說著便向傅翔跪拜下去。

傅翔連忙一把扶起道：「鐵大人您放心，傅翔但有三寸氣在，必要保得您鐵氏後人，如有違誓，有如此碗。」他激動之下，抓起桌上茶碗，握在雙手中一運氣，張開雙手時，掌中只剩下一把瓷粉，簌簌落下。

鐵鉉託了孤，心中更是坦蕩，豪邁地向傅翔抱拳道：「傅兄弟大有燕趙古俠士之風，鐵某和你萍水相逢，卻以私事千斤之重相託，實屬強人之難。此恩此德，唯有來生相報了。」

傅翔聽得心酸，但他是個十分務實的人，雖在激動中仍不忘問道：「便請鐵大人給我一個信物，以取信於貴眷。」鐵鉉道聲：「好。」便從懷中取出一塊玉石，那玉石是鐵灰色，但其中隱隱透出暗紅的光澤，上面刻有「鐵血」兩字。

鐵鉉將這塊玉石遞給傅翔，道：「這玉石質地在玉中算是次品，市場上賣不出價錢。俺喜它有鐵有血，南陽府那買賣玉石的丁老爺子便送我做紀念，俺親筆寫了『鐵血』兩個字，刻在上面。這事只有我鄧州家人知道，你便拿去當作信物吧。」

傅翔接過那塊鐵血玉石，滿心的感動，卻說不出話來，只跪下朝鐵鉉三拜，引得鐵鉉也跪下對拜。傅翔站起身來道：「鐵大人好自珍重，我去了。」便不再回頭，大步走出衙門。

8

鄧州在春秋時建成，自來由於地位險要，扼巴蜀荊襄之要衝，古城便有內外兩層，是一座雙城牆雙護城河的城池。元末時戰火激烈，又因防叛軍據城頑抗的戰略考慮，便將鄧州城全毀，直到洪武年間才在內城的舊址上重新建立了如今的鄧州城。

時值夏末，天氣仍然極是炎熱，城東南隅有一座典雅的老建築，雖不高大，但外形及色調極是自然舒泰，呈現出一種斯文氣態。

傅翔日夜兼程，趕到鄧州時是一大早，城門才開啟，街市尚未開張，只有幾家賣早點的小店前蒸氣騰騰，已經有好些早起的人在買早飯了。傅翔揹著一隻布袋，擠上前去，也買了六個剛出爐的包子，三葷三素，另要了一碗豆汁，便坐到對街一棵大樟樹下的石凳上享用起來。

身旁一個銀髮老漢泡了一壺茶，翹起腳在抽旱菸，見著傅翔的打扮，忍不住搭訕道：「小哥兒，您真早啊。」傅翔應道：「您也早啊。」那老漢道：「俺年歲大沒瞌睡了，你這樣的年輕小伙子這會兒都還在好夢哩，就你起這麼早，敢情是趕了一夜路？」傅翔咬了一口肉包道：「老人家好眼力，我是趕了大半夜的路，進城時城門才開哩。」那老漢猛吸一口菸，吞雲吐霧了一會兒，似乎好不容易碰上一個對老人家有問有答的後生，豈能輕易放過，便繼續問：「小哥兒打那邊來，貪夜趕路來這鄧州，啥事那麼急呀？」

傅翔聽了暗自警覺，含混地答道：「咱從濟南來，這幾天可熱得緊，只得趁夜涼了才好趕路呵。」那老漢一聽到「濟南」兩字，立刻問道：「小哥從濟南來，未知那邊的仗打得如何了？」傅翔有些裝糊塗地道：「打仗？我離開濟南時並沒有打仗呀，倒是城外數十里不見商旅，農田荒廢得厲害，要恢復昔日的繁榮，恐怕得長時間了。」那老漢噴了一口菸，對著茶壺嘴咕嚕嚕吸了一口茶，嘆氣道：「小哥你有所不知，咱們鄧州出的大忠臣鐵鉉大人正在濟南苦守，不肯投降呢。」

傅翔吃了一驚，倒沒有料到此地隨便遇到一個老漢，竟也在為鐵鉉擔心。他心意一動，索性打探道：「我這回從濟南到南陽，有朋友託我送一樣東西到鄧州鐵府，這才到鄧州來彎一趟。敢問鐵府在鄧州城那個方向，待會兒我便要去拜訪。」

那老漢啊了一聲，道：「原來是這樣，鐵家就在城東，你從花洲書院左邊繞過去，經過兩條橫街，再往前去就有一片楊樹林，鐵家就在林子後面。小哥兒，您打濟南來，您說鐵大人守不守得住啊？燕王已經登基做了皇帝，鐵爺他還打啥呀？」

傅翔知道自己不小心說了「從濟南來」，這老漢大約不肯放過自己了，便搖了搖頭道：「我那懂得這許多。」他喝完豆汁，指著不遠處那座典雅的老建築物，問道：「那座樓建得好，是個啥地方？」老漢道：「便是俺方才說的花洲書院呀。」傅翔藉著要把豆汁碗還給店家，便起身道：「老人家，幸會，幸會。」說著去小店還了空碗，快步朝那花洲書院走去。

那花洲書院建於北宋，到此時已有三百五十年。傅翔想那古建築歷經戰亂，屢廢屢修，仍能維持舊時風貌，確實值得一觀。他拾級而登，書院大門緊閉未開，有一個道士正在書院台階上的平台打拳。傅翔見他雖然沒有多少內力，但一套強體健身的拳術倒也打得虎虎生風，顧盼生姿，兩三個踢腿也踢得到位。一個旁觀的閒客忍不住叫了一聲：「好拳。」那道士微笑不答，不慌不忙打完了整套拳，併腿抱拳歸一，這才吐口氣道：「獻醜了。」

傅翔原想進書院瞧瞧這座古建築，但大門尚未開，便在平台石階上坐了下來，見那道士打了一趟拳，氣色十分好，想是這拳術對鍛鍊身體甚是有益，便問道：「道長打的拳極是好看，是什麼拳呀？」那道士笑道：「貧道這套拳喚作『太極拳』，乃是武當山張三丰張真人所親授。小哥你只瞧著好看，內行人一看便知沒有二十年的功力，那能打到這般境界。」

傅翔強忍住笑，趕快連連點頭，讚道：「是，是，二十年的功力方能臻此，了不起啊。」這道士說張三手親傳他太極拳，雖是信口開河，但他打的這套健身拳確實有點功力，是以傅翔讚得也十分誠懇。那道士立刻感受到了，便客氣道：「過獎，過獎。小哥兒是外來客？打那裡來呀？」傅翔是個老實人，除非有特別原因或考慮，總是實話實說。方才說了「濟南」兩個字，便惹人追問鐵鉉，此時不敢再提濟南，便回答道：「小可從山東來。」

那知那道士一聽到「山東」兩個字，立刻跑過來坐在傅翔身旁，拱手道：「小哥從山東來，貧道向您打聽一下……」傅翔嚇了一跳，暗道：「莫非也是要問鐵鉉……」那道士已接著問道：「咱們鄧州有位大忠臣鐵鉉鐵大人，聽說他此刻在山東濟南，帶兵獨抗造反稱帝的燕王朱棣，不知那邊打仗打得怎樣了？」

傅翔暗道：「原來在此地說『山東』也不行。」有了剛才的經驗，他便換另一種方式回答道：「聽說鐵大人堅持不投降，要為人間正氣奮戰到底。」這一下那道士就像遇上了平生知己，一把抓住傅翔不放，顫聲道：「你說得好，你說得好，天地正氣啊……」接著便背誦起文天祥的〈正氣歌〉來：「天地有正氣，雜然賦流形。下則為河嶽，上則為日星。於人曰浩然，沛乎塞蒼冥。皇路當清夷，含和吐明庭。時窮節乃見，一一垂丹青……」

傅翔聽他背到這裡就打住，似乎鐵鉉已經成仁取義，正氣長存人間了。他心想：「鄧州人怎麼啦？這情緒好像有點過頭了。」便問道：「小可今晨才到貴地，便覺得好像每個人都在談鐵鉉鐵大人，這是怎麼回事？」那道人湊在傅翔耳邊低聲道：「旁人如何我不知道，貧道我可是俗家姓鐵，原也算是鐵家人氏。」傅翔只聞到一股強烈的酒氣，心想：「難怪。這道士倒好，一大早便喝了不少，怪不得臉色紅撲撲的。」

這時一聲門響，兩個身著黑袍的年輕人將書院三扇大門一一從內打開，傅翔第一個便進內觀看。那兩個黑袍青年很有禮貌地道：「歡迎貴客參觀書院，待會學生開始早讀，還請不要喧譁。」

院內有座「春風堂」，跟在傅翔身邊的道士熱心地說明：「這書院乃北宋名臣范仲淹所建。慶曆五年，他便是坐在這春風堂中寫下〈岳陽樓記〉，從此『先天下之憂而憂，後天下之樂而樂』的名句便千古不朽了。」接著又補了一句：「鐵鉉鐵大人也曾在此修習呢。」

傅翔默唸這兩句名言，想到在濟南時鐵鉉說的一席話，不禁思考：什麼是忠義？什麼是正氣？什麼是義之大者？什麼是俠之大者？這些問題在這兩句話裡，好像都找到了一番解說。傅翔對鐵鉉、方孝孺、文天祥這些讀聖賢書者的殉道精神，又多了一分體認和崇敬。

參觀完書院，已是日上三竿。傅翔與那道士作別，他不敢再說要去鐵府，還好那道士一大早仗著酒力猶存，拉著傅翔把一腔熱血著實發揮了一番，此時甚感滿意，也沒有追問傅翔的去向，便放傅翔走了。

傅翔走過一片楊樹林，果然看到一座小莊院，看來應該便是鐵鉉的老家了。他上前敲門，隔了好一陣子才有一個老家人出來應門。傅翔見那老家人有些腿瘸，行動不甚方便，連忙拱手道：「小可姓傅名翔，受濟南鐵鉉鐵大人之託，來見鐵老太爺，煩請引見。」

那老家人打量了傅翔一陣，面露緊張之色，並未立刻回答。傅翔以為他耳背，便抱拳又說了一遍。那老家人搖頭道：「老太爺不在家，你有何事，俺轉告就成。」傅翔暗忖：「這老家人是個下人，鐵大人的信物還是不要拿給他看。但他說鐵老太爺不在家，也不知是真是假？」

於是他進一步問道：「未知鐵老爺子何時歸來？」那老家人仍是搖頭道：「老爺出門，行程那會告訴咱們。」傅翔道：「既然如此，是否可以求見小少爺？」那老家人居然還是搖頭道：「咱家小少爺也跟著老太爺去了。」傅翔開始起了疑心，便道：「鐵大人交代在下帶一件東西親交給老爺子，附帶說交給他夫人也可以……」他心想鐵鉉確曾說過那件信物他的家人都知曉，自己這樣說也不算打誑語。豈料那老家人仍是搖搖頭道：「老爺子交代過夫人不見外人。」

傅翔心想：「這老家人好像一塊會搖頭的鐵板，滴水不漏。看來鐵家似乎出了什麼事，否則怎會如此不近情理？我且從旁觀察一下，再作道理。」當下也不再多說，拱拱手道聲打擾，便打退堂鼓了。

傅翔退到楊樹林裡，一則有蔭可遮，再則躲在一棵合抱大樹的樹頂上，居高下望，鐵家莊院四周有什麼動靜，全躲不過他的眼光。但是從午前到黃昏，整整大半日，鐵府前後無人進出。

傅翔把早餐剩下的三個包子吃了，半袋清水也喝完了，勉強算是吃了中飯，到黃昏時刻確是有些餓了，暗忖道：「這鐵府情形大是異常，待天黑了，我要進去瞧瞧。」好不容易等到天黑，他從鐵家莊後院的外牆翻入，只見四周一片黑暗，整座莊院沒有燈火，難道鐵家人全部離家走光了？

他沿著圍牆跑了一圈，利用地形及院中樹木花叢等掩護，便如一隻大狸貓般，沒有發出任何聲息，但他也沒有發現莊院中有任何動靜，只有正門前的門房屋中透出燭光。前門口已經上了燈，傅翔偷瞄了一眼門房裡，見那老家人正在呼嚕呼嚕吃一大碗麵條，天熱麵也熱，老家人熱得一頭的汗。傅翔暗忖道：「這老家人說夫人不見外客，但整個莊院黑乎乎的，那有什麼夫人在內？這老兒分明撒謊。」

傅翔出了鐵家莊，回到市街上，找了一家小館子好好吃了一頓。他心中有些著急起來，自己來鄧州便是要保護鐵鉉的家人，現在鐵家的家人全不見了，問那老家人是問不出任何消息了，下一步該怎麼辦？

這時小館子裡坐了兩三桌客人，有一桌坐著兩個衙門裡的公人，點了兩盤下酒菜在對飲，其中一個黑面麻子一面喝酒，一面抱怨道：「濟南城離鄧州不有千里路？咱們鄧州這邊自己的事兒都管不了，還要每日蒐集濟南鐵大人的消息。怪胎，你說是不是背時？」

這黑面麻子的對面坐著一個矮胖子，年紀頂多三十歲，卻頂著一頭白髮，皮膚白皙，眉毛也是白的，眼珠淺灰色，整個人給人一種褪了色的感覺，也難怪黑麻子要喚他「怪胎」。怪胎酒量倒好，一口乾了一碗白酒，道：「麻皮啊，鐵大人的事，咱們鄧州人誰不關心啊？老闆急著打探消息也是人之常情嘛，咱們辛苦一點也是應該的。就是千里之外的消息到了咱們手中，也都是『舊聞』了，難怪老闆不樂意呢。」他說完，也沒人敬他酒，居然自顧自地又乾了一碗。傅翔冷眼旁觀，這人臉上不但不上紅，倒像是愈喝愈白了。

「怪胎」乘著酒氣續道：「今天咱們打探到這條消息，老闆可應該給點嘉獎了吧。鐵大人離了濟南，率兵南下，戰事的形勢還有變化哩。」

傅翔聽了大吃一驚，立刻留意細聽，卻見那麻皮瞪了「怪胎」一眼，微微搖了搖頭，那「怪胎」便不再高談闊論，只顧低頭吃菜，又乾了一碗白酒。

傅翔暗忖道：「鐵鉉離了濟南？那只有一個原因，便是為了糧草，他一定是引軍逐糧而南下。這一下，局面將由濟南的守城之戰轉變為沿江淮追逐糧草的游鬥了，勝負結局更是不可預料……若是……」他忽然想到了阿茹娜：「若是阿茹娜在這裡就好了，她對戰局一定大有見解。」想到這裡，又想自己身負重任要保護鐵鉉的家人，現在卻連鐵府家人在那裡都不知，自己實是一籌莫展，更加覺得要是阿茹娜在就好了。

他匆匆吃飽，就在東城附近找了一間客棧住下。客棧左邊街上有間茶樓，入夜了生意還是好得緊，客人三朋兩友泡壺茶，要幾碟瓜子、花生、乾果之屬，一聊可以聊上兩個時辰。茶博士也不來催客，頗有點川人擺龍門陣的味道。

傅翔洗漱完，便信步走上茶樓。此地未受戰事波及，市面繁榮和濟南有如兩個世界，傅翔心想：「茶樓上人多嘴雜，最易探些馬路消息。橫直閒著沒事，不如去泡壺茶，豎起耳朵聽聽鄧州的市井之聲，說不定能探到一些有用的消息。」

傅翔上了樓，揀一個四方都有客人、最不清靜的座位坐下，要了茶和乾果，便四面打量了一番。只見除了右側窗邊坐了兩個青衫讀書人之外，其他客人都像是生意人，大夥兒談的似乎也都是南陽一帶的生意經。傅翔一個外地人獨據一張方桌，被包圍在四周的當地人中，顯得有些突兀，他便悶聲品茶，以免一開口，外地口音就要引人注意。

他閉上眼，細聽四周的南陽鄉音，漸漸已能分出當地的土話及外地相混的官話，前者是道地的鄧州話，後者就是一般的河南話。有一個帶點湖北口音的大嗓門道：「俺剛跑了一趟新野，今年湍河水位低，俺的三萬石麥子只好用小船運，多花了不少銀子，調集了湍河上所有可用的船隻，總算運到了白河。雖然辛苦，這批糧食運到了淮南，賣的價錢實在太好，值啊，值。」

另一個沙啞的河南腔說道：「老孔呀，你耳朵真長，手腳真快，怎就打聽到了有人在淮南高價收購糧食？消息前幾日才傳到這裡，你三萬石麥子已經啟運了，這生意怎麼做得過你呢？」

那老孔道：「俺這還不算快的，南陽府那個賣玉的色目人丁老頭，動作就比俺還要快，聽說他的麥子啟運更早了兩天呢。這個丁老兒實在行，幹那行都沒有敵手。聽說南陽的玉石商人門不過他，全都加盟他的旗下，大夥兒幹得熱乎，南陽成了新的玉市了。」

傅翔聽到南陽的故人丁爾錫，更加留上了意，忽然腦中靈光一閃，暗道：「唉呀，這事和鐵鉉離開濟南的事大有關係啊！如今糧草在那裡，鐵鉉便要去那裡，他若打探到有人在淮南大肆收購糧食，肯定不會放過取得糧食的機會。他又有包弓包打聽在旁，焉有打聽不到之理？」

他想到這裡，心中已暗暗肯定這猜測不會錯，如果鐵鉉能得到這批糧食，他的部隊戰力馬上就不同了。這雖是好消息，但鐵鉉的家人又去了何方？

茶樓四周眾商人仍在談水陸生意，其中一個中年胖子一面猛搧蒲扇，一面嘆道：「俺才去魯西收購棗子，沿途看到兵荒馬亂過後的情形，打過仗的城鎮當真是蕭條得緊，有些城鎮幾乎成了鬼域。這次四年內戰，幸好沒有打到咱們這邊來，真是祖宗保佑啊。」

另一人嘆道：「鄧州雖然沒有被戰火殃及，咱們的鐵鉉鐵大人可是為這一戰鞠躬盡瘁，死而後已。」這話一出，茶樓上忽然靜了下來，所有的談話都戛然而止，倒讓那說話的嚇了一跳。

過了一會，坐在窗口的一個青衫士子接口道：「燕王朱棣發動這靖難之役，其實是十足的奪位之戰。他口口聲聲要清君側，尊太祖舊制，可是建文皇帝乃是太祖親自遺命的繼位人，燕王怎地又不尊了呢？聽說他在南京登了基，便大肆殺戮，天下仁人志士中，文有寧海方公孝孺，送他『燕賊篡位』四個大字；武有我鄧州鐵公鉉，至今仍在浴血奮戰，不肯投降。凡我鄧州人當為鐵公後盾，為天地存一分正氣也。」這士子一口鄧州話，對傅翔來說，較之河南官話難懂得多，但他還是大致聽懂了，而且充分感受到發話者的激憤之情。

那幾個生意人豎起大拇指讚好，卻又紛紛說道：「邱秀才說得極好，但今後說這話可要小心了。聽說朱棣在南京大開殺戒，誅殺無辜數以千計，你說這話如果在南京，恐怕就是幾個腦袋也沒了。」另一個年紀較長的士子也點頭道：「邱老弟一腔熱血，道出我鄧州人的心聲，但朱棣就位後，他的控制力量很快就會達到此地，大家都要小心。朝廷變天的時候，濫殺枉死的還少得了麼？」

傅翔聽了一會，再無新議題，各人又恢復閒聊，一些言不及義的話題紛紛出籠。大家雖低聲密談，聽在傅翔這內功高手耳中卻是一清二楚，先前那個去魯西收購棗子的商人，笑嘻嘻地談南陽府新開了一家妓院，來了幾個陝西小姑娘很是不錯；那兩個書生則低聲談建文三年府試作弊的事。傅翔便下樓結賬回客棧了。

次日鐵家莊依然大門緊閉，整日無人進出。傅翔四處打探，卻只能旁敲側擊，得不到任何鐵府家人的消息，到了黃昏時可說一無所得，不覺更加心焦了。他一整日在鄧州打探消息，卻已引起了別人的注意。

傅翔吃了晚餐，信步在一條「有穰街」上閒逛。日落之後開始有些涼風吹來，也吹散了一些白天的暑氣，傅翔覺得一陣涼爽，便在路旁一座小道觀前停下。觀前有幾棵老榆樹，都有八九丈高，最高的一棵超過十丈，亭亭如蓋，白天陽光下給了好大片蔭涼，是以樹底下擺了好些個大石頭，便是乘涼的座椅。

傅翔站在大樹下乘涼，覺得自己這樣尋找鐵府家人不得要領，也許應該要與丐幫的弟兄聯繫一下。在武昌時，武林盟主錢靜曾經將丐幫的聯絡記號給了各門派，傅翔也抄了一份，他便想到利用晚間找到鄧州的城隍廟，在附近留下記號，希望明日能和丐幫聯絡上。

就在這時，忽然有個小道士跟著傅翔一路走到道觀前，停在傅翔身邊，稽首低聲道：「小施主請了。」傅翔回頭一看，只見那個道士年紀比自己還小，卻稱自己「小施主」，不禁有些不樂，便還禮道：「小道長請了。」

那小道士倒不以為忤，問道：「小施主到處打探鐵府消息，未知與鐵府有何關係？」傅翔吃了一驚，料不到自己旁敲側擊打探的事，居然被人盯上了，而且還是個小道士，一時之間不知如何回答，便反問道：「小道長何有此問？」那小道士聽了露出笑容，好像忍不住心中有樁好笑的事，回答道：「只因咱們也在打探鐵府的事，這才注意上施主。」

傅翔見這小道士只十多歲的年齡，笑起來顯得特別天真，便也笑道：「那麼敢問道長，您要打探鐵府的事作甚？您又和鐵府有啥關係？」那小道士舉起右手，伸出食指來搖一搖，道：「不成，是小道士先問的，小施主您要先答。」

傅翔這才注意到這小道士皮膚白淨，面容如畫，大袖口露出的半截手臂雪白如藕，分明是個小道姑。自己心事重重，居然半天沒有發覺，不禁啞然失笑。那小道姑慍道：「怎麼？有難言之隱不敢講了？小道我就知道你鬼鬼祟祟，必定包藏禍心，要對鐵家不利。」

傅翔聽了哭笑不得，正要解釋之時，道觀裡走出一個青年道士，對那小道姑道：「微雲不要鬧了，快請施主入觀奉茶。」那小道姑道：「施主請進，小道等會再問。」傅翔也有好多問題要想弄清楚，便對那青年道士拱拱手，進入觀內。

這道觀規模不大，那幾棵大榆樹後面有個小院子，略微隔開了道觀的主殿和街道，免得開門見山。那主殿也沒多大，殿後倒是有幾間清靜的房間，除了駐觀道士的臥房，還有兩間客房，供遠方來的客人臨時居用。

青年道士帶著傅翔穿過神殿，進入後院的客房，坐定後奉茶。那道士抱拳道：「貧道武當弟子衣賓，施主貴姓？」說著親自捧了一碗茶遞給傅翔。傅翔一接茶碗，立刻感到一股渾厚的內力傳了上來，他略一提氣，便把那股內力化去了。那青年道士衣賓輕咦了一聲，面現驚訝之色。

就在這一招試探之下，傅翔已經知道這衣賓確實是武當弟子無誤，而衣賓卻完全猜不到傅翔的底細，因為自己的內力有如石沉大海，一絲回應都沒有。衣賓在武當派中是一個外場的好手，原以為自己經常在江湖上走動，朋友既多，見多識廣，武林中各門各派的內力都能識其大要，這麼略為一試，傅翔的底就能摸個大概。萬料不到竟是這樣的結果，對方的內力真只能用「深不可測」四個字來形容。

傅翔既知衣賓是武當弟子，心中便無疑慮，拱手道：「道長請了，小可傅翔。」那衣賓聽了大吃一驚，想不到在武當山上赫赫成名的傅翔居然就在眼前，他連忙再次行禮道：

「原來是傅施主，請恕貧道眼拙。前次傅施主在武當山大戰天竺來的天尊時，貧道正好帶了小師妹在江南辦事，沒能見到施主大顯神威，事後每聽師兄弟談起那日情景，總嘆自己無緣。今日終於得見施主，可以稍減我遺憾了。」

傅翔連忙謙道：「道長好說，與天尊一戰，終究還是敗了一招，何敢言勇？」那小道姑跟了進來，插口道：「原來你就是那傅翔，武當派從掌門人天虛道長以下，人人都當您是大英雄。我小道姑跟了您一整天，見您逢人就支支吾吾地打聽鐵府的家人，一整天下來也是一籌莫展，沒想到……沒想到竟是您這位大英雄。」

傅翔見這小道姑天真爛漫，很覺有趣，便對她道：「小道姑，妳還沒告訴我，為啥要打聽鐵府家人的下落？」那小道姑微雲道：「傅施主，你也未說，是我先問你的。」兩人的對話又回到方才在道觀外各執一詞的原樣兒。

衣賓道：「小師妹，妳就別鬧了，咱們說正經的。傅施主，咱們尋鐵府家人，乃是奉了武林盟主的命令。您也接到錢幫主的命令嗎？」傅翔啊了一聲，道：「小可與鐵大人有舊，這回南京變了天，我趕去濟南見著了鐵大人，本想護著他脫離險地，但他殉國心意已決，就把家人託給了我。可我到了鄧州，鐵大人的家人卻都不見了。」

那小道姑微雲道：「武當派接了錢盟主之命，掌門人便交派給咱們的師父，師父命咱先盯住鐵府嚴加保護，他今夜便會趕到。那曉得咱們去鐵家莊院一探，早已人去樓空，只剩一個老家人在那看家應門，問也問不出個所以然。衣師兄發動鄧州所有的道觀幫忙打探，鐵家人沒尋著，卻發現你也在打探同樣的事。衣師兄起了疑，便要我跟著你，我心想你若有本事探出什麼端倪，咱們就坐享其成。那曉得，哈……」她講到這裡，忍不住噗嗤一笑。

衣賓瞪了她一眼，補充道：「咱們兩人的師父便是武當二俠天行道長，他老人家今夜便到，可咱們還沒探出任何頭緒。」傅翔道：「眼下鐵鉉還在和燕軍遊鬥，他的家人確實有雙重危機……」

他說到這裡，忽然被一陣爽朗的笑聲打斷，只見一個中年道士大踏步走了進來，衝著傅翔稽首為禮道：「想不到在此地遇見傅兄弟。咱們武當派兩次遇難，都得完顏道長及傅兄弟仗義援救，方得脫險，也沒機會好好謝一謝救了武當的貴人。」

傅翔連忙還禮道：「天行道長忒謙了。傅翔追隨完顏道長，因緣際會碰上天竺妄人偷襲武當，略盡棉力實不值一提。若以今日咱們中土武林結盟的宗旨來看，各門各派之間互為救助，乃是必然的責任，義不容辭啊。」

衣賓和小道姑微雲都跟師父見了禮，微雲一面奉茶，一面向天行道長報告鐵府家人的情形。天行道長道：「適才貧道進來時，傅施主正說了一半，說鐵府家屬有雙重危機，願聞其詳。」

傅翔道：「鐵鉉如果兵敗，朱棣恨鐵鉉如恨方孝孺，殺了鐵鉉就要誅滅其家人，一個也不會放過；但若鐵鉉得了糧草，游擊成功，甚至邀得更多原來朝廷的地方兵力加入行列，朱棣一時奈何不了鐵鉉，就會捕拿鐵鉉的家人以為要脅，逼鐵鉉投降。是以依小可的看法，鐵家危矣。」

天行道長點頭道：「傅兄弟說得極有道理。依您看，咱們下一步該怎麼走？」傅翔道：「我從昨日到今晚，打探了兩天沒有任何結果。那鐵家的老家人有如一塊鐵板，只會搖頭，啥也問不出來。我也潛入鐵家莊內查了一圈，的確是除了看門的老頭，整座莊院不見一個鐵家人，看來很像是鐵家全家集體出走了，或是不幸已經被官府捉了起來？」

衣賓常駐鄧州、南陽一帶，對當地的官府也有些瞭解，聽了傅翔的說法，便搖頭道：「按說鐵大人在鄧州人心目中便如城隍老爺一般，知州是不敢在此時到鐵府拿人的。只要有人叫出來，引起鄧州百姓反彈，小小一個知州是壓不住的。」傅翔道：「道長說得不錯，但若是錦衣衛下手呢？他們可以不顧後果，百姓的反應激烈是知州的事，他們抓了人便往京師邀功去了。」衣賓道：「確實不可不防。」

天行道長道：「明日咱們再與南陽府的丐幫弟兄聯繫一下，鄧州衙門的動靜也要去探查一下，重點是有沒有錦衣衛的消息。衣賓，你去計畫一下，咱們明日一早就在此地見面，商量好了分頭行事。」

次日午時，終於接到了南陽府丐幫送來的飛鴿傳書，那隻鴿子腿上綁了一根細布條，上面沒有文字，布條一半黑一半紅，十分醒目。微雲道：「糟糕了，這布條說『壞消息速來』。」傅翔問道：「咱們早上送去的鴿信怎麼說的？」微雲一面拿清水和小米餵那隻信鴿，一面道：「咱送去的消息是『鐵家人失蹤有消息速知』。」

衣賓解釋道：「武當和丐幫本來各有各的一套飛鴿傳信系統，這回加入中土武林聯盟後，大夥兒聚在武昌，雙方的馴鴿高手交換秘訣，建立了這支完全互通的飛鴿隊伍。在這一帶，武當負責丹江和鄧州，南陽和鄭州便交給丐幫。」

天行道長皺著濃眉，想了一會才道：「信鴿帶來表示『壞消息速來』的黑紅布條，卻沒有一個字。這有兩種可能，不是時間緊迫不及書寫，便是事件複雜，簡單幾行寫不清楚，一切面談的意思，畢竟鄧州到南陽不過百里之遙。」

傅翔道：「不管是那一樁，咱們趕快動身去南陽。」天行道長也對衣賓及微雲道：「咱們趁早動身。衣賓快去請那平日常來觀裡廝混的醉道人，便請他代為看管大殿。」衣賓道：「那人每天醉醺醺的，叫他看守道觀，可有點不放心。」天行道：「也是，怕他弄出個火災就麻煩了，那就鎖上大門吧……」

他話聲未了，便聽得外面有人大叫：「誰說我醉道人不能看守，爾等有事只管去，醉道人看守期間，午時之前滴酒不沾，放心吧？」傅翔聽得有些耳熟，只見來的醉道人赫然便是前日在花州書院前遇到的道士。那道士說自己俗家姓鐵，又說張三丰張真人親傳了他一套太極拳，傅翔思之不禁笑出聲來。

那道士依然帶著一身酒氣，他也一眼認出了傅翔，哈哈笑道：「啊哈，原來小哥兒也是武當山的俗家弟子？」天行道長道：「傅施主不是武當弟子，卻是武當的貴人。你若恪守清規，每日關了道觀大門才准小飲，這道觀便交給你看守。」那醉道人沉吟道：「恪守清規……關門小飲……」最後露出堅定的神色道：「醉道人一切依道爺的，這道觀交給咱，保您平安無事，香火鼎盛。」他心中卻在盤算，這一回看守道觀後，自己的身分便是武當派駐外道觀的主持人了。

∞

鄧州到南陽府只有一百二十里路，官道之外另有小路捷徑，傅翔四人施展輕功，兩個時辰便趕到了南陽。衣賓熟門熟戶地帶路，進了城，便在城西南一片松林中找到了一間敗廢的大殿。殿中二樑上的橫楣尚未全毀，上面刻著「壽福殿」三個大字，筆走龍蛇，頗有幾分氣勢。想當年這壽福殿恐怕也曾風光過一時，如今乏人問津，四周長成了林子，南陽府的丐幫分舵便設在此地。

小道姑微雲對著空蕩蕩的林子拍手，熟練地拍出一連串有拍節變化的掌聲，不一會兒殿後也傳來相應的掌聲，正是聯盟中大家共用的信號。緊接著半毀的殿後走出來一個青年叫花子，那花子生得面皮白淨，對天行道長恭聲道：「小人丐幫劉才，道長請隨小人到後殿去，陳舵主和武昌來的丁舵主都在等各位。」

這個花子顯然識得天行等武當三人，但不識傅翔，對傅翔點了點頭，便轉身帶路。壽福殿的後半截倒還有幾間屋有門有頂，雖然敗落了仍能遮蔽風雨。傅翔等四人才走到一間屋門前，裡面隨即走出兩個丐幫的頭領。一個年輕的穿著深藍色勁裝，胸前有兩塊補丁，但看得出剪裁合身，頗顯英挺之氣，衣賓等三人立刻和他打招呼，顯然熟識，傅翔跟在後面點頭為禮。此人正是丐幫南陽分舵的陳分舵主。

陳舵主身旁一位體態威武的年長花子，身著絳色衣褲，雖然有幾處破洞，但那絳色襯著一頭白髮，仍顯得氣度不凡。武當派的三人不識此人，不料傅翔卻識得他，歡叫一聲：「這不是武昌伏龍舵的丁舵主麼？」

那丁舵主見有人認出他來，不禁吃了一驚，仔細一看，大叫道：「唉呀呀，是傅翔小哥兒呀，武昌一別有四年了吧？你現在已是名滿江湖的大高手，居然還記得我老叫花，可真難為你啦。」這一來不僅陳舵主吃驚，武當三人也吃了一驚。小道姑微雲暗忖道：「看不出這傅翔倒還認識不少高手哩，昨日倒小覷他了。」

傅翔道：「咱們火速趕來，為的是那『壞消息』，便請賜告。」

陳舵主一面肅客落坐，一面很快地交代道：「鐵鉉鐵大人的寶眷日前突然失蹤，武當派諸位在鄧州查得緊，丐幫也在暗中打探消息，但是一點風聲也沒有，江湖上沒有，衙門裡也沒有。大夥兒正在納悶，好好一家人怎麼說不見就不見了呢？沒想到，昨天夜裡忽然出現了一批錦衣衛，原來他們化裝成商人混進城來，入夜後便換上錦衣，公然衝進了此地一家有名的玉舖抓人……」

傅翔驚叫一聲：「可是『丁家玉舖』？」陳舵主頗為吃驚，道：「不錯，正是『丁家玉舖』，傅小哥如何得知？」傅翔道：「我……我與那色目人丁老爺子有舊，便因他才和鐵大人結下了緣。此事說來話長，陳舵主您先說昨夜的事！」

陳舵主道：「長話短說，原來鐵府家人全都躲在丁老闆的家裡。這丁老闆也是個厲害角色，竟然神不知鬼不覺地就把鐵府一家老小全接到他家裡躲起來，難怪你們在鄧州怎麼找也找不到。慚愧的是咱們丐幫，這事發生在咱家眼皮子下，居然也不知情，卻不知何以錦衣衛倒知道了。總之，錦衣衛衝進玉舖，將鐵家人逮捕帶走了，丁老闆以身擋在地窖前不讓人進入，就被錦衣衛殺害了……」

傅翔怒叫一聲：「豈有此理！」陳舵主繼續道：「錦衣衛殺了丁老闆，就一不做二不休，殺了好幾個丁家人。他們一驗鐵家人，發現鐵大人的兒子鐵福安不在被捕家人之中，便衝進地窖去找人。不料地窖裡另有出路，而且不只一條，裡面竟如鼴鼠的窩一般，又矮又窄的地道橫七豎八，有如迷宮，竟不知鐵福安是從那條路逃走了。」

傅翔在南陽府初逢丁爾錫老爺時，鐵鉉正在河南籌調軍糧，丁老爺子慷慨捐輸、侃侃而談的形象仍然清晰留在腦海，對這位有智慧、有器度的回回老爺一直心懷敬意，想不到為救鐵鉉家人竟犧牲了性命，而自己當著鐵鉉的面承諾要保他家人，卻坐在這裡無能為力，不禁覺得又怒又愧，一陣天旋地轉。他連忙深吸一口真氣，將洶湧的血氣壓下來，雙眼已經充滿了淚水。

卻聽那丁舵主道：「咱們一大早便派了最精明的弟兄，掌握蛛絲馬跡追蹤下去。曝光的丁家地道共有三個出口，三個方向咱們都有人追索，天黑前定有飛鴿傳回，咱們便要立刻採取救援行動。」

天行道長道：「鐵大人的公子雖然逃了出去，但他落了單，在錦衣衛的追捕下很難脫身，咱們要先就三條路線的情況好好研議一下……」

正在此時，一個皂衣花子快步進來，向眾人行了一禮，便對陳舵主報告道：「報告舵主，小人王九一有重要消息……」他頓了一頓，陳舵主道：「這邊全是自己人，王九一你只管講。」那王九一本來姓王卻無名，小時候被賣在妓戶裡當小廝；加入丐幫後，他惱同伴喚他王八，一氣之下便取名為王九，後來又覺得不放心，便再加個「一」字，成了王九一。他武功平常，但辦事極為能幹，是陳舵主的得力大將。

王九一道：「丁家玉舖那邊遭錦衣衛殺人擄人後，總管正指揮幾個夥計忙著收斂老爺子等人，辦理後事，祁知府卻忽然帶著幾個親信來了。俺見這知府祁奐來得古怪，便續留現場，賣力地幫忙整理善後，一面靠近那祁奐，暗中盯住他。丁家現場亂得厲害，多俺一個熱心幫忙的人，也沒有人注意，卻讓俺聽到一句重要的話。

「那祁奐的親信進入丁家東闖西查，終於查到了丁家的藏寶室，那裡面藏了好多美玉和寶石，祁奐下令全部打包貼封帶走。丁老爺的兒子躲在馬廄裡逃過一劫，便出面不准祁奐拿走寶物。沒想到那祁奐道：『你家老頭仗著鐵鉉的勢，不把我這知府放在眼裡。我也不爭一時，放了眼線在你丁家，每天盯著你這奸商，本府就不信奸商家裡抓不到把柄。這下好了，京師變了天，鐵鉉是欽犯，你丁家窩藏欽犯家人，錦衣衛不抓他們抓誰？這些欽犯和家私，本府不抄你抄誰？走，再敢多放一個屁，連你一起砍了。』說著便將丁老爺的兒子也抓走了。」

傅翔等人一直納悶是何人得知了丁家的秘密，又通知了錦衣衛來抓人，這王九一聽來的一番話說明了一切。陳舵主道：「王兄弟探得好，原來是祁奐這廝搞的鬼。俺瞧他主要是覬覦丁家的美玉寶石，什麼貼封沒收都是做假的，寶物鐵定入了這王八蛋的私囊。」

傅翔義憤填膺，暗暗發誓，絕不放過這祁奐，但眼前打救鐵公子是首要之務，便請丁舵主就丁家地道三個出口的地形及三條路的去向略加說明，讓大家心中有個譜。

果然，黃昏時分兩隻鴿子先後回到了壽福殿。第一隻鴿子帶來鐵府家眷的消息，布條上寫著：「錦衣押人走水路將入漢水」，下面畫了一隻鳥，看上去比較像烏鴉。陳舵主興奮地拍手道：「黑鳥已盯上他們了，他們是走白河入漢水，再從漢水入長江……」丁舵主揮拳道：「黑鳥盯住他們，咱們下去支援。這消息要通知總舵，我瞧最好就在武昌出手救人。」

正議論間，第二隻信鴿也飛回，帶來的信息便令人困惑了。那布條上寫著：「沒法現有人見金衣走西路」，字跡東歪西倒，筆畫有的像蚯蚓，有的是一大沱墨，十一個字中倒有「發」現和「錦」衣兩個別字，要靠陳舵主解釋大家才看懂。顯然三個出口都沒有發現，只有人看見錦衣衛從西邊一條路走了。

看到這布條，其實不易從中得到多少重要信息，幾人圍在那裡沉思，那隻鴿子顯然餓了，咕咕叫得很不高興。天行道長道：「西路固然有人看到錦衣衛，另兩路無人看見，並不表示沒有人追下去。咱們可不能全壓在西路上，放棄其他兩路。」

傅翔道：「鐵大人的家眷既然已順江西下，咱們只要有人盯住並與武昌聯絡就好。這邊鐵大人的公子孤身逃難，又無功夫在身，最是需要援救，咱們恐怕三條路都要有人跟下去，人手怎麼分派，還請道長作主。」

這邊有武當、丐幫、明教的人在場，以武當五俠的天行道長輩分最尊，傅翔如此建議，大家都表贊同。天行便不客氣，朗聲道：「事不宜遲，貧道便權作分派。水路那邊，已有丐幫兄弟追下去了，咱們便請兩位舵主下去支援。援救鐵公子的人手須兵分三路，衣賓和微雲沿東路追下去，貧道追中路，西路就交由傅小哥。這樣分派可好？」

天行道長見眾人並無異議，便繼續道：「還有兩件事需留意：第一，咱們騎馬追蹤，煩請丐幫兄弟立刻弄六匹馬來，如有需要，貧道這裡帶有銀子；第二，錦衣衛如果擒住了鐵公子，不管是那一路，必然還是會遣送到京師去邀功。是以咱們若跟蹤到了通往京師的官道時，不論是否追到，都向京師方向轉進，一路上揀重點留下記號，就用武林聯盟的記號。」

天行道長平常循循然從不爭先，此時發號施令倒是思路有條理，口齒也清晰，傅翔暗暗叫好。陳舵主道：「道長分派得再好不過，在下有一點小小建議，大家看是否妥當？」

天行道長道：「陳舵主不必太謙，快請指教。」陳舵主指著王九一及那個先前引導大夥進來的白淨青年花子劉才道：「道長和傅兄弟單槍匹馬追蹤錦衣衛，固然兩位武功高強，但如果有這兩位地頭蛇陪同二位一道下去，一定能有些幫助。」

天行和傅翔聽了大喜，傅翔主動道：「好極，我想請王九一兄弟陪我一程。」天行沒有異議，便對劉才道：「劉兄弟，貧道就麻煩你帶路了。」這時那隻鴿子忽然發出尖銳的咕咕聲，微雲忙拿出清水和小米來餵牠。

陳舵主命劉才快去備馬，要丐幫弟兄牽了馬在東門、北門和西門相候，只因追水路的要出東門，追鐵公子的要往北門和西門而去。

這時天色漸暗，太陽已經落下，壽福殿地處深林之中，天暗得特別快。兩個丐幫弟兄拿了一些饅頭和酒菜出來，眾人匆匆吃了，陳、丁兩位舵主便先往東門去了，武當派三人也往北門而去，壽福殿上只剩下傅翔和王九一。

王九一道：「傅爺，咱們也該動身了。」傅翔道：「你莫喚我傅爺，叫傅兄弟就好。我要先做一件事才動身。」王九一奇道：「啥事這麼急？」傅翔吸了一口氣，緩緩地道：「我要去殺了祁奐那個狗官！」王九一嚇了一跳，低聲道：「現在就去？不能等……」傅翔打斷道：「我要替丁老爺子報仇，不殺此人，我誓不為人。今天以後也不知何時再到鄧州來，更不知將來天涯海角，這祁奐得了珍寶會跑到那裡去躲起來，是以就在今夜，王兄弟你要為我帶路。」王九一對那祁知府也極為痛恨，吐了一口口水在地，道：「好得很，咱們先幹掉這個他媽的人渣再作道理。」

∞

月明星稀，風卻不動，深夜依然悶熱，南陽城西門外一條黃土小路上，兩人兩騎疾馳而過，正是傅翔及丐幫弟兄王九一。兩人沒有交談，只是一面策馬一面專注四方。傅翔滿懷的思潮洶湧，就在不久之前，他平生第一次殺了一個人，而且是一個沒有武功的人。他親手一掌擊碎祁奐的內臟，祁奐當場噴血而亡。

王九一心中也在回想，他帶領傅翔潛入祁知府的官邸，瞧見祁奐吃完飯，正和小妾欣賞撒了一桌的美玉珠寶，件件都是精品。傅翔破門而入的時候，祁奐正拿著一顆拇指大小的紅寶石在他小妾的胸前比劃，順便捏捏小妾的奶子，嘻嘻笑道：「這寶石比妳奶子還大呢，配妳這身翠衫子還真美啊。」王九一在馬背上暗自冷笑道：「美個屁啊，誰教那小賤人眼見祁奐被打成一團肉了，還敢私藏那顆紅寶石，否則老子也未必會要了妳的小命。」

傅翔想到那祁奐，倒是有點佩服他的好記性，居然認出自己曾和鐵鉉一同在太白樓上，那時傅翔自稱是鐵鉉的侍衛。他死到臨頭還要大打官腔：「丁老闆窩藏欽犯家人，本來就是死罪。現在燕王稱帝，鐵鉉遲早要被正法，勸你趕快棄暗投明。本府瞧你還有些本事，不如跟了本府，將來賞你一個功名。」

傅翔幾乎氣炸，指著祁奐道：「鐵鉉和你都是建文的命官，鐵鉉還在為人間正氣而戰，你卻已經見風轉舵，殘害忠良之後。同樣是讀聖賢書，為何人家成仁取義，你卻豬狗不如？你說鐵鉉是『欽犯』，你拿欽命給我看看？既無欽命，你便不是逮捕欽犯家人，而是官殺良民，官奪民財，你『沒收充公』的丁家珠寶怎會在你家裡？」傅翔平常說話平和，此刻卻是聲色俱厲，侃侃而談，回想起來連他自己都吃驚。

王九一也在回想那一幕，傅翔那番話駁得祁奐啞口無言，接著傅翔便一掌斃了祁奐，為丁老爺子報了仇，現在想起來仍有快感。他想到傅翔和自己到牢裡放出了丁家公子，傅翔將那整袋的美玉寶石交還了丁家，丁家劫後倖存者感激涕零的情景……

那時傅翔沒有時間多作解釋，只能匆匆地對丁家少主及老家人道：「收好這些財寶，趕快離開吧，福建泉州也許是個好地方……」

傅翔騎在馬背上，一幕幕往事浮現眼前，那時自己還是個孩子，第一次隨師父到了泉州，那海港城市的活力，街市上各國商人熙熙攘攘的熱鬧景象，至今印象深刻。他居然在與丁家少主臨別時，脫口而出：「福建泉州是個好地方，你可到開元寺去尋潔庵法師救助，便說是傅翔拜託的就成。」

隨著馬蹄聲漸緩，傅翔的思緒也冷靜下來，他有點驚訝地發覺，殺人似乎不如他想像中的困難。他親手殺了祁奐，此刻他心中沒有難過，沒有後悔，只有能為丁爾錫老爺子報仇而感到的安慰。

王九一勒馬停了下來，傅翔也跟著停下，只見王九一身軀一滑，已經下了馬，這人武功不高，騎術倒是一流。他作勢噤聲，一溜煙到了路邊，伏身以耳貼地，聽了一會，爬起身來道：「前方有馬隊由北向南疾奔而去。」傅翔道：「由北往南？難道前面就是官道了？」王九一道：「不錯，咱們要不要追上去？」傅翔沉吟了一會，下定決心道：「好，咱們快追。」兩人翻身上馬，快馬加鞭地向前馳去。

兩人策馬疾行一里，前面果然出現官道。王九一低喝道：「咱們向左轉。」傅翔一馬當先向南轉進，只見前方塵土飛揚，月光照射下一片模糊。傅翔暗道：「看不出這王九一還真有一套追逐跟蹤的本領，前面果然有馬隊疾行。」

兩人追了四五里後，馬道連接著更寬的驛道。王九一道：「前面向左彎過去，便是通樊城的大路了。」傅翔道：「難道這隊人馬也要走漢水？」他極目望去，只見前面的馬隊似乎停了下來，於是兩人也放慢了馬速，一里之外便見到火光閃動，顯然前面的人燃上了火炬。王九一對傅翔低聲道：「傅爺您慢走，待我上前先去探探，俺叫動手您才動手。」傅翔見這王九一實在能幹又大膽，自己情願聽他號令，便回道：「你上前去，如果遇險便叫，我就在你後面。」

兩人走得近了，只見前面共有六人六騎，其中五個是錦衣衛，還有一個年輕的後生被圍在五騎中間，雙手固定在馬鞍前端，似乎是被人上綁，看上去是五個錦衣衛的俘虜，難道就是鐵鉉的子嗣鐵福安？

王九一騎馬緩緩前去，傅翔悄悄跟在十尺之後。錦衣衛中一人對著王九一喝道：「什麼人？站住！」王九一眼尖，已經看到六騎前方有兩人兩騎攔路，正是武當的天行道長和丐幫的弟兄劉才，不知如何他們倒繞到驛道的前面來了，看來劉才領著天行道長走山間小路，捷足先達此一官道關口。

王九一裝糊塗不回答，繼續向前走近，那錦衣衛唰的一聲拔出長劍，喝道：「混帳，你給俺站住！」王九一忽然大聲叫道：「鐵福安是你麼？是就點頭！」那雙手上綁的後生口中被塞了布條，聞言猛然點頭，果然便是鐵福安。

王九一猛拉轠繩，座下馬揚起前蹄，他大聲叫道：「動手！」只見對面天行道長從馬上飛身而起，直撲鐵福安。那五個錦衣衛訓練有素，一個抱起鐵福安滾落馬下，兩個挺劍正面刺向天行道長，還有兩人揮刀砍向天行道長的背後。

傅翔聽得王九一大叫，也立刻出手，把襲擊天行道長背後的兩個錦衣衛接了下來。那兩個錦衣衛武功不弱，但碰上傅翔，只一個照面便連人帶馬倒退了三步。兩人駭然失色，不知來人是何方神聖，一出手便有一股巨大的壓力逼退自己，兩人胯下的坐騎也被這股巨力逼得連步倒退，幾乎站立不住，高聲長嘶，聽得出兩匹馬均極為憤怒。

天行道長去了背後之患，全力對付正面的兩個錦衣衛，左右開弓，三招就將兩人逼得下了馬，三人都落在地上。天行道長武當長拳出手，氣勢如虹，兩個錦衣衛舞劍搶攻，卻被拳風所罩，連連倒退。天行道長一長身形，使出武當的移形換位，伸指便將兩人點倒在地。

但是鐵福安卻落在一個滿臉絡腮鬍子的錦衣衛手中，那人一手挾住鐵福安的頭頸，另一手持了把尖刀抵住鐵福安的咽喉，只要往前一送，鐵福安立時命喪當場。

一時之間，場中靜了下來，月光之下，大夥從鳶起鷹落突然變為靜止不動，那情況顯得格外詭異，只有幾匹馬不安地低嘶，更增緊張的氣氛。那挾持鐵福安的錦衣衛狠狠地道：「你們若想這鐵鉉孽種活命，便乖乖聽老子的吩咐。誰敢一句不聽，老子先割了他的鼻子。」

傅翔心中焦急，卻不知該如何是好。那絡腮鬍子已經開始發號施令：「武當山的道士，你先將俺地上兩個弟兄的穴道解了。」天行道長無奈，只得照辦，上前在兩個錦衣衛身上一捏一拍，便解了穴道。兩人站起身來，正要開口大罵，瞥見天行道長如利刃般的眼光掃了過來，一句極髒的話便嚥了下去。

那絡腮鬍子顯然頗有心計，繼續道：「弟兄們上馬。」四個錦衣衛全部重新上了馬。那絡腮鬍子對王九一喝道：「你這小子，將俺的坐騎牽過來！」王九一照辦了，將坐騎牽到他身邊。絡腮鬍子冷冷地道：「你們四人將自己的坐騎殺了。」傅翔不禁大怒，喝道：「你說什麼？殺我坐騎？」那絡腮鬍子怒道：「不錯，快殺！」

傅翔和天行道長雖然怒極，一時也不知如何因應眼前的局面。那絡腮鬍子用尖刀在鐵福安肩上猛扎一刀，鐵福安不禁大叫一聲。傅翔正要依言殺了自己坐騎，忽然聽到一個極有威嚴的聲音道：「且慢，都給我停下！」只見路旁陰暗處出現了一個高瘦的人影，在場眾人都嚇了一跳。由於來人的聲音距那絡腮鬍子最近，那絡腮鬍子也吃驚得最厲害。

那人從陰暗中走了出來，天行道長和傅翔又驚又喜，一個叫道：「掌門師兄！」一個叫道：「天虛道長！」原來竟是大名鼎鼎的武當派掌門天虛道長親自到了。

那幾個錦衣衛並不識得天虛道長，只是聽到武當掌門到了，不禁又驚又慌。那絡腮鬍子將尖刀對準鐵福安的咽喉，顫聲叫道：「管你什麼武當掌門，快快讓開，否則我立刻宰了這臭小子！」

天虛道長朗聲道：「大家不可妄動，且莫傷了鐵公子的性命……」他一面說，一面雙目圓睜，對傅翔使了個眼色。傅翔雖不知天虛道長要傳達什麼訊息，但他知道天虛道長即刻便會行動，要求自己配合，於是提起一口真氣，緩緩地、極微地點了點頭。

說時遲那時快，天虛道長忽然一揮袖，同時大喝一聲：「傅翔！」他袖上揮出武當「沾衣十八跌」的功夫，擊向絡腮鬍子身邊的馬身；而他喝出「傅翔」兩字時，用了武當「暮鼓晨鐘」當頭喝，重重震撼在場每一個人的心神……

那絡腮鬍子的坐騎一聲長嘶，一個蹎踣，帶得站在馬旁邊的絡腮鬍子身子略一晃動，他手中的刀尖便偏離了鐵福安的咽喉半分……

就在這一瞬之間與半分之差裡，一股強勁的疾風，凝聚如有形的彈丸用強力彈弓射出般，直取絡腮鬍子的額頭，「噗」的一聲，絡腮鬍子額頭上已多了一個深孔，印堂穴上紅白血花噴出，連叫都來不及叫便死在當場。他手中的利刃在鐵福安的頸上劃過，利刃落地……

天行道長驚呼：「追神指，明教教主的追神指！」

傅翔發出的一指確是明教教主的絕技追神指，只是他這一招的威力已經不是昔日明教教主所能想像。

傅翔一個箭步上前抱住鐵福安，運指如飛在他頸旁胸前連點了七個穴道，鐵福安頸上的鮮血漸漸止住了。王九一和劉才連忙上來施藥包紮。傅翔轉過身來，對著那馬背上四個呆若木雞的錦衣衛，冷冷地道：「天虛道長，這四個人如何處置？」

天虛道長厲聲道：「爾等助紂為虐，本當取爾性命，念你們是奉命行事，咱們有好生之德也不濫殺，快快滾吧！」

那四個錦衣衛雖然都有一身不弱的武功，但那曾見過傅翔的追神指這等上乘功夫，更沒見過天虛道長在敵人刀尖抵住鐵福安的咽喉時，居然能精準地發動致命一擊，直嚇得心驚膽戰，說不出一個字。四人聽了這話，同時一夾馬腹，向東竄逃而去了。

天虛道長看著傅翔，搖頭讚歎：「傅翔，好功夫！」

傅翔望著天虛道長，也由衷地欽服：「道長，好膽識！」

天行道長道：「傅兄弟，下一步該怎麼走？」傅翔道：「鐵大人的公子便由我護送到武昌，交由盟主安置在安全之地。總要見著鐵府其他家人都平安了，我再回到南京去與完顏道長會合，繼續看看那天尊、地尊有什麼動靜。」

【第二十二回】

鄭義門風

「咱們浦江鄭義門的前輩定下了規矩，這個季節用的漁網，網目不能小過三分，咱們寧願漁獲少也不能網捕小魚。釣魚的也有規矩，小魚上鉤了一律放生。幾百年下來，這邊不論是浦陽江還是白麟溪，水裡的魚蝦量確實豐富。」

胡濙從紫禁城走出來，新登基的皇帝朱棣召見了他，見面時朱棣全無皇帝的威儀，一把抓住胡濙，哈哈大笑道：「胡濙啊，你我相遇時，你還是個布衣文士，猶記得燕王府中相談之歡否？」

胡濙很難將這個豪爽好士的朱棣和血腥屠殺的朱棣連為一人，他心中極不自在，但口中依然不卑不亢地答道：「皇上莫提燕王府舊事，當時之燕王今為天子，當時之布衣今為臣下，這君臣之倫大於一切。」朱棣垂詢了胡濙的近況，勉勵胡濙要效忠新皇，努力從公報效。

胡濙辭出了皇宮，沿著西長安街，安步當車走到秦淮河畔。正是黃昏時分，天上雲彩變化多端，胡濙的心情也隨著變化翻騰。朱棣對他很是友善，當他是未就皇位前的「故人」；另一方面，自己是建文二年的進士，是建文紀年中唯一的一次殿試所欽點的二甲進士。靖難之變、京師易天，考驗著每一個朝臣對「忠臣」定義的拿捏。

胡濙徐步而行，心中感到一種莫名的孤獨，也許這與他這些日子以來貼近身邊的變化有關。鄭洽忽然不見了，章逸也不見了，常府街的章寓人去樓空，連個應門的人都沒有。他曾去「鄭家好酒」打探，同樣是店門深鎖，只門前的石榴花還開得火紅，正是「人面不知何處去，榴花依舊對驕陽」。連鄭芫、朱泛、沙九齡、于安江都不見了。

胡濙隱隱覺得，雖然鄭洽在隨建文失蹤的大臣名單中並不顯要，但只要能尋著鄭洽，就能尋到建文；而尋鄭洽要去他老家。但他不會去密告做朱棣的忠臣，他也不會逃亡做建文的忠臣，他只是胡濙。

不知不覺走到了烏衣巷口，此時夕陽西下，斜陽照在黑瓦白牆和參天高樹上，那景象、那色彩是何等眼熟，他眼前忽然浮現了洪武三十年在此初次與鄭洽邂逅的情景。當時也是這樣一個夕陽西下的黃昏天，他記得那時鄭洽的喟嘆：「斜陽草樹，尋常巷陌，人道王謝曾住。」

如今人事全非，只有黃昏的光景依舊。他停在烏衣巷口，抬頭四看時，山林在斜陽照射下綠得清楚而濃郁，雲影變幻無常，四周景色在忽明忽暗、忽青忽紫之間是一片粉色迷濛。震天的蟬叫聲漸漸減弱了，半天的紫色和金光中，一輪紅日漸漸沉下。

胡濙滿腹感懷，盯著一隻鳥雀投入林中，忍不住口占一首七絕：「鶯隱蟬消鶯綠濃，天光雲影弄青濛；何須回首看天紫，我送秦淮落日紅。」

胡濙的心思也如天地打翻了的染盤，青、綠、紅、紫，只不知下一刻是不是漫長的黑暗？

∞

同樣的夕陽，照著浙江浦江鄭宅鎮漫天的裊裊炊煙。正是晚膳時分，從鎮南流過的浦陽江上，一艘單桅的客船緩緩靠在長滿了蘆葦和水草的岸邊。水鳥此起彼落，襯著天邊如胭脂的落霞，江上數紫峰，景色美極了。

小客船上一人搖櫓，還有一個骨瘦如柴的老尼，一個英武的勁裝中年，一個略帶稚氣的少年，船中央有個竹篷搭成的小客艙，艙中坐著一個年輕僧人，正望著那下沉的夕陽，默默無言。

沒有人知道這艘不起眼的船上載的就是逃離南京的建文皇帝，其他人當然便是覺明師太、章逸及著男裝的鄭芫，搖櫓的船夫則是昔年明教的水師大將軍「賽張順」陸鎮。

方冀的計畫周嚴，又有兩路逃亡人馬分頭掩護，沒有人察覺到真正的建文已從皇宮地道到了錦衣衛衙的後院，再從一口枯井潛到護城河邊，直接上船，由水路神不知鬼不覺地逃離了京師。第一站竟然是鄭洽的老家，浦江的「鄭義門」。

鄭芫悄悄爬進那狹小的船艙，對著已經改名為應文和尚的皇帝道：「大師父，咱們已達浦江鄭宅鎮東南，再來從浦陽江轉向北渠，便可達鄭宅鎮郊外。章指揮說咱們在此歇一會，等用過晚飯，芫兒便和他上岸去尋于安江和我娘，他們已先到了鄭宅鎮。我們打探一下情況，再商量入『鄭義門』安頓的事，皇上……啊不，大師父且寬心。」

應文和尚微笑點首道：「有勞諸位，一路總算平安無事，到了這最後一程，還是小心一些好。」鄭芫這幾天在路上細心照顧應文的起居，清楚發現建文的改變，他從不飲不食，不言不語，漸漸調整了整個思維和心態，如今表面上已經逐漸恢復正常，所有的痛苦正一點一滴化為刻骨銘心的記憶，一絲重生的希望悄悄在他心中發芽。鄭芫對應文強迫自我調適的努力感受良深，既是欣慰，亦是心疼。

她和章逸要上岸時，陸鎮坐在船尾，已經開始垂釣，笑道：「這浦陽江中魚蝦多得出奇啊。你們快去快回，還趕得上吃俺的烤魚。」鄭芫道：「一言為定。」便和章逸施展輕功，像兩隻大鳥在長草密布的河邊如飛而去。

章逸漸漸加速，發現鄭芫不徐不疾跟著，絲毫不見急促，還笑嘻嘻地道：「章叔，你這一程趕得比我騎馬疾奔還要快，定是想快去快回，趕上吃熱噴噴的烤魚。可再這麼跑下去，我可要吃不消了。」

章逸見她不但不見絲毫氣喘，步伐和呼吸調整得均勻不迫，顯得從容自在，不禁暗中讚歎，忖道：「傅翔和鄭芫這兩個武林未來的希望，都跟咱們明教有淵源。小鄭芫雖然一身少林神功，卻不是少林弟子，日後俺來慫恿她加入明教，那咱們明教的陣容可強了。」

他心中在打鄭芫的主意，口中笑道：「芫兒，妳要裝嬌嫩麼？那就莫要一面跑一面談笑自若，俺瞧再跑一百里也難不倒妳。」鄭芫道：「章叔，你人忒厲害，又有個難聽的渾號，我怕我娘跟了你要吃大虧。」

章逸知道這芫兒人小鬼大，她娘十分重視她的意見。章逸是個明白人，想到這荒野夕陽之下只有兩人並肩疾行，正是表明心態的最好機會，便誠懇地道：「芫兒，俺對妳娘極是敬愛，那『浪子』之名是京師裡無聊的潑皮叫出來的，俺在秦淮河畔進進出出，從來也沒有和那個姑娘有什麼牽扯。俺單身時，頂多就是花銀子買個溫柔。現下俺娶了妳娘，便只敬她愛她還來不及，那會有讓她吃虧的事？」

鄭芫聽了心中有些感動，這章叔叔說得誠懇坦白，更勝過假道學遮遮掩掩，便也誠懇地道：「章叔，你這麼說，我就放心了。其實我心中還有一句話，也跟你說了吧！便是寒香阿姨身世可憐，跟了你，我娘絕不會欺她，你也不可負她。」

章逸聽了這話深覺感動，便道：「芫兒心地好，妳娘心地也好，章逸這一生一世絕不負她兩人。」他說得誠懇，說完後卻忍不住心裡暗思：「這孩子雖然聰明絕頂，還是年輕，俺跟她幾句心底的話一講，她便掏心掏肺了。俺固然是真心真意，但俺若是個騙子，真要誆她，講的也是這同一番話呢。」

章逸固然厲害，但他也低估了鄭芫。鄭芫相信他，正是因為他誠懇無欺；他若是個騙子，鄭芫總會從其他地方發現。騙一人一時易，卻無人能永世騙得天下人，厲害如朱棣、道衍和尚也做不到。

月亮升起時，兩人已奔到鄭宅鎮外一個村子，章逸停下身來，打量了一下四周，前頭零零散散座落了幾家農戶。他從懷中掏出一張紙來，就著月光看了一回，對鄭芫低聲道：「照妳娘畫的圖，便是這裡了，前頭左邊數過來第二家最大的那戶農舍應該便是了。咱們就去敲門吧。」

鄭芫心懸著娘，拔步便向前奔，章逸提醒道：「記著用咱們的暗語敲門，如有不對，立刻回頭走人。」鄭芫應了，幾個箭步衝到門前，章逸卻隱身在三丈之外的一棵柳樹後面，以防萬一。鄭芫在那扇木門上用商定的暗語敲了一遍，屋內沒有回應，鄭芫便再敲了一次，這回屋裡門上響起相同的暗號聲，接著木門咿呀一聲開了，黑暗中一個低沉的聲音道：「鄭芫，是妳！」正是于安江的聲音。

鄭芫一陣狂喜，反身對柳樹後的章逸比了一個錦衣衛招呼「前進」的手勢，便回答道：「是我，章頭兒就在後面。」這時屋內才點上一盞燈，于安江探出半張臉孔道：「快請進來！」鄭芫前腳才跨進來，章逸後腳已經趕到。鄭芫輕叫一聲：「娘，芫兒來了。」屋裡又亮起一盞燈，登時微明可辨，鄭芫的娘和寒香攜手從內室走出來，見著鄭芫及章逸，彷彿隔世。她倆身後跟著走出一隻長毛波斯貓，正是鄭芫的愛貓「妹妹」。

鄭芫大喜，上前抱著她娘，牽著寒香的手，低喊道：「娘、寒香姨，妳們辛苦了！」又彎身抱起妹妹，那貓兒認出是鄭芫，喵喵叫個不停。章逸一把抓住了于安江，無限感激地緊握住他的手道：「老于，謝了。」

于安江道：「章頭兒，那邊情況如何？」章逸道：「皇上剃度為僧了，跟著咱們從水路逃離京師，現在泊在浦陽江邊。咱們另有兩批人馬從陸路逃亡，引魯烈他們追錯方向，是以咱們這邊的行蹤，到目前為止應該是絕無人知。你這邊情形如何？」

于安江道：「咱們在朱棣進城前便先逃離了，是以一路安全，只是兩位嫂子旅途顛簸辛苦了。鄭宅鎮這邊倒是一片昇平，俺持了鄭大娘的書信，尋到這屋的屋主。屋主大娘原是鄭大娘昔年好友，現孀居跟了兒媳，這間大農舍空了出來，就借給咱們暫住。俺也曾進鎮裡置辦過兩次日用貨品，鎮裡人家頗多小康，富足而知禮，商店街上熙熙攘攘，人們進退揖讓，真比京師更似禮義之邦呢。」

鄭芫的娘說道：「那鎮裡的『江南第一家』便是鄭洽鄭學士的家鄉，現有一千多人同居共食，有如一家人。要等鄭洽來此會合，先回家稟報族長，若得族長同意，他一聲令下，千人同心，皇上暫隱此間確是安全無虞。」

章逸和兩個娘子入內，說了些叮嚀的體己話，便出來對于安江道：「咱們這就趕回浦陽江船上，明日天亮前，咱們的船就到了鎮郊。待鄭學士和方軍師到了，便跟著鄭學士回他的江南第一家去見族長。皇上……應文大師父趁天未亮，便先暫歇於此，由鄭芫陪護，咱們幾人就在附近將息，等方軍師和鄭洽來會合。」

于安江前後仔細想了一遍，覺得沒有什麼疏漏，便點頭道：「如此甚好，一切行動小心，莫在最後一程出個紕漏而前功盡棄。」章逸點頭稱善。

鄭芫和她娘及寒香姨告別後，與章逸兩人從半掩著的門裡悄悄閃出，藉著樹林掩蔽身形，小心翼翼走出一里，確信沒有任何人發覺行蹤，這才施展輕功，往回程趕路。

次日清晨，應文和尚住進了鄭娘的暫厝。不到中午，方冀和鄭洽來會合了，與兩人同行的馴馬高手廖魁及王公公留在鎮外照顧馬匹。大家雖然疲累又緊張，經過這番折騰能夠重逢，多少也有些興奮之情。眾人交換了兩邊的情形，方冀和鄭洽都覺得整個逃亡計畫到此應算是初步成功，往下的第二步便是要把應文安全地隱藏在鄭宅鎮。

鄭宅鎮沿著白麟溪兩岸而建，白麟溪雖然不寬，但所經之處地形起伏，山林農田相間，更兼溪水清澈、溪流蜿蜒有致，風景十分秀麗。沿溪建鎮以來，為便利兩岸往返，陸續建了幾座石橋。同樣的黑瓦白牆櫛比鱗次，同樣的小橋流水、阡陌縱橫，這裡的風光除了典型江南小鎮的柔美，更多了幾分嶔崎磊落之氣。

鄭洽好幾年不曾回家了，堂上老母總盼著他那一次能回家過年或過節，但每年都是失望。老母另一件對鄭洽不滿之事，便是他至今未娶，老母抱孫無望。這回鄭洽終於回到故鄉，但卻不能先回家看娘，他悄悄到了族長鄭渶的家敲門，出來應門的正是鄭渶本人。

鄭渶開門見到身著便服的鄭洽，吃了一驚，但十分高興地道：「老弟，你怎麼這時候回鄭義門來，事先也沒個消息。」鄭洽低聲道：「族兄，快讓我進屋，再詳細告知。」

他閃身進了屋，室內只有一個七八歲的女童，坐在小板凳上，手中拿著幾塊紙板，每塊板雙面都寫了一個簡單的字，顯然鄭渶正在教孫女兒認字。這情景讓鄭洽回想起自己幼年時也是如此這般，在家中由父親拿著方塊紙板教認字，連小板凳好像都是一個模樣，不禁感到一陣溫馨，竟然一時忘了說話。

卻聽族長鄭渶對小孫女道：「小丹，叫爺叔。」小丹頭頂上紮了一根沖天辮，穿一件小紅衣，模樣十分可愛。她叫一聲爺叔，便飛快地跑進內室去了。鄭渶笑道：「見不得世面的小丫頭。」

鄭洽雙眼盯著牆上一幅橫額，額上四邊圍了紅絲帶，上面「孝義家」三個字寫得秀氣。鄭渶笑道：「老弟，你還記得這三個字吧？那是你中進士後隔年，愚兄代表鄭義門到京師謁見皇上，還是鄭進士你陪著進皇宮，皇上親筆寫的呢。」

往事如煙，但鄭洽怎會不記得那一幕？建文就位不久，獎勵民間忠孝節義的好風氣，浙江布政使司特別保薦了浦江鄭義門為孝義之家。建文皇帝召見族長鄭渶，並賜親筆書寫的「孝義家」三字橫額。

鄭恰悄聲道：「京師已經變天，燕王朱棣殺進了南京，皇上削髮為僧，我等保著他潛逃，今已到了鄭宅鎮！」

鄭渶嚇了一跳道：「你們的行蹤可有人發覺？」鄭洽道：「絕對無人發現。是我主動建議皇上暫時到咱們鎮裡隱藏一陣子，想我鄭氏宅族裡得太祖賜頒『江南第一家』，皇上暫隱於此，也是我鄭義門回報兩代皇帝對咱們的恩義……」鄭渶道：「這事十分危險，不只是你我兩人的事，全族的安危都在其中，我要立刻召集各族代表商議。」鄭洽知是實情，但召集全體代表商議不僅費時，且有其他顧慮，便道：「事已急，皇上等人在外邊農舍之中不可久待，久必有失啊。」

鄭渶想了又想，一再沉吟，終於道：「老弟說得也有理，咱們此刻就趕到鄭義門祠堂去，此時五老都還在祠堂中評審書院子弟的書法。咱們先得到五老的支持，迅速安置了皇上諸人，其他的族人代表只好慢慢再說。」

鄭洽想想這也是目前唯一的辦法，便和鄭渶趕緊前往鄭氏祠堂。祠堂建於白麟溪旁，門前便是清溪和垂柳，十分的幽靜，一進門便看到一塊書有「白麟溪」三字的石碑，乃是元朝名丞相脫脫帖木兒的手蹟。

鄭渶帶著鄭洽到祠堂左側一間偏房中坐定，道：「老弟便在此稍候，待我去請五老過來。」等了片刻，鄭渶帶了五個老人走進屋來，鄭洽連忙起身行禮道：「五位族長在上，鄭洽這廂有禮。」那五老還禮道：「鄭進士休要多禮，你回來得忒急，若是先捎個信來，咱們要在祠堂辦個歡迎之禮。」

鄭洽在外數年，幾乎忘了鄭義門族人是如何恪守禮儀，連忙道：「不敢，不敢，實是有極為緊急之事要請教五老，這才回來得冒昧。」他一面解釋，一面將屋門闔上，然後請五老坐下，悄聲將建文逃亡至鄭義門的事說了。

鄭義門五老大驚失色，輪番問了許多細節，漸漸對此事及鄭洽的想法都有了瞭解。五老拉鄭渶到一邊去商議了一會，鄭渶說了一席話，五個老人連連點頭，又和鄭渶回到祠堂裡，跪在祖宗牌位前焚香發誓守密，這才一同走向鄭洽。從他們的表情上看來，似乎已經有了結論。

鄭洽心知自己中了進士，又在京城朝廷為官，族人都以自己為榮，族長們對自己回鄉提出的要求定會儘量配合。但此事委實非同小可，任何決定均與鄭義門全族安危息息相關，尤其想到朱棣對敵人動輒滅族的暴行，自己帶著建文逃亡至此，實是為家族帶來極大的危險。是以他一面耐心等待鄭渶和五老商議，一面暗中打算，如果此處不留人，下一步要去那裡？

這個問題他在心中琢磨已不下十次，每次都用不同的思考，但結論都是一致的：此處如果沒法留下，便去福建；福建再不行了，便乘桴浮於海吧！

這時看到鄭漢和五老似乎達成了共識，不禁心中一緊，只見五老中最年長的白鬚老人開口道：「鄭漢賢侄，你是現任族長，還是由你來說吧。」鄭漢道：「進士老弟，咱們想到一個好主意。說來也湊巧得緊，咱們村東高地『萬松嶺』，你還記得麼？」鄭洽道：「啊，那兒從前有三間禪房，不知如今還在嗎？」

鄭漢道：「怎麼不在？那禪房中原來有位雲遊來此的和尚百戒法師，在咱們這兒為有需要的族人做些法事，也為一些信佛拜菩薩的族人設置簡單佛堂，平時可以就近去燒香。就十日之前，百戒法師說他雲遊於此的緣分已告一段落，他需托鉢行腳修行兩千里，如有菩薩開示，方能再回來重續前緣，否則便不得回頭了。他這一走，有些族人便覺不便起來，已經提出希望再尋一個和尚來主持萬松嶺的佛堂。老弟，你說那位……已經削髮為僧，咱們商量後覺得便請他……」

鄭洽搶著補充道：「他法號『應文』，咱們尊稱他應文大師父。」鄭漢點頭，接下去道：「咱們商量就請應文大師父住持咱們的禪房，如此一來，可謂天衣無縫。而且除了咱們幾人，暫時也不必對所有的族人說明，最是安全可靠。」

那白鬍子的老者補了一句：「咱族裡凡事都不隱瞞，但眼下事急，便用這法子先安頓了應文大師父，如何向族人說明的事可以慢慢來。」

鄭洽聽到這裡，一顆心暫時放了下來，暗道：「老天的安排還真巧妙，真乃天無絕人之路也。」連忙點頭道：「如此甚好，感謝各位族長安排，我這就立刻趕回去處理。家母處請暫保密，待這邊安頓妥善了，我再回家向她老人家請安。」

萬松嶺其實只是個小丘，雖然不高，但嶺上的一片松林卻長得漂亮，蔥蔥郁郁，各盡姿態之美。松林裡的三間紅磚佛堂外，這時走來六個人，前面兩個僧人，後面一個老尼、一個中年人、一個老者和一個少女。他們在夜闌人靜之時，悄悄住進了三間佛堂。

原來日間鄭洽回到應文和尚暫留的農舍，將與「鄭義門」族長商議完之事告訴了大家。章逸立刻提出一個計畫，他對應文和尚道：「佛堂既有三間，大師父和王公公住一間，方軍師和我住一間，如此安排可好？」應文雖然點頭稱善，但面上帶有疑慮之色。鄭芫想了一想，道：「好是好，就是有個王公公怪怪的。我瞧是不是讓王公公也削髮當和尚，跟著大師父住一塊，看起來就順眼多了。」

方冀點頭道：「芫兒這主意好極，將來對外做佛事都由王公公出面，大師父儘量躲在內室，不要拋頭露面。」應文聽了鄭芫和方冀的話，心中疑慮盡消，連連稱善。

王公公十分配合地道：「小人也曾在皇宮中的佛堂侍候過，一般的佛事瞧著也學會了些。麻煩那位幫小人削髮，今後便做個僧人太監，還是侍候皇上。」章逸道：「芫兒，還要麻煩妳一回。」芫兒心想：「我這把短劍好像變成剃刀了，專門為人削髮。」便拔劍替王公公削了髮，但手邊沒有剃刀，王公公頭上便還留著一些髮根，勉強算是剃度了。

王公公向應文跪下道：「求大師父賜個法名。」應文想了想，道：「賜你法名『應能』，今後咱們以師兄弟相稱，莫要露出馬腳。」王公公磕了一個響頭，道：「應能叩謝大師父賜名，從此奴才只好僭越從權為您師兄了。」

覺明師太忽然一本正經道：「兩位師兄休擔心，做些佛事應付信徒還有貧尼我呢，覺明可是經驗豐富啊。鄭芫陪老尼住一間，只要恢復女裝即可，倒也不必削髮為尼了。」眾人都笑了起來。

那寒香瞪著應能的頭看了好一會兒，終於忍不住道：「王公公……我是說應能和尚，您頭上留那三分髮根，看上去還是怪怪的。我這裡有一柄鋒利小刀，雖不是剃刀，但還用得上。您若是不怕，待奴家來替您修整一下。」說著便從懷中掏出一把帶鞘的短刀，拔出來果然鋒利無比。鄭芫見她身上一直藏著一把鋒利小刀，知她命途多舛，乃是為必要時引刀自裁的，便伸手緊緊握了握寒香的手。

應文和尚見一切都準備妥當，便問道：「咱們何時去那佛堂？」鄭洽道：「大師父寬心，今夜天黑了咱們就住進去，明日族長便向族人宣布應能、應文兩位新來和尚入住佛堂的消息。」

這時，一直沒有說話的于安江忽然開口道：「你們同來的還有那個盜馬賊廖魁在鎮外看管馬匹，要不要讓他也……」章逸道：「這廖魁是徐輝祖的親信，將來得透過他與京師聯絡。現下大師父削髮為僧的事，暫時不讓他知道，等大師父這邊一切安頓好了，咱們再派他去聯絡徐輝祖，打探京師的消息。」

這時在萬松嶺上，應能和尚推開了前面第一間較大的佛堂，章逸用火摺子點燃了一支蠟燭。在燭火閃爍之中，應文抬頭看到一尊木雕的如來佛像端坐供台上，那火光閃過時，應文忽然覺得那如來佛深深看了自己一眼，眼光中盡是憐憫和愛惜，心中重重地震了一下。定眼再看時，那佛只是一具木雕，什麼憐憫愛惜都不見了。

應文跪在佛像前暗禱，嘴唇微微抖動，沒有人聽到他在唸些什麼。應能連忙跟著跪下，磕了三個頭，大聲祝道：「我佛慈悲，佑我仁慈皇帝安然度過災難。」應文和尚低聲道：「應能師兄，這皇帝兩字絕不能再出口了。」

覺明師太和鄭芫住進了第二間，方冀和章逸住進了第三間。覺明師太對鄭芫道：「咱們早些休息，明日天亮前隨我起身，勘察四周地形。」鄭芫不解，奇道：「勘察地形作甚？」覺明師太道：「看看那些地方可以做些機關土木，一則禦敵，一則必要時逃命。」

鄭芫又驚又喜：「妳……妳教我做？」覺明道：「貧尼現在孤家寡人一個，不教妳做，難道老骨頭一個人幹活？」鄭芫道：「咱們設計好了，可以找方軍師和章叔叔幫忙做。」覺明師太沒有回答，過了一會才冷冷地道：「方軍師我可不敢使喚他，那個章逸當然可以幫大忙，只是此人腦子好手腳巧，我懷疑他已不需要貧尼教他了。」

建文帝以應文和尚的身分住進了鄭義門，族人們但知空出來的佛堂又進駐了兩個和尚、一個尼姑，那尼姑帶了一個俗家女徒弟，和尚帶了兩個帶髮修行的門徒。鄭義門萬松嶺上的簡易佛堂比之前更興旺了，去上香求做法事的族人也更多了。這新來的僧人還有一樁好處，鎮上只要供三餐齋飯素果即可，香油錢一律不收。族人都說，鄭義門行善有善報，上天派了真正的佛門子弟來此結緣，為族人接福化凶，信的人更虔誠，不信的人也對新來的和尚不收香油錢表示歡迎和敬意。

這事過了之後，日子就在這世外桃源般的鄭義門中平淡度過，絲毫聞不到外界腥風血雨的氣息，外界也絕對料不到這個恬靜的村鎮中真正藏龍又臥虎。方冀和章逸這兩大高手花了幾天幾夜，將四周數十里之內的形勢摸了個清楚；鄭芫忙著跟覺明師太在萬松嶺附近勘察，幫忙做些紀錄。

只有那廖魁閒著沒事，悶得發慌，恩公徐輝祖交代他一切聽命於章逸，其他的事不要多問，章逸著他乾脆到鎮裡鬧市中找家店住下，順便打探些南來北往的消息，他這才轉悶為喜。章逸要多給他些銀子帶在身上，他卻道：「不需不需，有鎮就有賭場，有賭場便能養活我廖魁。」方冀警告他：「千萬不要在賭場鬧事，暴露了大家的身分和行蹤。」廖魁道：「這我省得，俺便是去賭場，也不過是贏點飯錢和房錢，絕無大贏大輸的事，會鬧出什麼事來？」

鄭芫在佛堂中傳授了應文和應能一套少林寺打坐練功的心法，她告訴應文：「大師父，您感到心煩時便練練這套心法，心情自然會寧靜下來。每日起床及就寢前也練它一練，可保您身健神清，百病不侵。」應文照著心法練了幾遍，居然心領神會，立時有了功效；應能則沒有悟性，反而練得更煩躁。鄭芫對應文大加稱讚道：「大師父，您很有慧根哩。待您練好了這套心法，我再教您一些內家功夫。」

原來應文從京師逃亡至今，總算暫時安定下來，每日除了唸些心經，難免思前想後心猿意馬。鄭芫心細，在旁觀察到他從「建文」轉變成「應文」的難處及苦楚，便想到何不慢慢傳他一些功夫，一則可以安心定神，再則如果應文真有些慧根，便讓他不知不覺間練些內功和輕功，也可加強他的自衛能力。

鄭芫見應文顯然領會神速，心中大為得意，暗忖道：「我只要不傳他拳劍武功，便不須先徵得潔庵師父和天慈師父的同意。」她見時間已晚，便行了一禮退出佛堂，回到自己屋內，只見覺明師太正拿著一卷圖畫在思考。

鄭芫在燭光下看出那卷圖畫都是自己這幾日跟隨師太四處勘察的紀錄，見覺明師太面色凝重嚴肅，便嘻嘻笑道：「師太，我隨手畫得不成樣兒，您瞧得那麼認真幹麼？」覺明師太聽了，枯瘦的臉上綻出一絲笑容，道：「芫兒，妳的確畫得亂七八糟，可有趣得緊呢！妳來瞧這片墳地，還有這口枯井，妳在下面畫了好些連線，是啥意思呀？」

鄭芫聽了頗感不好意思，湊到燭光邊看了一會，便解釋道：「師太，您教我凡您說重要的便要錄下來，我以為師太想要把那些重要地點的底下都搞些地道連起來，便畫些線將它們串在一起……」覺明師太笑道：「挖這許多地道，貧尼豈不成了鼴鼠了？」

鄭芫道：「那您說我畫的那裡有趣？」覺明師太指著圖上一個方塊，道：「這是妳畫的一口枯井？」鄭芫道：「不錯，那井上面蓋了一個石蓋。」覺明師太指著右邊一片小圓圈，道：「這些是墳墓？」鄭芫道：「不錯，一共二十三座，墓的位置跟我畫的大致相符。」覺明師太笑道：「貧尼知道。芫兒，妳挺認真的……」她指著一個特別大的圓圈，道：「這個為何畫的特別大？」鄭芫道：「這是個雙墓，葬了一半，還有一半是空穴，我還跳進去玩了一會。」

覺明師太從袖中掏出一根竹管，倒出一條用柳枝悶燒而成的炭條。她用炭條在那卷紙上的枯井和空墓之間畫了一條粗黑線，又在枯井和佛堂之間畫了一條粗黑線，然後對鄭芫道：「只要掘這兩條地道就好。」鄭芫冰雪聰明，一看便知其意，一高興聲音便大了一些：「這是大師父逃離此處的路線？」

覺明師太正要回答，門外有人輕叩，聽那敲門信號，知是方冀的明教暗號，便啟門迎客，果然進來的是方冀和章逸。

章逸道：「什麼逃離的路線？」鄭芫知自己太不小心，方才說話已被門外的章逸和方冀聽見，還好師太已經接過去答道：「貧尼正在和芫兒講這兩條地道……」她將紙上的圖指給方、章兩人看，接著道：「萬一此處待不下去了，大師父從第一條地道躲入枯井，必要時再從第二條地道逃到那個空墓穴，要是廖魁在墓穴後門的山坡下備了快馬，大師父上了馬便向南直奔福建去也……」

她抬起頭來看了章逸一眼，見章逸凝視那張圖，似乎正在沉思，便對他道：「這第二條地道麼，貧尼想要在裡面做些機關，讓下來追捕大師父的人卡在地道中，永世不見天日。」說到「永世不見天日」時，她雙眼射出冷峻的目光，然後用試探的口吻問章逸道：「章施主，您以為如何？」

章逸的目光盯著那圖上的兩條粗黑線時，心中打的主意居然和覺明師太所想的完全相同。他聽了覺明師太的話，重重地點了點頭，嘴角掛著一絲笑意，道：「不瞞師太，俺心中也在想相同的事呢！試想辛辛苦苦挖掘了這條地道，只是為了逃難，豈不太可惜了？好歹也要有守有攻，才不枉了師太這番土木的工夫。」覺明師太喜道：「貧尼心中已有一個設計，明日好好畫將出來，還要請章施主幫忙製造。」章逸道：「好說，好說，師太的神機妙策，在下拭目以待。」

鄭芫在圖上胡亂畫些連線，想不到有此意想不到的結果，不禁心喜難搔，嚷著道：「章叔，您要製作什麼機關，芫兒也可以幫忙打雜吧？」章逸知她人聰明手也巧，倒可以訓練成一個好幫手，便道：「好，好，任那件事都少不了妳鍾靈女俠。」鄭芫道：「章叔在罵我是好事之徒……」一說到「好事之徒」幾字，鄭芫忽然心中一緊，就止住沒再說下去，只因她心中想到了另一個老字號的「好事之徒」紅孩兒朱泛。

朱泛，你現在何方？你去了雲貴一帶，年底會稽山之約，你能趕回來嗎？

8

浦江除了鄭義門這「江南第一家」外，較繁榮的商肆都在鎮西的兩條大街上。廖魁猜得不錯，他住進一家小客棧，向店小二打聽一下，立刻便得知南大街頂頭一家麵點店兼營賭場。起初只是供客小賭玩玩，後來生意好了，便以經營賭場為主，賣麵點反而成了副業，主要是給賭客們買來當宵夜吃。

廖魁摸摸錢袋，除了要付房錢的銀子，還有十五兩碎銀，估計這小鎮裡的賭場能有多少出入，自己耐著點性子，小打小摸，這十五兩銀子做本錢很可以賭他幾把了。這時間還早，賭場定是門可羅雀，待過了未時再去就熱鬧了，廖魁便躺在床上胡思亂想。

廖魁的專長除了馴馬、養馬、偷馬，便是賭錢，不僅各種賭技無一不精，尤其善於觀察對手的神色，猜透對手的底細。不過，雖然他是賭場常勝客，也免不了有失手的時候。

他回想那一回在南京下關一間賭場裡尋樂子，場子裡大部分是軍爺，興許是剛領了半年的餉銀，個個袋裡都有幾文，下手便大方些，口頭上也就囂張一些。一個留了棕色鬍子的軍士衝著廖魁道：「喂，瘦鬼，瞧你連贏了三把，怎麼還是每次只押一兩銀子，好手氣都讓你他媽小氣鬼糟蹋掉了。」

廖魁天生瘦削，怎麼大吃大喝都胖不起來，平生最恨人家叫他瘦鬼。廖魁橫了那軍士一眼，只見他除了鬍子是棕黃色外，眼深鼻隆，八成是色目人的後代，當下也沒有理他，便又押了一兩銀子。那軍士一掌拍在桌上，大聲喝道：「莊家和眾位弟兄且歇一把，讓俺來給這個瘦鬼對賭一把。」他先前贏了百把兩銀全放在桌上，咧嘴笑道：「這裡一百零一兩白銀，就是老子所有的家當了，你這瘦鬼敢不敢對賭？」

廖魁從襬袋裡掏出一封整齊包紮的銀子，整整一百兩，看上去很是氣派，像是原封未動從官衙領出來的百兩銀封。大夥兒全傻了眼，搞不清楚這個其貌不揚的瘦子到底是何來頭？

對賭一把，廖魁贏了。那棕鬍子軍士又是沮喪又是生氣，大聲罵道：「你這瘦鬼走死運了麼？那有連贏四把的道理。」廖魁聽他咒詛自己，也勃然大怒反罵道：「你這雜種，人霉爛了還要賭，不如把一雙手砍了，少輸幾個錢。」那軍士原來就是色目人和漢人生的，聽到「雜種」兩個字氣瘋了，但懷中本錢已輸光，便指著門外拴著的一匹花馬，道：「俺還有一匹駿馬，權當一百兩銀子，和你再賭一把。瘦鬼，你敢不敢？」

廖魁進門時便已看到那匹花馬確實神駿非凡，算牠一百兩銀子倒也值，便笑道：「憑你今天這雙霉手，便和老子賭腦袋也賭了，有什麼不敢？」

說也稀奇，一把賭下來，廖魁又贏了。那棕色大鬍子氣急攻心，血卻涼了，腦子反而清醒過來，唰地拔出一把大刀，一刀砍在賭桌上，對廖魁狠狠地道：「瘦鬼，銀子都給你，這匹馬絕不能給你。」廖魁道：「笑話，是你要和俺賭，這馬作價一百兩，大夥都聽得清楚。怎麼，你這雜種要賴？」那軍士一時不知如何辯答，只指著門外道：「那……那馬……可是魏國公府上……的馬……」

就在這時，賭場大門被人重重撞開，一個軍官帶著四個軍士走了進來。那軍官階級不低，手中執著一條馬鞭，指著那大鬍子軍士喝道：「紅鬍子，派你出城去遛一趟『五花』，你卻到這裡來賭錢。賭錢也罷了，大剌剌地將『五花』綁在門外，該你走背運，偏偏給魏國公親自看見了。」那紅鬍子臉色蒼白，顫聲道：「魏國公？……徐爺在那裡？」那軍官道：「徐都督就在外邊，你跟我去自己分辯吧。」

廖魁千不該萬不該，不該在此時強出頭道：「且慢，那匹五花馬已經是俺的了。軍爺說得對，這紅鬍子走背運，適才已把這匹馬輸給俺了。」

那軍官回過頭來，瞪了廖魁一眼，廖魁也不怕他，張大了眼瞪回去。那軍官瞟了賭桌一眼，忽然漲紅了臉，抓著那張包銀的紙仔細認了一下，興奮地叫：「好哇，盜官銀的賊子原來是你，還不給我拿下！」

原來廖魁那一百兩銀子的包封紙與眾不同，這軍官卻識得官銀包紙的印記，廖魁雖精明，卻料不到紕漏出在一張包紙上。那四個軍士立刻捉了廖魁，將桌上所有的銀子全用塊布包了，一面冷叱道：「都帶去見都督。」一面大剌剌地把銀包提了就往外走，轉頭對廖魁道：「瘦子，你可犯了死罪啊。」

中軍都督徐輝祖的親兵帶著犯了軍紀的紅鬍子和盜官銀的廖魁，往督軍府走去，前面兩人是五花大綁，後面是匹五花駿馬，跟在兩人身旁。

廖魁仔細瞧了那匹五花馬一會，忍不住道：「這馬有病了，可惜啊。少見的好馬被笨蛋飼得病了，可惜啊。」那捉人的軍官一揮馬鞭打下來，喝道：「死到臨頭還胡說些什麼！」廖魁一生最懂的就是馬，他實在忍不住，又道：「我瞧這馬兒眼睛泛血，鼻頭發乾，雙耳抖而不挺，飼養的人不能再給牠吃發霉的黃豆，不然牠要腳軟了。」軍官正要再抽他一鞭，騎馬走在前面的徐輝祖倒聽進去了，他反首問道：「你說什麼發霉的黃豆？」廖魁道：「回大人，小人說這馬飼料裡一定用了長霉的黃豆，恐怕已經飼了兩個月了，千萬要馬上停止，讓馬兒多吃些牧草和今年的新麥。」

徐輝祖聽了這話，心中暗暗吃驚，兩個月前魏國公府裡進了一批上等黃豆，卻發現運送中有些發霉，便曝曬去霉後摻在飼料裡餵馬，此事這個瘦鬼不可能知曉，難道他真是個懂馬的高人？

徐輝祖最愛養馬、馴馬，府中有個很講究的馬廄，經常養了一批良馬，經過養、馴、測試後，優等的留下來，次等的便賣到馬市去。在南京的馬市中，即使是徐府淘汰的馬，也都能賣到好價錢，只因能進魏國公府的馬，身價便自不同。

那軍官道：「咱督軍是懂馬的高人，你這廝在這胡說八道，是要討打麼？」廖魁道：「你不信便繼續餵牠吃那飼料吧，再一個月，這馬便要腳軟失蹄，信不信隨你。」徐輝祖日前才騎這匹「五花」，急馳了半個時辰後，的確發生了一次險些失蹄的事。這事一直在他心中留下一個問號，這才命手下每天帶牠出城蹓一趟。如今聽廖魁這麼說，便停下馬來問道：

「你懂馬？」廖魁道：「如果小人不懂馬，南京城裡便沒有人懂馬了。」那抓人的軍官叱道：「放肆！」徐輝祖伸手止住，對那軍官道：「紅鬍子賭博耽誤公務，帶回隊上關他三天。這個瘦子給他一匹馬騎，咱們速返督軍府。」

到了督軍府，徐輝祖親自審問廖魁，問了幾個訓練馬的問題，廖魁答得頭頭是道，好些事連徐輝祖都不知道，不禁對這瘦鬼另眼相看。廖魁也沒想到以魏國公大都督之尊，居然對馬兒的好壞習性也懂那麼多，講得興起，忍不住道：「大人以前有一匹坐騎『絳風』，栗子色，全身無一根雜毛，那馬是千中選一的好馬，南京城排名第一。」

徐輝祖奇道：「你怎麼知道這許多？」廖魁得意起來又說漏了嘴：「怎麼不知道，『絳風』就養在您府上馬廄第四間房裡，馬房裡牆壁都漆成絳色……」徐輝祖厲聲道：「你如何得知？快說！」廖魁知道說漏了嘴，嘆口氣招了：「那『絳風』是俺摸進魏國公府偷走的，那時俺是個盜馬賊，錦衣衛花錢雇了俺偷這匹馬，讓一個貴公子騎著出城跑了。後來有人告訴俺，那貴公子是燕王朱棣的二公子朱高煦，可惜了。」

徐輝祖道：「什麼可惜了？」廖魁道：「那匹『絳風』只有徐將軍這樣的英雄才配駕馭牠，那個朱棣的公子長相雖過得去，那及得上中山王徐達老爺的公子？」徐輝祖道：「原來絳風是你偷的，你犯的是偷盜官銀的死罪，拍我馬屁也沒有用。」廖魁冷笑道：「俺雖是個盜馬賊，向來江湖義氣放在第一位，俺一人做事一人當，砍了俺的腦袋不過碗口大一個疤，何必要拍你馬屁。俺是看大將軍你對馴馬的事兒懂得真不少，我老廖有點兒佩服。」

徐輝祖見他犯了死罪，還在那裡侃侃而談，實在是個不知死活的傢伙，便問道：「你總共盜了多少官銀，從實招來。」廖魁臉上忽然現出一絲羞赧的神色，跪下向徐輝祖磕了三個響頭，才道：「實在不好意思，那官銀也是從您督軍府的軍餉裡偷的，實在該死。」

徐輝祖又奇又怒道：「寶馬你盜督府的，怎麼銀子也是盜我督府的？」廖魁道：「是中軍督府的軍士押運餉銀，打西皇城街往小校場走去，俺在最後一車上動了手腳，大銀袋給劃開一個小口，就只掏出了兩包銀子，每包一百兩整整齊齊。不料在賭場中被那個軍官從包紙上瞧出了破綻，想來督府在那紙上做了什麼暗號。」

徐輝祖心中對這個馬精子著實喜愛，有心把他留下來，便正色道：「廖魁，你聽著，以你犯的法，俺便不砍你，只要往應天府一送，你就不要想活著出來。但你若痛改前非，跟著我重新做人，我可以饒你不死。你從今以後不得再偷雞摸狗，乖乖在府中為我管馬，再馴養出一匹像絳風那樣神駿的好馬，你可答應？」廖魁絕處逢生，發誓永遠忠於魏國公，赴湯蹈火絕不皺眉，否則三刀六洞、五雷轟頂、不得好死云云。

南京變天，徐輝祖選擇留在京師，他有中山王徐達的蔭佑，又有阿妹徐皇后的暗護，保住性命應無問題。城破的前一天，他密命廖魁隨建文大臣逃亡，將來便由廖魁做為建文和南京徐輝祖之間的傳信人。廖魁從頭到腳都是一個下層的江湖漢子，出入京師沒有人會注意懷疑他，派他做聯絡人是一著妙棋。廖魁想到恩公徐輝祖在最危急之時以大事相託，心中暗自發誓，這條命原是徐爺賜的，就拚死賣給他吧……

廖魁躺在鄭宅鎮客棧的床榻上回憶往事，心中的感慨如波濤洶湧，算算時間已過了中時，便起身往街頭那間賭場走去。走入賭場，立刻發現這家賭場與一般賭場很不一樣，整體布置宛然像是間餐廳，當中兩張較大的圓桌，基本上就是飯店裡八至十人的圓桌，四周都是方桌，有四人座的，也有二人座的。

賭場雖不大，但各種花樣都有，可以和莊家賭，客人之間也可以對賭，賭場反正抽頭。其中有一種賭法最奇特，廖魁也沒見過，便是桌上一個尖嘴頂起的木盤，盤上分劃成八片等面積的三角塊，每一塊上都寫了「大」或「小」字，撥動圓盤旋轉，賭客壓了大小，用一根頭插鐵針的木鏢扎射下去，如口中叫「大」鏢中「大」就算贏，反過來賭客操盤，由莊家射大小，三場為定，看誰家贏得最後勝利，便將賭注贏去。

這種賭法廖魁沒有見過，便停下來看。只見一個黑皮漢子和莊家正在對賭，那黑皮漢子扎了三鏢，都是賭「大」，鏢中了一次，倒有兩次砸在「小」上面，看來贏面不大。輪到黑皮來操盤，莊家賭「小」，卻是一連兩鏢都在轉得飛快的輪盤上正中「小」字，只有一鏢未中，黑皮的一錠白花花銀子便給莊家收去了。他身邊一個夥伴低聲道：「黑皮哥，歇把手吧。」廖魁聽得親切，竟是南京人的口音。

那黑皮輸得不服，把身上僅有的一小錠銀子掏出放在桌上，和那莊家又玩了三把。這次黑皮很爭氣，居然三次鏢中兩次，便笑嘻嘻地接過來操盤，準備扳回一城。豈料莊家三鏢竟然也是射中兩鏢，雙方又打平了。重新再賭，黑皮就只中了一次，莊家卻中鏢兩次，於是黑皮的銀子又沒有了。黑皮摸遍身上，再無分文賭本，急得滿臉冒汗。

廖魁瞧得有趣，暗忖：「圓盤上八等分，四大四小間隔標示，照說鏢中大小的機會是一樣，但若擲鏢的技術有好有壞，結果就不一樣了。這種賭法有趣得緊，賭運氣也賭技術，但這莊家整日練習扎鏢，賭客如何贏得了他？」他愈是這樣想，卻愈是砰然心動、躍躍欲試，這就是賭徒心理。

那莊家見多識廣，一瞧廖魁的表情，便知又來了一個標準賭徒，便挑逗道：「這位大哥手癢了是吧？試試看就曉得這賭法又刺激又好耍。」

廖魁暗忖道：「這廝每日勤練這一鏢的技術，眼明手快之外，對這圓盤的轉速一定也摸得熟了，是以一般的賭客定然輸給他。可惜他今日背時，碰到俺可不是一般的賭客，他就要倒霉了。」便也笑嘻嘻地掏出一錠白銀，毛手毛腳地抓起那支尖針的木鏢，手中掂了一下道：「待俺也來試試。」

圓盤開始轉了，他鏢在手卻不急著往下射標，等那圓盤愈轉愈慢了，正要下鏢，那莊家忽然伸手在圓盤邊上加力一撥，那圓盤又加速轉了起來。廖魁定神仔細觀察轉盤與轉速，手中鏢針就是遲遲不射。

那莊家一把將圓盤按停了，不大高興地道：「客官，你倒是賭還是不賭？」廖魁傻乎乎地道：「這轉盤不能盯著看，盯著看俺會頭暈，俺還是閉著眼往下砸吧。莊家，要是俺的鏢沒有砸中轉盤，算不算呀？」那莊家沒好氣地回答：「飛鏢扎中轉盤，轉盤停止了仍然沒有倒下才算，否則重新再射。」廖魁道：「那好，那好，咱們再來過。」

那莊家伸手一撥，轉盤才開始轉動，廖魁看準了大喝一聲「大」，一鏢扎下，正中一個「大」字。那黑皮站在後面看，大喝一聲采：「好樣的！」

那莊家伸手使了一把暗勁，轉盤一開動就轉得飛快，廖魁眼明手快，把握第一瞬間的感覺一鏢射出，同時大叫一聲「小」，轉盤停時，針鏢正正扎在一個「小」字上。黑皮又叫好鼓掌，好比自己中了鏢。

莊家動了氣，這一回施了手腳，用上一種巧勁，那圓盤竟然先慢後快，轉得十分詭異，但廖魁掌握的訣竅是把握第一時間，輪盤才一轉動，他的鏢針已經出手，其後的轉速並不影響他的直覺，果然第三鏢又中標的。莊家臉色微變，知道碰到不好惹的賭客了。

現在換成廖魁操盤，莊家射鏢。莊家必須三鏢俱中才能打平，平手後還要再比。廖魁隨手一撥，那圓盤轉起來，莊家訓練有素，圓盤雖在轉動中，他依然看得真切，大叫一聲「大」，便一鏢射下；然而就在這同時，廖魁忽然伸手在圓盤上補了一撥，莊家的鏢針尖已扎在一個「小」字上。

那黑皮瞧得大樂，比自己贏了還要高興，大聲叫道：「媽的，總算碰到高手了吧！」莊家臉色十分難看，但這圓盤賭的規則中並沒有禁止操盤人兩次撥弄輪盤，即使輸得不甘心，也不得不拿銀子賠給廖魁。

廖魁見那黑皮一直在旁替自己加油喝采，便將那錠銀子交到黑皮手上，道：「這銀子借給你，你若信得過我，我再賭幾把，你拿這銀子來插花。」那黑皮賭性一起，心癢難搔，可惜沒有本錢，現在廖魁借錢給他插花，那分感激之情幾乎直追對父母養育的感恩。

莊家暗恨道：「你這瘦鬼擺明是來找碴了，我倒要瞧瞧你有多少本事。」

廖魁本來拿個十多兩銀子，只想小打小摸贏點房錢飯錢，那便不傷大雅，也不會出什麼事。但他偏偏要逞本事，義助那黑皮，這便有點衝著賭場莊家對幹了，這一桌立刻透著些火藥氣，便有幾個大漢圍過來觀看了。廖魁答應過方冀絕不會惹事，這話在此時已經丟到腦後去了，顯然方冀對賭徒的性子還不夠瞭解。

那莊家也發狠了，施出手段來和廖魁周旋，但是又輸了一錠銀子。圍觀的人愈多，莊家心中愈是急怒交加。這時又輪到廖魁操盤，他一開始便連撥兩下，隔了一瞬間，又加撥第三下，那莊家雙目發赤，使盡全身力氣，大叫一聲：「小！」一鏢射出，正中廖魁的手背，廖魁慘叫一聲，手上血流如注，痛得說不出話來。

那黑皮怒吼道：「你，你怎麼傷人！」莊家冷冷地道：「咱射歪了，他不該伸手加撥輪盤，很危險的。」廖魁拔出那枝鏢，連血一道射向那莊家，口中罵道：「媽的，你這亡人故意傷人！」那莊家趕快伏在賭桌上，那枝血鏢便飛向圍觀人群。

驚叫聲中，忽有一人走過來伸出兩指，一下便將飛鏢夾住了，圍觀閒漢便叫聲好。只見來人身穿錦袍，竟然是個錦衣衛，還帶著一個鎮上的捕頭跟在後面。那錦衣衛操著寧波一帶口音喝道：「都不要動，長官有事情要問。」說著將手中的鏢一彈指便射在圓盤的正中央，那鏢尖上的鐵針深入木盤足有半寸深，又有人湊趣叫道：「好功夫！」

這時賭場中央賭牌九的大桌前，一個高階的錦衣衛正揮手止住所有的賭客及閒漢，也是一口寧波話，指著一張高木凳道：「麻煩儂挪一張高高的矮凳，借把阿拉用一會。」廖魁曾聽人說過，寧波一帶有人把所有的凳子一律都叫「矮凳」，如果是高凳就說「高高的矮凳」，想不到這回真聽到了，便忘了手上的痛，哈哈笑出聲來。

那錦衣衛的長官站上「高高的矮凳」，環目四顧，大聲道：「朝廷有命抓欽犯，鎮裡頭凡是有生面孔的，就要報告衙門。這幾天有沒有看見生面孔？尤其是文謅謅講京師口音的，特別要注意。」

這邊賭輪盤的觀戰眾人，眼光都投向那黑皮、黑皮的夥伴，還有廖魁三個人身上；顯然這三人都是「生面孔」，都操著京師的口音，就只算不上「文謅謅」。

這邊的錦衣衛看了三人一眼，板起臉來問道：「那三個人從京師來，是一道的？」廖魁道：「不是一道，我不認得他倆。」他手上還在滴血，但深知牽扯愈少愈好的道理。那錦衣衛聽他口音果然是南京人，便對身邊當地的捕快道：「老金，把伊拉三個人帶回去問話。」

那邊牌九桌上做莊的胖子正是賭場主人，只巴望這兩個錦衣衛快快離開，好繼續做生意，便拱手作揖道：「官爺們請放心，我等看到可疑的人定要報告的。」有一個賭客忽然道：「昨天鎮裡來了兩個道士，到處東打聽西打聽。」胖子不想節外生枝，希望錦衣衛交代完了就走人，偏這賭客不識相要獻殷勤，果然那錦衣衛停下來問道：「兩個道士打聽啥？」那賭客道：「好像……好像也在打聽有沒有從京師來的……」那錦衣衛道：「道士還在麼？」那賭客道：「好像是在啥道觀借住。」

錦衣衛的長官對另一個錦衣衛一揮手，道：「我倆去找找那兩個道士，老金先帶這三個人回衙門關起來。」說完便大剌剌走出賭場。那捕快一揮手中的鐵鍊，嘩啦啦一聲，對廖魁道：「你三個乖乖跟我走，免我把你們拴成一串拉上街就難看了。」那黑皮手腳倒快，早就把桌上廖魁贏來的銀子拿了交給廖魁。那做莊的想說什麼，廖魁揚了揚血淋淋的手，對他道：「這筆帳下回再跟你算。」便和黑皮及他的夥伴跟著那捕快走了。

進了捕房，捕快掏出一串鑰匙去開牢門，那黑皮的夥伴手腳麻利，一瞬間便在桌上茶壺中放了些事物。那捕快開了牢門，轉過身來趕三人入牢房，然後將牢門關好，道：「我瞧你三人倒像是叫花子，那是什麼欽犯？三個倒霉鬼乖乖等錦衣衛長官來問話吧，誰教你們是『生面孔』，又講一口南京話。」

他說完便拉一張椅子坐下，倒了一碗茶咕嚕咕嚕地喝了下去，然後「咦」了一聲，揭開那茶壺往裡瞧，一面道：「這茶怎生有點怪味？莫非是隔夜的宿茶？小岩頭，你給我滾過來。」他一叫便有一個小廝快跑進來，道：「金捕頭，啥個事體呀？」金捕頭指著那壺茶，罵道：「你敢拿昨晚吃剩的宿茶來侍候我？」那小岩頭摸了摸茶壺道：「今早才泡的茶，金捕頭你摸摸看，還是溫熱的呢。」金捕頭摸了一下果然微溫，便揮揮手道：「好了，這茶有些怪味，該換新茶葉了。」

牢裡三人一聲不響，黑皮的夥伴提心吊膽，這時才放下心來。此刻金捕快翹起雙腳放在桌上，口裡哼著淫猥的小曲，曲中還夾雜了幾句不堪入耳的對白，哼著哼著便睡著了。

黑皮銜著金捕快大聲道：「金爺，門窗開大些成嗎？這人傷了手疼得氣往下走，一直放臭屁，難聞啊。」叫了兩次，金捕快都沒有動靜，黑皮才朝廖魁抱拳道：「得罪，老哥其實沒放屁，俺是試試這豬頭是不是真讓阿鵰給藥倒了。我叫黑皮，他叫阿鵰，是南京城的叫花子，請教老兄怎麼稱呼？」

廖魁一聽是兩個南京城的叫花子，這一下可樂了，忙拱手道：「不敢，兄弟姓廖名魁……」話還沒說完，黑皮已驚呼道：「原來是京師大名鼎鼎的盜馬賊，幸會，幸會。」江湖上所謂「人的名兒，樹的影兒」，廖魁在京師努力打拚半生，憑真才實學的本事掙出這響亮的萬兒，他倒沒有想到除了在賊類的圈子裡，圈外人中他也有這般名氣，不禁十分安慰，連忙謙遜道：「好說，好說。敢問黑兄可是丐幫的弟兄？」

那黑皮道：「正是，咱們奉命來這鄭宅鎮辦事，也要怪我一時賭癮發了，跑去賭場玩兩把，又瞧那輪盤賭得新奇，便……卻不料被抓到這牢房。還好我這老弟手腳賊滑，一轉身便下了迷藥，這位老金啊，沒有個把時辰是醒不了啦。」

阿鵰道：「黑皮，閒話留著以後說，咱們倒是趕快弄開牢房的鎖好開溜啊。」黑皮從上衣口袋中掏出一根鐵勾，一頭有個小彎鉤，另一頭是個扁鑽，正要伸手到木柵外去動那銅鎖的手腳，那鎖一拉，已然開了。

黑皮不禁大為吃驚，咦了一聲道：「難道這姓金的廝鳥還沒喝茶就先昏了，糊里糊塗竟沒有鎖上？」廖魁笑道：「他剛一鎖上，俺隨手就打開了，要不要再試一次看看？」黑皮不敢置信道：「你空手開鎖，不用工具？」廖魁笑嘻嘻地從口袋中掏出一根極小的鐵絲道：「這種尋常的鎖，就憑一根鐵絲也夠對付了。」

鄉下的捕快不幸碰上了京師來的高手賊人，只不過喝了一口茶，便一敗塗地了；捕房中牢門大開，人去牢空。阿鵬問道：「咱們現在去那裡？」黑皮和廖魁同時答道：「玄妙觀。」兩人對望一眼，各自暗忖：「搞不好咱們是為同一樁事哩。」

∞

浦江有間小道觀，座落在鎮外，觀名很是氣派：「玄妙觀」，規模其實很普通，比杭州的玄妙觀大大不如，更不用談聞名天下的蘇州玄妙觀了。

這小道觀前日有兩個雲遊道人來投宿，一老一小，老的年近八旬，小的才二十歲左右，兩人互動十分親近，看上去不像是師徒，倒像是祖孫。這兩人正是完顏道長及傅翔。此刻傅翔坐在床上運氣行功完畢，全身感到無比的舒暢，他閉上雙眼，回想從武昌到南京，又從南京趕到浦江的種種經過……

傅翔趕到武昌，將鐵鉉的兒子鐵福安交給了盟主錢靜，錢幫主瞭解前後種種後，決定送鐵福安到他處避難，就在這時傳來了鐵鉉在淮南兵敗的消息。原來有人在淮南大肆收購糧食的事，是朱棣方面釋出的消息，用這消息為餌，誘騙鐵鉉軍前往淮南就糧，因而陷入了早就埋伏好的陷阱之中，鐵鉉戰敗被執，送到京師去了。

鐵福安得知父親兵敗被捕的消息，當場便昏了過去。錢靜和傅翔商量，以朱棣對待敵人的凶殘，鐵鉉必定死得極慘，而鐵福安定會成為搜捕的對象。由於鐵鉉的威名，對方一定把鐵福安當作頭號目標，發動全國錦衣衛及地方巡捕全面追捕，而自己這邊救得鐵公子一時，卻保不了他一世。錢靜仔細想過以後，對傅翔道：「咱們若真要救得鐵大人這一支苗裔，只有讓鐵公子離開中原。」傅翔問道：「去那裡？」錢靜道：「遼東。」

傅翔吃了一驚，道：「去遼東？在遼東咱們把鐵公子託付給何人？」錢靜道：「傅翔，你還記得在武當山武林大會推選盟主時，天虛道長發出十二張邀請函，只有一派沒有派人參加……」傅翔道：「啊，記得是遼東派。」

錢靜道：「不錯，是遼東派。遼東派的掌門人是長白山的丹鶴仙翁李瑞祥，事後他曾派三個弟子到武當來祝賀，我著實吃了一驚，原來就是江湖上有名的『遼東三俠』，這三人和老身有點過節，當年曾敗在老身手下……豈料這三人見了老身，不但不念舊惡，反而畢恭畢敬地表示『遼東派』既已加盟，便以盟主馬首是瞻，今後但有差遣，水裡火裡在所不辭。我瞧這三人都是好漢子，便毫無懷疑地把丐幫的暗語及飛鴿傳書的訣竅都傳給了三人。這遼東三俠說：『遼東距離遠，聯絡不易，因此掌門人丹鶴仙翁決心這段時間移駕到奉天，咱們在燕京的鴿子站便能連上了。』我說這些，乃是因為鐵鉉這種忠義之士的後人，咱們拚死也要保住。咱們即刻飛鴿傳書到燕京，再轉奉天，告知遼東派，咱們這邊要送鐵公子北上，請他們派人來相接。」

傅翔拍手道：「好主意，咱們誰送鐵福安北上？」他心中惦記著要去南京，試試看有無機會營救鐵鉉，是以問這問題時，心中也有些為難，因為丐幫兩大護法及紅孩兒朱泛此刻都不在武昌。

卻不料錢幫主決斷地道：「傅翔，你還是立刻趕去南京吧！鐵公子便由老身親自跑一趟，送他北上。只望他安抵遼東，李瑞祥為他安置一個安全的處所，咱們才對得住鐵鉉鐵大人。」

傅翔聽了感動得說不出話來，承諾鐵鉉照顧後人的是他傅翔，並不是錢幫主，但錢幫主卻毫不猶豫地把這事當作自己的事，這才是結盟的意義，這才讓人懂了什麼叫作「義薄雲天」。而鐵鉉即便遇難，死後如果知道素昧平生的武林盟主親自護送他的兒子上遼東避難，也該瞑目了。

傅翔和阿茹娜辭別了錢幫主，錢靜打心底對這兩個年輕人極為佩服，也極為喜愛，她親自送客到江邊，晨風旭日下，她和這對年輕人對飲一杯白酒，送兩人上船時告知：「到了京師，如果朱泛已離開，便尋找石世駒，世駒已經負責京師丐幫的聯絡。」

錢靜望著兩人上船揚帆而去，晨風中佇立江邊，目送孤帆漸行漸遠。她回想武當山推選盟主時，傅翔以一個名不見經傳的少年力戰天尊，從此傅翔武林揚名，而他為取得第三戰的資格，慨然加入明教之舉，尤其對明教復興，甚至整個武林的未來都會有甚大影響。這一段時間，她和阿茹娜相處，對這個美少女的智慧、謀略和決斷印象深刻，如果她隨傅翔也加入明教，那麼明教復興的新一代軍師也有了最佳人選。她不禁暗自為明教慶幸。

江風漸疾，吹著錢靜一頭銀髮，這個身材高大的老婦人挺立江岸，宛如一尊石像。她默默想到朱泛，暗中呼喚：「南京的事告一段落，你該回家了吧。」

這時傅翔和阿茹娜的帆船已經被一陣西南風吹到了江心，船老大努力把舵扯帆，要在流速、風向、船行安全之中找到最佳組合，憑的全是經驗。阿茹娜從未經歷過在這種大江上順流行船，又驚又喜，望著船舷外洶湧波濤，也有三分恐懼。

船老大見她雙手緊抓船舷，便大聲喝道：「坐穩了，前面水道向右，咱們要往內側航。」只見他駛舵扯帆，那船便十分輕巧地往內側靠，離內側岸愈近，水流愈慢，但彎道靠內，路程也短了不少，是以行程上不見延遲，而船行要穩得多。

阿茹娜待船一緩下來，便安心四顧，她一面細看一面比較，終於忍不住問那船老大：「船老大哥，您瞧這江道內彎岸邊多了好些新生的灘地，是不是因為水流緩了，泥沙沉積下的？」船老大是個三十多歲的精瘦漢子，別人管他叫「船老大」，這美女卻加了一個字變成「船老大哥」，聽著十分舒暢，便起勁地回答道：「誰說不是，這些灘地是活的呢，會慢慢地長。俺爺爺便告訴我，五十年前他老人家走船時，這地方還沒有這灘地哩。」

阿茹娜點頭想了一想，又問道：「那彎道的對面江流加速，是不是會沖刷掉原有的泥土？」船老大道：「咦，姑娘妳怎麼知道？確實是這樣……」阿茹娜笑道：「我猜的。天下事此盈則彼虧，有餘補不足，該是這個道理的。」船老大聽了不甚瞭解。阿茹娜又問道：「船老大哥，過了幾百年，這江道豈不愈來愈彎，江水便會偏離原來的水道？」

那船老大聽得呆了，他瞪大了眼，一面把舵一面叫道：「俺爺爺說，咱們家鄉那邊一條小河，水急河彎，加上地勢崎嶇，那條河就是這般愈流愈彎了，後來在村外繞成一個圈才流出去。百年前一場大水，那曲頸處被大水一沖，穿通連接起來，成了一條筆直的新河道……妳這小姑娘怎地又知道了？」

阿茹娜微笑道：「我猜的。天下事曲極必直，直久必曲，兵法書上說，該是這道理的。」船老大聽得呆了，連傅翔也為之震驚，低聲道：「阿茹娜，妳那裡學來這許多大道理，真了不起啊。」阿茹娜對船老大道：「我再猜一下，你家鄉那條河截彎取直以後，旁邊是不是多了一個湖？」

那船老大忽然跪在船艙板上，對阿茹娜下拜，口中喊道：「妳是菩薩下凡啊，咱家鄉那條河變直以後，村旁確是多了一個半月形的野生湖，村人在湖裡養魚養蝦，勝似下河捕魚。女菩薩，妳金身今日讓小人識破了，妳定要對小人一家子特別保佑則個。」

阿茹娜哈哈笑道：「傻老大，這全是我猜的，那是什麼女菩薩？你家鄉那條河由彎扯直了，原來的彎流兩頭三面被堆積的泥沙堵死了，不是一個半月形的湖是啥？」阿茹娜拿出一支毛筆，蘸著水在艙板上畫著，一條河由直變彎，內增外減，於是河道愈曲，曲成圈狀時，曲頸兩端貫穿相連，河水成了直道，堆出的土灘堰塞了原來的曲道，形成了一個半彎湖。

傅翔看得歎服，握住她的手道：「阿茹娜，妳真聰明。」他想到她一個來自蒙古的女孩，到大江中坐一趟船，居然能悟出這許多水土的道理，尤其她那幾句「該是這道理的」的話，一直在傅翔心中迴盪。很淺顯的幾句話，卻勾動了傅翔近日來一直在苦思琢磨的武學新思維，但究竟是什麼關連，一時卻想不通。他只覺得每一回想阿茹娜那幾句話，心中便是一陣震撼，但震撼過了，卻也不知所云。

阿茹娜頭一次長程坐船，與以前橫渡黃河的經驗完全不同，她漸漸適應了水性，在船上向船老大請教了許多問題，有的疑惑得到豁然貫通的解答，也有的船老大的回答不得其解。傅翔道：「明教昔日有個水師大將，江湖上人稱『賽張順』陸鎮，此人對水性之熟悉精通，天下少有匹敵。此去南京若能找到他，妳的疑問必可得到滿意的解答。」

阿茹娜道：「我也不是想要精通水性，只是覺得這水之為物，實乃天地間最為可貴之寶。萬物無不因水而得生，而水的性子，柔可無定形，剛可穿山石，所謂載舟覆舟的道理，天下各家兵法中都有提到，實在值得深思。」

傅翔點點頭，暗忖道：「順水推舟可致千里，逆水行舟可礪駑鈍，這順逆之間的武學道理，實不亞於柔剛之間呢。」

這艘船到達金陵時，阿茹娜已經沉迷在「水」的學問中，她從水性中悟到許多策略上的運用，是以更加期待能早日見到陸鎮向他請教。而傅翔也因阿茹娜的體會及討論，領悟到一些和武學相關的思維，只是一時無以具體地形容。船老大終於相信阿茹娜不是女菩薩，但他仍堅持阿茹娜必是一位女狀元。

兩人上了岸，進城時遭到守城官兵盤問，幸好傅翔早已恢復道士衣冠，阿茹娜則扮成俊俏郎中，說是要到城裡找醫道上的老友「戶科都給事中」胡濙。胡濙在朝廷裡雖是個小官，但醫術高明，在京師一般庶民中倒有些名氣，連守城門的軍官都知曉，聽傅翔和阿茹娜說是胡濙醫道上的故人，便登記了兩人的姓名，放人入城。為了減少麻煩，兩人都用了假名。

兩人進了城立刻感受到，城裡雖然已經恢復了正常生活，但仍然充滿一股難以形容的肅殺之氣。傅翔在燕軍破城之日便和完顏道長到了南京，他曾很天真地想要擒住朱棣以阻殺戮，但為天尊擋住。這回救了鐵鉉的兒子再回到南京，首要做的事便是打聽鐵鉉的情況，以及尋找留在京師的完顏道長。

傅翔知道這兩件事都得先聯絡上丐幫。他和阿茹娜沿河在夫子廟一帶閒逛，在廟口和河邊都留下了聯盟的暗記。傍晚時分，明知鄭芫的娘已經離去，忍不住還是踱到青溪「鄭家好酒」的店前，果然瞧見店門深鎖，人去屋空。傅翔想到上次與鄭芫重逢，那時兩人的心情是何等溫馨，現在回想起來，甚至有一點纏綿，如今已人事全非。走到桃葉渡右轉，遊人稍多，但是和他四年前第一次從神農架下來京師尋師父時所見到的燈火輝煌、絲竹喧囂，已經不可同日而語。

走著走著，心中盡是舊事，兩人默默轉了半天，阿茹娜可忍不住了，她停下身來嗔道：「傅翔，你低頭轉來轉去，滿臉的故人幽思，你在想誰我管不著，可我肚子餓了，該找個地方吃飯了吧。」

傅翔滿心抱歉地笑了笑，想伸手去握一下阿茹娜的手，卻被阿茹娜反手打了一下，以傅翔的武功這一下如何打得著？但說也奇怪，阿茹娜這一巴掌卻紮紮實實打在傅翔手背上，阿茹娜在他耳邊道：「我現在是個男子，你牽什麼手？」

傅翔縮了手，指向路旁一個飯店的招牌「知味居」道：「這飯店起得好名，咱們便去試試是不是知味的。」阿茹娜笑道：「這名確是好，客人如吃得滿意，那便是知味的食客；若不滿意了，不是菜餚不佳，是來客非知味的人，你瞧這多有心機。」

兩人說著便走入飯店，這店生意好，雖然秦淮河這陣子已無往日的熱鬧，這店裡的客人倒仍然坐滿九成的席位。兩人被帶到最裡面靠近廚房的一張小桌，堂官哈腰致歉道：「實在對不住，雅座全滿了，兩位委屈一下坐這兒，待會上菜倒方便。道爺忌不忌葷？」傅翔道：「不忌葷酒。」

傅翔不在乎坐那裡，阿茹娜原怕近廚房油煙味太濃，但她是個毫不扭捏的大方女孩，更兼此刻女扮男裝，便大剌剌地坐了下來，道：「不打緊，菜好就行。」那堂官見這兩人雖然面生，脾氣倒好，便殷勤推薦了四道美味而價錢不貴的好菜，又推薦了一壺陳年女兒紅，燙熱了先送上來，兩人嚐了一口，果然是好東西。

這小桌的對面還有一張四人坐的空桌，由於就在廚房門口，是以一直空著。這時仍有客人要進店，跑堂的便只好把客人領到這桌來坐了。阿茹娜瞥了一眼，只見進來的一個是濃眉大眼的壯漢，一個是黑瘦不起眼的漢子，第三個是個白淨的後生，長得斯文，可惜臉上好多細麻點，遠看還好，就是不能近看。

這三人都有些江湖味，濃眉的和黑瘦的兩人，腰間都鼓起硬邦邦的一圈，腰帶上繡了「龍騰」兩個字，看上去應該是龍騰鏢局的鏢師。三人點了菜，要了一斤白乾烈酒，便先喝將起來。

不一會，傅翔這桌開始上菜，那跑堂的巴結，推薦的菜確實是色香味都佳，旁邊那桌的濃眉大漢就對堂官叫道：「這幾道菜好，咱們也要。」堂官哈腰道：「您老方才已點了六道菜，再加……恐怕太多了些。」這堂官是番好意，豈料那濃眉漢子對那白皮細麻子抱怨道：「就怪你點菜不好好點，俺瞧你點了六道菜都比不上人家這幾樣。小二，你只管都送上來，老子胃口開了，十盤菜還吃不完麼？」那堂官不敢多說，趕忙到廚房去叫加菜了。

傅翔和阿茹娜尚未吃完，便聽那三個人談話的聲音漸高，那黑瘦漢子道：「聽說前天殺鐵鉉時，一個焦雷把剛修好的乾清宮左側屋頂轟了個大洞……」

傅翔一聽到「殺鐵鉉」三個字，也像是被焦雷轟了頭，他和阿茹娜對望一眼，專心聽這黑瘦漢子繼續道：「俺聽宮裡侍衛說，就是咱們沙九齡大哥的手下傳出來的消息，鐵鉉雖然被擒了，見了朱棣罵不絕口，不肯下跪。朱棣叫人割了他的耳鼻，煮熟了塞入他口中，還問他滋味如何，鐵鉉回答，忠臣孝子之肉，有什麼不好吃？朱棣氣得發瘋，就淩遲殺了他，還起油鍋把他炸焦了。」

傅翔聽得血脈賁張，雙目滴淚，強行忍住不出聲。阿茹娜聽得一陣暈眩，幾乎失去知覺，接著又是一陣反胃，險些把吃下的一餐全吐了出來。

那濃眉大眼的漢子道：「難怪老天爺發脾氣，賞了朱棣一個焦雷，他媽的最好有人被打死才好。」那白皮麻子低聲道：「二哥、三哥說話小心，當心這裡有朝廷的爪牙。」那黑瘦漢子其貌不揚，脾氣卻大，冷笑道：「怕啥？教他咬我鳥！咱們在刀口上舔血的，殺人也不過頭落地，那有千刀萬割了人還要油炸的！俺瞧那朱棣已經失心瘋了，恐怕也活不長。」

他說話毫無忌憚，周圍的客人都聽到了，大夥原來的談話全都停止，一時之間飯店裡忽然安靜了下來。那黑瘦漢子道：「濫殺忠義之士的，個個不得好死。」那濃眉大眼的旁若無人地接口道：「不是不報，日子未到。」兩人這兩句話在安靜下來的飯店裡就顯得十分清晰，人人聽得真切，雖然無人接腔，但都心中暗暗喝采，只是沒有人敢表示出來。那白皮麻子見已經不可能隱瞞了，索性也加一句：「南京城裡慘死了兩個奇男子，一個叫方孝孺，一個叫鐵鉉。在座諸位回家暗設兩個牌位，為他們上炷香，也是咱南京人對忠臣義十一分敬意。」

飯店中人個個暗自點頭，卻沒有一人回應。這時兩個坐在靠門口的青年人忽然站起身來叫道：「會賬！多的不用找了！」一小錠銀子「啪」的一聲丟在桌上，接著兩人又從腰袋中掏出一件事物，也是「啪」的一聲摔在桌上。兩人抓起酒碗，將剩下的酒仰頸乾了，其中一個道：「這種滅絕人性的事，咱們兄弟是不會幹的，乾脆咱倆不幹這狗日的侍衛了。」說罷，兩人就跨著半醉步子出門，消失在華燈初上的秦淮河岸。

那堂官到桌上收銀時，失聲叫道：「哇，兩塊皇城侍衛的腰牌呢！」他拿起兩塊腰牌唸道：「一個叫烏來，一個叫丁祖庇……」旁邊一個客人忍不住笑道：「人家是烏耒和丁祖庇，可文雅著呢，到你小二哥嘴裡，就成了『烏來』和『祖屁』了。」

這一來，飯店中原來繃緊的氣氛突然放鬆了，大夥兒一陣大笑，似乎人人都想藉著開懷一笑，緩和一下剛才那凝重得令人窒息的氣氛，因此笑聲如雷，有人笑得涕泗縱橫，有人笑得差點斷氣。反而那小二覺得一點也不好笑，烏和烏，庇和屁都只差那麼一點點，有什麼好笑的？

只飯店中大笑聲歇時，滿座人都暗暗流下了眼淚。

傅翔和阿茹娜原可吃一頓價廉物美的好飯，聽到鐵鉉的下場，便不再有任何胃口。兩人付了賬，沿秦淮河走了一小段路，一個小叫花迎面走到傅翔面前，低聲道：「夫子廟外的符可是道長畫的？」傅翔知道丐幫的弟子已經盯上自己兩人了，便抱拳道：「來的可是紅孩兒的好弟兄？」那小叫花回道：「紅孩兒離城好些日子了，小人是世駒大哥手下搭線的，看見兩位在各處留下聯盟的信號，特來接兩位去和世駒大哥相會。」傅翔抱拳為禮道：「正要尋石世駒大哥，便請帶路。」他心想：「先見著石世駒，再打聽完顏道長的去處。」

那小叫花將傅翔和阿茹娜帶到城東一所道觀，傅翔有些納悶，暗思：「難道南京的丐幫分站設在道觀裡？」但見那小叫花笑嘻嘻地道：「兩位在此稍候，待小可通報一下。」說罷便匆匆跑進道觀。這時天色已晚，道觀大門已關，小叫花熟門熟戶地從邊上一扇小門進觀。

只過了片刻，觀內走出來一個面貌英俊、氣質斯文的青年，穿著一身長衣，如不是當胸兩個大補丁，便與一般文士沒有兩樣。他隨那小叫花一出觀門，便拱手道：「敝人石世駒，貴客臨門，有失遠迎。」談吐亦如書生。傅翔連忙回禮道：「石大哥請了，錢盟主命我倆一到京師，便要先向石大哥報到。」

石世駒道：「傅兄好客氣，您武當山一戰已經天下揚名，仍是謙虛若無其事，難得啊！咱們弟兄見了您在夫子廟附近各處留下的記號，便立即請兩位來此，倒不是因為這道觀是我丐幫的聯絡站，而是有一位老前輩住在此地……」他說到這裡，傅翔吃了一驚，正暗忖道：「難道完顏道長住在這裡……」

只聽到熟悉的笑聲已從道觀裡一路響出來，完顏道長哈哈笑道：「傅翔啊，總算這回把阿茹娜帶來了，我老道每天都盼著你倆快來，好多事情要找你們商量。」阿茹娜跑上前去，抓住完顏的袖子道：「道長，阿茹娜好生想念您。這會兒您一個人住在道觀裡，有沒有好好醃一罎菜來下飯？」

完顏道長嘆了一口氣道：「阿茹娜，妳一來就講到我老人家的痛處了。這間窮道觀每天供的飯菜不但比武當差得遠了，便是少林寺那些齋公的伙食也比這裡強得多。我老道每天早出晚歸，忙著工作，也沒有空閒來醃菜，便由這裡的火工道人每天拿些極難吃的飯菜對付我。說來氣人，我一時糊塗，還一口氣付了三個月的飯錢呢，現在後悔來不及了。」

石世駒忍笑道：「實是因為咱們那邊的伙食比之道觀又差了一大截，這才不敢請道長去丐幫包飯。咱們先進去，到裡面談如何？」阿茹娜聽到「請道長去丐幫包飯」，終於忍不住笑了起來。

四人進了觀內，在完顏道長的房間坐定，傅翔首先問道：「道長，方才您說每天早出晚歸，是在忙啥工作啊？」完顏道：「俺老道責無旁貸的工作便是盯死天尊和地尊。」傅翔奇道：「您如何盯？竟需要早出晚歸？」完顏臉露詭異而神秘的笑容，瞇著老眼道：「這會兒地尊不知何處去了，只天尊留在京師，俺便想出一個法子對付他，讓他哭笑不得。」

阿茹娜大感興趣，忙問道：「您用什麼法子？」完顏道長微笑道：「首先，俺查出天尊落腳的地方就在錦衣衛衙門裡，俺便找丐幫的石老弟商量，要他派丐幫弟子輪班，全日十二個時辰守住京師各要津，天尊有任何動靜，我老道一準趕到現場，要讓天尊知道俺在盯他。譬如說前幾日他進了皇宮，出宮時，我老道便從宮牆柳樹上躍下來嚇他一跳，有趣之極……」

傅翔忍不住問道：「那天尊若是沒有活動，您老人家幹什麼？」完顏道長呵呵笑道：「我老人家便在錦衣衛衙門外一棵老菩提樹下打坐，隔街對著衙門的正門口。那些衛士肯定會往裡面報告說：『衙門正門對面，一個老道士坐在菩提樹下打坐，一連三天如此。』幸好我打坐時心中想的全是上乘武學，也無時間思考天地慈悲的大道理，否則以我老道的慧根和悟性，菩提樹下連坐幾天幾夜，興許修道未成，卻修成佛了，豈不貽笑武林？」

阿茹娜強忍住笑，一本正經地道：「這麼說，天尊還在京師了，地尊也沒出現？」完顏道：「不錯，我就猜不透這地尊，自從武當山一戰之後，此人就杳如黃鶴，再也不見蹤跡。阿茹娜，妳最有謀略，想想看地尊去了那裡？」阿茹娜搖頭道：「我也猜不出，但是有一事我覺得十分奇怪，不知你們覺得如何？」傅翔問道：「何事？」阿茹娜道：「地尊失蹤了幾個月，天尊老神在在，並無動作要去尋找，可見天尊必定知道地尊去了那裡，可能去執行某種計畫。但若這計畫對中土武林有害，何以武昌錢盟主總部迄今沒有收到任何來自各門派的報告？」

完顏道長道：「既不留在京師，又沒有去找各門派的麻煩，難道他躲起來偷偷修練武功去了？但是又為何不和天尊合修，反而獨自一個練功？」

阿茹娜忽然問道：「傅翔，那日在武當山你和天尊過招時，天尊雖然勝了一招，但是你也從他天羅地網的殺手中全身而退，還記得地尊立刻問你用的是什麼功夫麼？」傅翔猛然省起，叫道：「當時我告訴地尊那是『少林洗髓功』。妳是說，地尊到少林寺盜取《洗髓經》去了？」

阿茹娜不敢肯定這個猜測是否正確，只點了點頭道：「至少有此可能，只不懂何以沒有聽到少林寺向盟主報告任何地尊的事，這豈不奇怪？」這時丐幫的石世駒突發奇想，道：「地尊不見蹤影，無人有他消息，是不是回天竺去了？」傅翔吃了一驚，問道：「回天竺去作甚？」石世駒道：「會不會去搬救兵，找更厲害的角色來中土？」

傅翔想了想不得要領，便把話題轉向另一件重要的事，對完顏道長道：「那位『大師父』既然去了浙江，咱們的防衛主力便應投向浙江。天尊、地尊在打什麼主意，既然一時猜不出，咱們是否索性潛離京師，秘向浦江去尋方師父和章逸他們？只要咱們這幾人到齊了，不管天尊、地尊在弄什麼玄虛，咱們也不怕。」

石世駒道：「說起加強浦江那邊的防備，紅孩兒已指示咱們，要儘速協助浦江那邊建立飛鴿傳信站。前日我已派訓練鴿子的好手阿鵬前去浙江了，黑皮也一道去幫忙。」

阿茹娜讚許道：「好極，浦江方面目前最重要的需求，乃是建立與武林聯盟傳遞秘訊的管道，咱們的戰力才能全面發揮。石兄這步棋下得好。」

完顏道長笑嘻嘻地道：「前陣子俺一個人留守南京，每天早出晚歸，每件事都要靠自己想好，累人啊。現在最有魄力的傅翔回來了，一身是計的阿茹娜也來了，我老人家總可以歇一口氣吧，你們想好要怎麼做，俺老道便一切盲從，說一不二。」完顏道長好幾次提到「早出晚歸」，看來這段時間裡，老道長為了盯死天尊，過著極有規律的生活，對他老人家而言備極辛苦。

阿茹娜善解人意地道：「道長太辛苦了，咱們這就一道去浦江如何？」完顏道長心中暗喜，便點頭道：「嗯，我瞧傅翔方才說得在理，只要咱們這幾人到了浦江，便不怕天尊、地尊搞什麼鬼，咱們不管他們了。事不宜遲，咱們這就走吧。」想到可以和傅翔及阿茹娜一同去浙江，他竟巴不得說走就走。

傅翔望了阿茹娜一眼，阿茹娜道：「既然決定去浙江會合方師父他們，的確是愈快愈好。」

傅翔北上濟南救鐵鉉時，聽鐵鉉說，爭奪皇位的真相永不會明載正史，但忠臣義士死節之舉愈是悲壯慘烈，愈能靠民間口耳紙筆流傳下去，是以他決心就義而不願逃亡。當他聽到朱棣殺人的殘暴手段，便決心投入保護建文的行列，聽到阿茹娜也這麼說，更無疑慮了。

∞

此刻傅翔在浦江玄妙觀客房裡靜坐，鐵鉉的話仍在他耳邊迴響，從鐵鉉他又想到另一個了不起的色目人丁爾錫，竟為藏置鐵鉉家人而被貪官奸人搞到家破人亡。幸好自己及時趕到，殺了貪官祁奐，救了丁家的兒子，丁家這才免於斷絕香火。他暗暗祝禱：「天可憐見，丁家一脈香煙，到了泉州重立門戶，世世代代讀書經商，就是不要為官。」

這時有人來敲房門，開門看時，是道觀值夜道士來通報：「觀門外有三人要和道友及老道長見一面。貧道說天色已晚，兩位客人都已入睡，要他們明日再來，卻是不依，說不敢驚動老道長，但小道長定然尚未入睡，讓我轉告是南京來的窮朋友，問見是不見。」

他匆匆出門一看，其實黑皮、阿鵰和廖魁他一個也不識得，只是聽石世駒說已派了阿鵰和黑皮兩人來浦江，卻不知如何來了三個人，便有些疑惑。他與三人對望了一眼，打個稽首道：「貧道方福祥，三位尋我有何見教？」那三人也不曾見過傅翔，聽傅翔說是「方福祥」便起了疑，那黑皮拱了拱手，問道：「道長俗家不姓傅？」傅翔更起疑了，便再答道：「貧道方福祥。」三人對望一眼，黑皮道：「對不住，弄錯了人，打擾，打擾！」說罷轉身就走。

忽聽得一陣哈哈笑聲從觀門內傳來：「哈，弄什麼錯，你不是黑皮麼？」黑皮回頭一看，又驚又喜，叫道：「完顏道長，果然是您們，但……但怎麼……小道長姓方不姓傅？」完顏笑道：「這裡面許多蹊蹺，快請進屋來說話。」傅翔再次稽首道：「南京的石兄告訴咱們，只有黑皮和阿鵰兩位弟兄來浦江，我一看怎地來了三個，不得不小心一些。」黑皮道：「俺接了南京的飛鴿傳書，說傅大俠扮了道裝和完顏一路，卻沒告知俺您化名方福祥。還好完顏道長認得我黑皮，不然剛才就要錯過了。」

完顏道長前陣子一個人留守南京，他要寸步不離地盯住天尊，靠的全是南京城裡丐幫的弟兄，所以認識黑皮這種專司跑腿的大頭目。看起來他老人家每天「早出晚歸」還真管用。

大家把兩邊情形弄清楚後便無疑慮，只是冒出一個廖魁不免突兀，但他說起他是跟著方冀從南京來浙江的，大家都對他刮目相看。那阿鵰仍有些狐疑，忍不住問道：「廖魁哥，你能跟方軍師到這邊來，可見是個重要人物，但是……但是這樣說吧，俺阿鵰是個弄鴿子的，來到此地是要在浦江這邊建立和南京飛鴿傳書的整套系統，你老兄的專長是弄馬的，難道你要在浦江養馬？」

黑皮輕敲了阿鵰腦袋一下，道：「阿鵰腦子不好使，剛好和你講的相反，方師父身邊有了廖魁哥，便不需要帶著馬匹了。別人的馬匹都是他廖哥的，隨取隨用哩。」

阿鵰啊了一聲，終於想通了，暗忖道：「原來如此，俺會弄鴿，卻不會偷鴿。這事要回去好好琢磨一下，最好練得一手偷鴿的功夫，把別門派訓練好的鴿子偷過來，一方面可以偷看別派的秘密，另一方面看到別人資質好的鴿子，也可以再訓練做為己用。這事要和阿呆商量一下，說不定可以為咱們丐幫立大功。」

大夥商量了一陣，黑皮忽然想起一事，便停下討論，插入一句問話：「咦，不對啊，南京飛鴿傳書說除了兩位道長，還有一位郎中，怎地不見他人影呢？」傅翔道：「郎中先生在道觀另一間客房，待我去請來，大家見個面。」原來阿茹娜投宿道觀時已恢復女裝，是以借住在女客房。傅翔去請她過來時，她又改了郎中打扮，傅翔把丐幫二人及廖魁的情形對阿茹娜說清楚了，回到完顏道長房中時，阿茹娜心中已經有譜。

廖魁等三人是第一次見到阿茹娜，他們先是震驚怎麼有如此俊俏的小郎中，繼而當完顏和傅翔都請教阿茹娜的意見時，三人更是驚得傻了眼。

完顏道長先問：「烏茹大夫，妳看咱們下一步該怎麼做最好？」阿茹娜想了想，道：「飛鴿傳書的接收站還是設在鄭宅鎮這邊。」

傅翔也問：「烏兄說得不錯，據廖魁方才所言，于安江護著兩位章夫人在鎮外農家借了一戶房屋住下了，是不是便以這農戶為基地，設立飛鴿聯絡站？」阿茹娜道：「甚好，明日便麻煩阿鵰哥去現場瞧瞧是不是合適，將來還是要由于安江大叔負責收發信鴿，是以于大叔那邊也要請阿鵰傳授他一些秘訣。你們看這樣可好？」阿鵰和黑皮都大聲說好。

阿茹娜道：「廖魁哥，請你帶大夥兒到于安江和兩位章夫人的住處，完顏道長和方福祥道長便去鄭義門尋方軍師和章指揮他們，咱們這裡也不宜久留。」

次日完顏和傅翔一同進入了江南第一家鄭義門，他倆扮作雲遊道士在村中遊走。族長鄭渶據報，立刻派人跟著兩人，他本人則拉了鄭洽到萬松嶺佛堂尋章逸，告知有一老一少兩個道人出現在村中，行跡很是怪異。

章逸對方冀道：「他們終於來了，是完顏道長和傅翔。這一下，該來的都到位了。」方冀道：「我想了很久，覺得萬松嶺除了佛堂，如果還有一間道堂，豈不是好？」鄭洽道：「此計大妙。族人除了有做佛事的需求，也有人想要道士作法的，如果萬松嶺又有高僧又有道長，豈不是族人之福麼？」鄭渶也喜道：「如此最好，但佛堂一共只有三間，這兩位道長……」方冀微笑道：「兩位道長便住第三間佛堂，我和章逸搬出村去，咱們在村外保護更是得力。」

章逸聽了心知肚明，完顏和傅翔住進了第三間「佛堂」，天下再也找不到更強的「貼身護衛」了。他和方冀正好搬出去，和于安江在村外組成第二道防護線，廖魁和陸鎮放在浦江城外做個斥候，一陸一水，這個防護圈就夠堅強了。

此刻他還不知道，南京來的丐幫馴鴿高手正要幫助于安江，建立與南京聯繫的飛鴿傳書站，南京丐幫又隨時與武昌的盟主通消息，則應文大師父的安全，除了水陸兩路，在空中也建立了「斥候」。

於是兩人立刻下萬松嶺，隨即在白麟溪邊遇上了完顏道長和傅翔。他們帶完顏及傅翔到佛堂，引見了應文、應能及族長鄭渶。章逸低聲對應文道：「這兩人的武功在武林中無人可及。」應文合十謝道：「兩位高人來此相助，應文感激不盡。」他見傅翔年紀甚輕，不禁深深多看了一眼。

傅翔在佛堂外的鳥鳴聲中醒來，天色剛有一絲曙光。他見完顏道長仰臥榻上，一呼一息之間極其纖細，極其綿延，就如一根極細的金線，柔可繞指，卻烈火亦不能斷。傅翔正要起身，完顏已低聲道：「你要去那裡？」傅翔明知故問：「原來道長沒睡著。」完顏道：「我老道從十年前開始，已經進入無所謂『睡著』與『清醒』的境界，只有『有意識』與『無意識』的分別。這一年來和你這位小老弟一起練功，每日琢磨探究一些更深邃的武學，好像連這點分別也愈來愈模糊了。」

傅翔聽了欽佩不已，道：「道長修為愈來愈高，這種境界是不是已經近乎道家『無極』之境？」完顏哈哈笑道：「我的感覺是到達無極之境時，便是老道從人間得道飛升之時了。咱們出去走走？」傅翔道：「正有此意。」

兩人順著山坡向東走下來，不遠處便是一條小溪，天色猶黑，只有東方一線光束照射在溪面上，溪水有些湍急，溪床卵石纍纍，激起的點點水花在曙光下有如千百片白鱗在溪中翻騰。完顏道長道：「這溪水好，咱們沿著看它流去那裡？」走不了多久，小溪的溪流便緩了下來，匯入一條較大的河中。便在溪河相匯之處，他們看到一艘小舟，舟上垂釣漁父起得還真早。

正要走近，那漁夫已招呼道：「是完顏道長和傅小哥麼?老夫陸鎮。」傅翔聽了大喜，連忙上前行禮道：「陸師傅，您老人家天沒亮就垂釣？」陸鎮哈哈笑道：「兩位的武功天下無雙，但說起釣魚卻不如老夫了。這釣魚沒有定時性的，有的魚要晚上釣，有的魚要天亮時釣；有的魚潛得深，有的魚浮得淺；有的愛水急，有的喜水靜，看你想要釣那種魚……」正說間，一條尺半的黃金鯉上鉤了。

這時河上悄悄划來另一艘漁船，船上豎起的高桅掛的不是帆，而是一張網。一個年輕的漁夫搖著船靜靜靠向岸邊，微曦下見這漁人是個留著絡腮鬍子的漢子。他在船上抱了抱拳，衝著陸鎮道：「老爺子，您外地來的？」

陸鎮還了一禮道：「俺前不久才到貴地，貴地真是好地方，俺走遍大江南北，前所未見呢。」絡腮鬍道：「這話怎講？」陸鎮道：「先說這風水吧，山不在高，水不在深，你這兒有一股靈秀之氣。」那絡腮鬍點頭道：「老爺子這話倒也說得有理。」陸鎮道：「再說人吧，這裡的人總是笑臉迎人，對俺這外來人也客氣得緊。老實說，俺這半輩子總是四處遊走，所到之地，一開始都是外來陌生人，總要經過一段時間每天讓人橫眉豎眼，混熟了才好一些。可你這地方的人好，人前人後總是笑嘻嘻。」那絡腮鬍笑道：「是你老爺子人客氣，別人自然也客氣。」

陸鎮道：「再有一點，咱們都是打魚的，俺就說這魚蝦的事吧……」絡腮鬍子道：「魚蝦又怎地？」陸鎮道：「大江小河邊俺都住過，也都以打魚為生，卻從來沒有見過像你們這邊水裡魚蝦那麼豐富的，不但多，而且都長得大個兒，味兒又鮮美。瞧我這魚簍裡，今晨不到一個時辰，已經釣到十多條好魚了。」他打開魚簍，絡腮鬍仔細瞧了一眼。

談到魚，那絡腮鬍便來勁了，他指著陸鎮手上的那尾黃金鯉道：「老爺子說得一點不錯，這是有個道理的，你猜為啥？」陸鎮道：「為啥？」絡腮鬍的青年漢子指著他船上的漁網道：「咱們浦江鄭義門的前輩定下了規矩，這個季節用的漁網，網目不能小過三分，咱們寧願漁獲少也不能網捕小魚。釣魚的也有規矩，小魚上鉤了一律放生，後來這一代打魚的都能奉行。幾百年下來，這邊不論是浦陽江還是白麟溪，水裡的魚蝦量確實豐富。外地人划船來此打魚，只要守咱們的規矩，隨他要釣要網都行。」

傅翔和完顏道長走到船邊看那漁網，果然網不住小魚。陸鎮經驗豐富，只瞄一眼便道：「用這個，一尺以下的魚都網不著。」那絡腮鬍加一句：「有時咱們網著了一尺以下的魚，也會丟回江中放生。」

傅翔聽了心中十分震撼，腦中浮現「生生不息」四個字，一口真氣也在胸腹之間運行不止，似乎有什麼感應，但究竟是什麼也說不上。

陸鎮道：「外來的漁夫如不遵守這些規矩呢？或是本地人也違反這些規矩呢？」那絡腮鬍子道：「本地人若犯了三次，便不許他打魚了。外來人若不遵守，咱們會派人盯著他，一面苦口婆心勸誡，一面盯住他的一舉一動，讓他不得自在。」

陸鎮心中暗忖：「原來你這絡腮鬍是來盯俺這外來人的。」便笑道：「你們倒是待人寬而責己嚴啊。」絡腮鬍子道：「祖宗的規矩，誰敢不遵守？」他說到這裡，對陸鎮及傅翔、完顏三人拱了拱手道：「幸會，幸會，小可要到前面去下網啦。」他唱著漁歌搖櫓離去，歌聲甚美，透著歡樂氣息。

這時旭日東升，江面上一片光輝閃耀。陸鎮也跟完顏和傅翔道別：「今日垂釣，所得甚豐，趁早送去讓章家娘子整治，便有兩餐好菜消受。」傅翔道：「託您帶話給方軍師、章指揮及阿茹娜，明日到佛堂來做個法事，順便有事相商。」陸鎮也哼著漁歌，輕撥雙槳去了。

傅翔和完顏回到佛堂時，便先到應文及應能和尚處去瞧瞧，走進第一間佛堂時，所見的景象令兩人吃了一驚。只見應能和尚在佛前上香，應文和尚卻盤坐在一旁打坐，臉上顏色紅潤，額頂暗泛一種柔和的潤光。傅翔和完顏是何等眼光，一看便知應文和尚正在以上乘內功運行周身，雖然功力尚淺，但顯然已經領悟了佛門正宗的訣竅，而且練得極為到位，可謂中規中矩。

完顏和傅翔對望了一眼，完顏低聲奇道：「怪了，怪了，幾天工夫應文就加入了少林派？」傅翔搔頭正要回答，背後傳來鄭芫極其細微的聲音：「咱們不要打擾和尚練功，出來說話。」完顏和傅翔都知鄭芫一肚子花樣，但是叫建文皇帝修練內功的主意實在匪夷所思，也一時難以置信，便悄聲退出，進入第二間佛堂。

只見覺明師太正坐在矮桌前，在一張棉紙上用黑紅兩種色修改一張圖樣，這是設計那口枯井地道的機關草圖。覺明師太全心全意投入那張畫中，也不理兩人進屋來，兩人便也不理她。

完顏道長問鄭芫道：「芫兒，妳又在弄什麼花樣？應文大師父的內功是妳教他練的？」鄭芫得意非常地笑了笑道：「我先請問兩位，大師父練得好麼？」完顏道長和傅翔又對望了一眼，然後道：「練得太好，妳教他練了幾天就能這樣，簡直是個練功的天才！」鄭芫道：「我同時也把心法教了應能，他則練得一塌糊塗。想不到他雖是……皇……卻是個資質極佳的練功料子。」傅翔道：「芫兒，妳要傳他武功？」

鄭芫道：「我知道要傳武功需得潔庵師父同意，但我想大師父練些內功和輕身功夫，應該可以吧？」她瞧向完顏道長，完顏卻嘻嘻笑道：「現下是非常時期，一切都要從權。我覺得妳這主意好極，只管讓他練，妳潔庵師父是個不拘小節的大和尚，定然不會在意。」他說完又加一句：「若是妳師父有意見，妳便說是我老人家要妳做的，因為妳很怕我老道，便不敢不從。」鄭芫笑著謝了，傅翔卻暗道：「有道長您撐腰好是好，但如此說法豈不滅了鍾靈女俠的威風？」

∞

次日是個刮風的日子，日頭在變幻的行雲中時隱時現，萬松嶺上松濤洶湧。有一家四口來佛堂做法事，那應能和尚帶著四人拜完菩薩又拜先人，然後率領四人一齊誦經，為亡故家人超渡。應文大師父則窩在後房中打坐，耳聽《金剛經》，身修少林武功，但覺甚為寫意。在佛堂後山坡下的松林裡，方冀、章逸、阿茹娜從莊外趕來，與完顏道長、傅翔及鄭芫會合。

從規劃建文大逃亡開始，方冀的計畫按部就班地執行，到如今可算大功告成。回想起來，數十人各司其任務，雖然驚心動魄，竟然沒有一步差錯。章逸和阿茹娜對方冀欽佩不已，方冀只淡淡地道：「再好的計畫，也要靠執行得好才行。這麼多武林一流高手願意全力投入，才有成功的可能，而大家之所以願意投入應文和尚的救援行動，其實是對朱棣的暴行感到憤怒，救應文是要為人間正義出一口氣。」

章逸道：「鄭洽選他的老家做為應文暫隱之地，實在是個好主意，現在有完顏道長和傅翔同住佛堂，便是天尊、地尊來了也不怕。只待丐幫的飛鴿傳書聯絡站及董堂主的地道機關建好，咱們這兒比南京皇城還安全呢。」

傅翔道：「目前咱們算是安定下來了，下一步該如何走，阿茹娜和我一路從南京來的路上設想了許多，有些該做的，也有些不急著做。阿茹娜，妳是否說一說，讓諸位聽聽是不是可行？」

阿茹娜也不推辭，先向眾人行了一禮，然後道：「咱們要保住應文大師父，南京城裡的動靜不可不知，丐幫能傳消息來固然好極，但若能夠得到朝廷高層的重大訊息，對咱們尤其有用……」

方冀聽了大為贊同，連連點頭，大家也想知道要怎麼做。阿茹娜道：「這條線便落在魏國公徐輝祖的身上了。我和傅翔在燕京城施藥行醫時，認識了燕王妃，也就是如今的徐皇后，她是徐輝祖的妹子，他們兄妹之情極為深厚。當時我和徐王妃交情甚好，也因此還出了些主意，幫燕王世子朱高熾守住了燕京城，卻沒想到朱棣是這麼一個殘暴的暴君。但我至今仍覺得，徐皇后是個知書達禮、有教養、慈悲心腸的好人……」

方冀直接了當地道：「妳是說由徐輝祖從徐皇后處探聽朱棣的動靜，再由徐輝祖將消息傳回來，信差便是廖魁？」阿茹娜點頭道：「如能建立這條線，咱們就更能料敵機先了。只不過這其中的風險如何，要聽各位前輩的指教。」

章逸先問傅翔：「傅翔，你和道長在浦江玄妙觀初識廖魁，你覺得此人如何？」傅翔毫不猶豫地道：「此人言行有很濃的江湖氣，但肯定是個講義氣的漢子。」章逸聽他說得如此斬釘截鐵，倒有一些意外，便問道：「何以見得？」

傅翔道：「他對我說，恨不得章叔和方師父立刻派他潛回南京。我問他何故，他說他放心不下徐輝祖的安危。但他很坦白地告訴我，回京師以後，如果發現徐輝祖遇害了，他便不再回來了。我問他：『你要作啥？』他說：『徐帥對我恩重如山，是我再生父母。朱棣如殺徐帥，廖魁就算吞炭漆身，也要刺殺朱棣為主報仇。』我聽了更認定他是個忠義的好漢。」

章逸道：「金陵城破之前，徐輝祖便對俺和鄭洽說，他希望廖魁跟咱們一道走。城破之日，他單槍匹馬去了中山王祠，臨別又託醉拳姚元達轉告相同的話，他的意思是廖魁可做為未來聯絡之人。此計雖好，但咱們的風險是對廖魁知之不深，如果廖魁不可信任，一旦廖魁回了京師，大師父隱藏於此的秘密就有洩漏的可能。當時事急不暇細思，此時一切暫安，咱們得決定：要不要冒這個險？」他轉向完顏道長，問道：「道長年高識廣，您怎麼看？」

完顏嘿嘿笑了一下，閉目思考了良久，睜眼道：「我老道的意見便和傅翔的意見相同。」

阿茹娜暗笑道：「早就是這個答案，還要閉目苦思半天作甚？」

章逸問方冀：「這次大逃亡的計畫出自軍師手筆，實在漂亮。軍師您的看法呢？」方冀雙目射出冷峻的光芒，沉聲道：「老實說，我連徐輝祖都不敢全信，遑論廖魁？」

章逸轉向兩位姑娘，阿茹娜道：「我覺得這計可行，倒不是完全基於我對徐皇后有極大的信心，也是基於敵我形勢的分析。如今在這萬松嶺上有道長和傅翔，還有鄭姑娘和董堂主，鎮外又有方軍師和章指揮，天下武林人想憑武功攻上萬松嶺，恐怕難之又難，是以咱們的實力有一定的優勢，更有本錢冒這個險。退一步說，如果此地被洩漏了，朱棣發大兵來攻咱們，對不起，大軍未動塵土滿天，咱們得了消息早就一走了之。是以我覺得可以冒這個險。」

章逸點頭，轉問鄭芫：「芫兒，妳說呢？」鄭芫聽了阿茹娜的解析，雖然覺得有道理，但想到千辛萬苦逃到這裡，好不容易安頓下來，應文大師父正在一面勤練內功心法，一面療癒內心沉重的愴痛，這些都令鄭芫十分疼惜，她可不願把應文的安危賭在一個不認識的盜馬賊身上，便搖頭道：「不妥，芫兒覺得有疑慮。」

章逸道：「大家都表示意見了，我雖信得過徐輝祖，但仍不贊成此刻冒險，還是先安頓下來，用飛鴿傳書和南京的丐幫通通消息，大致瞭解一下朱棣坐穩王位後的動向，再作道理。」

鄭芫道：「咱們六人中，三人贊成，三人有疑慮……」她話尚未說完，方冀道：「去把董堂主請來，問問她的意見。」鄭芫拍手道：「正是，待我去請她來。」

過了一會，鄭芫拉著覺明師太來到松林子裡，路上鄭芫已經嘰嘰咕咕飛快地把問題大致講清楚了，章逸再將廖魁的來歷，以及眼前是否要冒險讓他回南京打探朝廷高層消息的情形又說了一遍，覺明師太已全然瞭解狀況。她抬眼一數，松林裡六個人，便笑道：「你們弄到三比三才想到我老尼。」傅翔暗道：「這董堂主真是個明白人。」

章逸道：「董堂主，妳說個準吧。」覺明師太未加太多考慮，便回答道：「貧尼在京師出家為尼，隱姓埋名窩在莫愁湖十幾年，年年賞梅花之餘，對南京城裡城外的事也聽了多年。第一，徐輝祖是個有忠義之名的大將；第二，廖魁是個有情有義的盜馬賊，這兩人的口碑貧尼都聽了不少。貧尼向來以為愈是低層江湖的忠義之士，愈是可以信任。第三，咱除了要確保大師父的安全，鄭義門族人的安危也極重要，南京高層的消息尤其寶貴，是以貧尼贊成派這廖魁去南京探探朝廷的消息。」

方冀這時開口說話了，他對覺明師太點了點頭道：「既是這樣，咱們用人不疑，俺方冀便將廖魁當自己弟兄，不會再對他疑神疑鬼。」章逸最瞭解這個軍師的性子，今日如果大家的決定是相反的，不要廖魁和徐輝祖聯絡，方冀遲早會將廖魁做掉，以除後患。既用之則信之，既疑之便除之，這是明教軍師昔年的強悍作風，這裡面恐怕只有董碧娥略知一二。只是歷經如此多的變故，軍師的強悍之風恐怕也非昔比了。

鄭芫低頭想了一會，道：「咱們可以設計一個信息讓廖魁帶去京師，一方面要他帶回咱們要的消息，一方面也可以測試這條直通皇宮的線索是否真有作用。這也不是不信任廖魁，而是對這條線索的功用必須細估。有關大師父的事，咱們不能不小心啊。」阿茹娜道：「鄭芫說得好，咱們分頭行事，設計讓廖魁帶去的信息便交給鄭芫和我來想想，然後再請方軍師指教。」

方冀點頭稱善。大事談定，氣氛便輕鬆了，阿茹娜道：「這浦江鄭宅鎮一帶實在像個世外桃源，鄭義門裡更是和睦有序，我從來沒有見過一個地方的居民是如此滿足快樂。」方冀道：「確實如此，昨天我見幾個童子一面結夥回家，一面口唱山歌，但仔細一聽嚇了一跳，那幾個十齡童子原來唱的不是山歌，竟然是《詩經．小雅》的〈蓼莪〉，看來全村千多人竟然是往來無白丁呢。」

傅翔道：「不錯，清晨完顏道長和晚輩在河邊碰著的青年漁人也是談吐文雅，確如阿茹娜說的，從來沒見過如此滿足而快樂的人民。」完顏道長深以為然，忽然掉了兩句文：「十齡誦詩，漁歌樂志，無懷氏、葛天氏之民歟！」

阿茹娜道：「于安江叔叔昨日去山上，碰到幾個樵夫在伐木取柴，他發現大家說說笑笑，幹活幹得快活，便扯住兩個樵夫聊幾句。原來鄭義門的祖先對樵夫入山取柴伐木有嚴格規定，季節不對不入山，氣候不對不入山，每年砍了那些樹要補種多少樹。令人驚奇的不只是此村先人的智慧，而是此村世世代代的後人都能遵守。于叔叔便問他們，如果不遵守怎麼辦？他們說三次不遵守的樵夫便不准入山了，那個敢犯？」

鄭芫道：「那麼別村別鄉的樵夫來砍伐，又怎麼辦？」阿茹娜哈的笑了一聲，道：「我也問于安江叔叔同樣的問題，他說那兩個樵夫告訴他，外來的樵子只要遵守規矩，入山伐木取柴一律不禁止，如不遵守，則……」

傅翔忽然插嘴道：「外來樵子如果不遵守，硬要入山伐木，村裡便派一個樵子跟隨他上山，一面苦口婆心相勸，一面全程監視……」

阿茹娜奇道：「正是如此，但傅翔你怎麼知道？」傅翔和完顏道長哈哈大笑。傅翔道：「咱們碰到的那個漁夫也告訴咱們，此地的漁夫打魚的網目大小都有規定，外來打魚的只要守規矩，便由他打魚百無禁忌，若是不遵守規矩便……說得一模一樣。」

阿茹娜道：「于叔叔便問他們，你們世世代代這麼做，目的何在？那兩個樵子道：『祖先要咱們惜福留澤與子孫，只有對老天所賜能珍惜節省，子孫才不憂匱乏，青山不改，綠水常流，物華天寶才能生生不息。』」

傅翔聽到「生生不息」四個字，心中又是一陣震撼，這種震撼已是第二次發生了，這時他似乎抓住一點頭緒，自忖道：「難道這『生生不息』四個字，竟和我苦思不得貫通的武學之間有某種關係？不然何以一聽到這四個字，我便全心震撼，不能自已？」

這時佛堂的法事已完，村人都回去了，兩個和尚正散步走到松林來。應文和尚聽阿茹娜說到「物華天寶生生不息」，便合十道：「善哉斯言。」他打坐練功方畢，面上氣色極是好看，方冀見了暗暗吃驚。他望了章逸一眼，對應文道：「大師父修行精進，可喜可賀，老夫這裡有一物相贈，盼大師笑納。」他從懷中掏出了那把章逸送他的精製鋼弩。

正是那支原來想要刺殺朱元璋的鋼弩，也是那支將天竺高手辛拉吉一箭穿心射斃的鋼弩！

【第二十三回】王道之劍

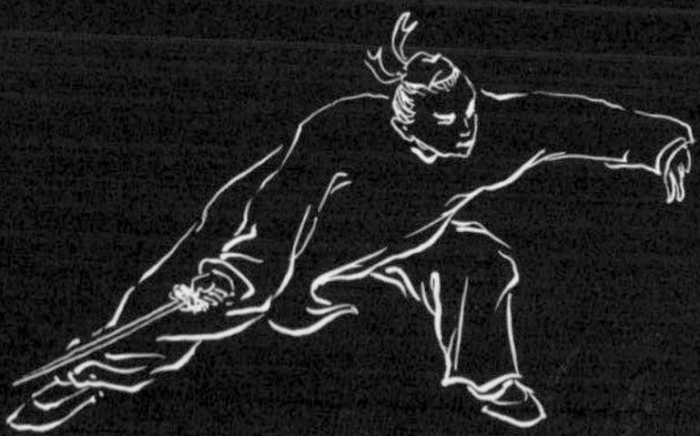

傅翔腦中在電光石火之間，一個前所未有的念頭閃過，

這一回不是船過水無痕，而是留下了石破天驚的新想像：

我要創造一套可以生生不息、永續發展的新武學，它的攻勢是王道的……

我要創造一套「王道劍」！

月色皎潔，月光如練，寒露已過，霜降將至，萬松嶺上除了千百株奇松依然長青，其他草木都已呈衰色，尤其是嶺下芒花，在風中一動，立刻就鋪出一片蕭瑟的秋意。

傅翔在漫山的芒花中找到一小片空地，仰臥地上，從芒花搖曳中透望天空，天色如墨，月光卻將白雲鑲得比白天還要清晰。傅翔凝視那一朵朵飄過山嶺的白雲，感覺上比白日看藍天的白雲更覺清潔純淨。

白天鄭洽來帶他去看鄭義門的書院，書院可容一百多個學生，分為初、中、高級三班。每班除專職教師一人外，還有資深的夫子一至兩人，都是致仕退休的前輩，義務擔任學生的指導，除開講外，也為學生的習作詩文批改講評。凡鄭義門的子弟上學全部不需花費，學習成績優良者還有書籍、文具等獎品可得。由於教師及夫子都是飽學之士，更兼完全免費，鄭義門人人向學，全莊幾乎沒有不識字的。傅翔見了，不禁歎為觀止。

傅翔問到如此高明的書院全年開放，所費必然不少，其開銷如何支應？鄭洽笑道：「第一，教習夫子皆不受酬；其二，書院場地是族中大戶免費提供；其三，族人捐助興學熱心無比，每年樂捐所得足夠應付開支，所餘之資多用於獎勵勤學績優的學生。鄭義門書院的目的，就是要使聖賢之道能在鄭義門中永續相傳，生生不息。」

「永續相傳」、「生生不息」，傅翔聽了又是一番悸動，他開始覺得鄭義門之所以成為江南第一家，最主要的核心力量便是來自這「生生不息」四個字。但這四個字和自己正在苦思的武學之間，究竟有什麼樣的關連？

在此夜闌人靜之時，傅翔的思緒格外敏銳，他想到自己武學的進程有三個重要階段：練熟了明教十大高手的絕學是第一階段，但同時修練十種相異性極大的武功，因此只能達到七成功力；完顏道長的「後發先至」和少林《洗髓經》這兩種極上乘的武學，使傅翔一舉突破了七成的極限，而進入融會貫通的境界，這是佛門絕學與道家絕學的精彩組合；傅翔知道，下一個要突破的是如何做到「脫胎換骨」，真正進入耀古鑠今的武學極峰。

他試了很多方法，和完顏道長雙修時做了無數次的實驗，但總是差那麼一步，似乎差那麼一點就找不到真正的入口。但那一點點究竟是什麼？

那一點點難道和「生生不息」有什麼關連？

傅翔躺在地上凝視漆黑的天空，此時他全身的敏銳度已發揮到極致，答案有時似乎要呼之欲出，卻又來了一片雲霧，一切變得模糊不清。傅翔心情一起伏，專注力便散了，他暗嘆了一口氣。

就在此時，他聽到嶺上傳來一聲極輕微的異響，便悄悄爬起身來，藉著風動芒花的掩護，身形輕勝狸貓地從嶺前繞到嶺後，幾次隱身飛躍，便已無聲無息地上到了三間佛堂後面的松林中。

傅翔輕伏在一棵隱蔽的松樹上，往下望去，只見佛堂前兩條人影晃動。傅翔心中一驚，暗道：「難道有人發現了大師父落腳於此？」他藉著一片雲過月暗之際，飛身躍到另一棵樹上，這回瞧得清楚了，那兩人竟然是大師父應文及鄭芫。

傅翔緊繃的心情為之一放，但好奇之心大起；這月夜之下，萬籟無聲，應文和鄭芫在下面做什麼？

只見鄭芫和應文兩人一言不發，只是快步向前走去，傅翔施展上乘輕功，遠遠跟在後面。漸漸前面兩人離佛堂愈來愈遠，走到兩片林子中間一條狹長的甬道空地上，鄭芫十分熟練地奔拿著一塊小木板，兩三個箭步上前，便將木板固定在四、五十步外的一棵樹椏上，飛快地奔轉回來，對著應文比了兩個手勢，仍然一語不發。

應文點了點頭，從僧衣的大袖中掏出一支鋼弩，在月光下可以看到那鋼弩泛著藍光，正是方冀送給應文的那支鋼弩。

「原來鄭芫帶著大師父偷偷練射箭來了。」傅翔鬆了一口氣，想到自己方才的緊張，不禁莞爾。

次日鄭洽帶著阿茹娜來與傅翔和鄭芫會合，一同到村裡拜訪族長鄭渶。傅翔低聲問鄭芫：「芫兒，出家人無所爭，必也射乎。」鄭芫吃了一驚，知道她和應文半夜練射的事已被傅翔知曉，便低聲笑道：「五十步射三可中一，如何？」傅翔沒有說話，但對應文初學射的準頭竟然如此好，暗暗吃驚。鄭洽和阿茹娜卻聽得一頭霧水。

族長鄭渶是個精明能幹的人，年輕時曾中秀才，因無意於仕途，便在村中聯合養蠶大戶，每年將絲品集中用統一價格對外銷售。鄰村見這法子好，便也來參加，量愈大，對外邊商人講價時就愈有力量。幾年下來，小小一個鄭義門竟成了附近十幾個村莊養蠶人的領袖，集體和杭州來的絲商講價還價。這鄭渶做事處處為人著想，看商機看得也遠，更兼鄭義門孝義為本的名聲，便在餘杭商人口中也是讚譽有加。

他幹這族長已經好些年，極得族人擁護，鄭義門大小事幾乎是他說了算。但他大事絕不獨斷，總要請教五位過去做過族長的老前輩，也會聽取各分支代表的意見，是以鄭義門在他主持下，大家其樂融融，絕少紛爭。

阿茹娜這輩子從沒看過養蠶及繅絲的過程，聽鄭渶說起便十分好奇，要去養蠶戶實地開開眼界，看完後更是興奮。鄭渶道：「各位，今天在這個季節還能看到養蠶，也只有咱們這一帶才有可能。這一帶養蠶的技藝高超，從三月到十月，一年中倒有八個月可以養蠶，實因咱們的養蠶人懂得選種、育種、控制孵化時節的技術。」

除了鄭洽這當地人，大夥聽了都覺神奇，欽佩不已。鄭渶續道：「咱們村和附近十多個村子達成一個最重要的約定，便是每年各種蠶絲的產量有整體計畫，除了考慮市場及價格，更要考慮桑葉的供應，不可過量產絲，傷了桑園。這一切都歸功於咱們有個『桑蠶絲品分產統售』的計畫小組，由各村選出五位真正的專家組成，最重要的考量不是要賺愈多愈好，而是要這個行業能生生不息，永續經營。」

又是「生生不息」。

鄭渶又道：「秋風已起，霜降將至，鄭義門又有幾件大事要忙開了。第一，經商賺的錢要回饋鄉里，每年便從立冬到歲末辦理這樁大事。第二，族長這邊要開始辦理每年的小額放貸，幫助有需要的家庭度過年關。第三是動員村裡的郎中及年輕人義務照顧病老。」

傅翔和阿茹娜一聽到這話，立刻對望一眼，大感興趣，因為他倆曾在燕京城做過同樣的事，想不到這種做法在鄭義門早已是每年必行的大事。傅翔忙道：「願聞其詳。」

鄭漢道：「鄭義門凡小康之家，歲末都有捐助公益的習俗。此外，凡出外為官者如有貪瀆，為商者如無回饋，終老時其名不錄祖祠。是以凡我鄭義門子弟，出外賺了錢，莫不踴躍回饋。這些錢除了興學培養學子外，歲末時便拿一部分來辦理小額貸款，目的是助窮，不在賺取利息。」

阿茹娜對此有燕京的經驗，特別問道：「敢問您貸出去的錢回收得了麼？」

鄭漢伸出大拇指讚道：「烏大夫問得好，咱們貸出去的款額雖然不大，利息極低，但是到期了還是要追債的。只是咱們債期訂得寬，個案有彈性，一般而言都能收回。偶而也有特殊情形收不回來，只要負責放貸的族人寫了報告，說明原因，也就結案了。我說烏大夫問得好，是因為咱們這個辦法雖然源頭總有挹注，但放貸回收至為重要，因為咱們基本的想法是要長期經營，生生不息。」

傅翔聽得傻眼，暗道：「這鄭義門裡到底有什麼事不是『生生不息』的？」阿茹娜卻開心地道：「族長，可容我加入老病的義診？」鄭漢喜道：「歡迎之至。待會兒我便著人來和烏大夫聯絡義診時間等細節。咱們莊上有公屬的藥房，一般的藥材您儘管處方，都是免費的。」

傅翔、阿茹娜和鄭芫都聽得滿心佩服，鄭渶帶著他們辭出族長公辦處所時，傅翔回頭看那橫樑上掛著一塊匾額，上面寫著八個大字：

「孝義傳家　生生不息」

∞

立冬前後，浦陽江上已降了一次霜，天候明顯地冷了起來。傅翔和完顏道長每日切磋武學，但兩人都遇到了瓶頸。

完顏已練就「後發先至」的極致，天下再無人能擊敗他，但他也無法突破以守為攻的極限，結果他身上原有天下攻擊力最強的全真劍法，卻無用武之地。他要突破的是如何從完美的守勢中，突然轉換成石破天驚的一擊，而那轉化過程的每一環節都能維持原有的「厚度」，讓那一瞬間的運氣和發力做完全相反的轉變，而整體沒有任何蛛絲馬跡可以預測，遑論尋找任何破綻了。完顏道長要追求的是，對手在他無所不適的後發先至封鎖下，忽然無形無影、無聲無息就遭遇到一記無堅不摧的致命攻擊，而那記殺手便是王重陽所創的「魂歸道山」。此時，他心目中假想的對手是天尊。

但是這一轉換始終達不到完顏設想的境界。

傅翔模擬自己是天尊，和完顏實驗過無數次，也是差那麼一點點。傅翔可以等，要成為不世出的高手，他還年輕。完顏卻很難等了，他沒有足夠的時間。傅翔為他著急，完顏卻還是笑嘻嘻，反而安慰傅翔道：「傅翔啊，我老道就算突破不了那一步，至少做到了『完顏不敗』。該遺憾的是王重陽祖師，他的全真劍法終不能成為打敗天尊的最後一擊。」他接著說：「可是你的情形不同，你那一步若突破了，將創造震古鑠今、前無古人之武學新境；若不能達成，實為天地之遺憾。我老道有生之年定要助你達成宏願。」

浦陽江上第二次降霜時，廖魁從京師回到浦江。廖魁離開南京前，于安江用飛鴿傳書通知南京的丐幫，由石世駒轉告廖魁，要他先到黃山下，再棄馬登船，順富春江而下，然後換船轉入浦陽江，陸鎮會在兩江相匯之處等候他。

陸鎮事先就到目的地，確信無人跟蹤埋伏。接到廖魁後，潛伏在民宅數日，再次確定無人跟蹤，這才從浦陽江到達浦江之南。

在鎮外的農舍中，廖魁向章逸和方冀報告他從南京帶回的三個消息。

朱棣以非人的酷刑殺了鐵鉉後，似乎平靜了一會兒，又因御史大夫景清持刀上朝欲刺殺朱棣而遭侍衛擒住，朱棣再次陷入瘋狂。景清曾在燕王時代被派在北平任參議，可以算是朱棣在燕京的故人，沒想到他為故主報仇行刺朱棣。朱棣不但凌遲處死景清，滅了他九族，對於他的朋友、鄉親，只要抓得到的全部殺光，景清的家鄉陝西慶陽府真寧縣的鄉民遭到屠殺，村落幾成廢墟。南京城裡，朝野將此案稱為「瓜蔓抄」。

錦衣衛及各地方軍隊配合追捕「建文餘孽」，其實主要就是追捕建文本人。根據民眾及京城中眼線通報，追捕的偵騎兵分兩路，一支追到滇西，一支追到鄂西，結果兩組人馬都無功而還。「建文餘孽」可能已化為庶人隱入民間，而民間似乎頗願冒險協助「建文餘孽」逃亡隱匿，以致沒有抓到任何逃亡的逆臣。

最後一個消息直接來自皇宮。徐輝祖雖被廢為庶人，但仍准予留在魏國公府中軟禁，他透過特殊管道將建文尚健在的消息告訴了徐皇后，徐皇后喜出望外，為建文的安全焚香祝禱，她會全力暗保建文的性命，為她夫婿的暴行稍作補償。

據徐輝祖轉述，駙馬梅殷在靈璧之役後，並非如外界傳言立刻投降，而是在寧國公主以血書苦勸之下，命親信瓦剌灰探聽建文下落。結果得到的信息是建文已死，梅殷只好回到南京。朱棣素愛寧國公主這個妹妹，接見時好言安慰梅殷道：「駙馬辛苦了。」梅殷居然回道：「徒勞無功耳。」朱棣雖然暗中懷恨，卻也沒有立即發作。

最後，廖魁替兩人帶話：徐皇后託徐都督轉告，問候「烏大夫」；世駒則帶話給大師父，他的主錄僧溥洽保住了僧錄司的右善世之位。

廖魁報告完了，陸鎮和于安江帶他去浦江最好的館子吃頓大菜做為慰勞。

廖魁離去後，章逸對方冀道：「第三個消息確實來自徐皇后，外人絕對無從得知朱棣和他妹夫之間的私下對話。」方冀點頭道：「不錯，看來徐輝祖刻意教廖魁帶這個消息給咱們，便是讓咱們相信這條線確實可以直達徐皇后。這對咱們太重要了，這徐輝祖是個明白人呀。」章逸笑道：「軍師說笑話了，建文朝廷裡依我看第一明白人就是徐輝祖了。看來阿茹娜還是有眼光，徐皇后確是個識大體、慈悲為懷的好人。」

他話聲才了，在內室的阿茹娜走了出來，面帶微笑道：「芫兒和我設計讓廖魁帶到南京給徐都督的信息，一是大師父去了南方，地點不能講。二是大師父身邊已有最堅強的防護。第三個是蒙古大夫問候徐皇后。我們要問的是朱棣停止殺人了嗎？朱棣追捕建文有結果嗎？京師有別的大事嗎？看來廖魁這一趟任務的結果接近完美。這條線的確通到了上面，因為南京沒有人知道蒙古大夫是烏大夫，除了徐皇后本人。」

在這同時，鄭洽、傅翔和鄭芫正在佛堂的內室裡陪應文和尚說話。應文雖然已經住進來一段時間了，但不便四處走動，也從未下過萬松嶺。鄭芫覺得他一定悶得厲害，便將每日所見說給應文聽。這時鄭芫正在述說這鄭義門的各種規矩和活動，說到這幾日見到的漁人、樵夫、書院，還有統銷蠶絲、小額貸款、照顧病老……說得又快又生動，重點抓得十分精準，寥寥數語便把一件複雜的事交代得清清楚楚，這是鄭芫最強的專長。應文和尚聽得賞心悅「耳」，頻頻含笑點頭。

等鄭芫說完，鄭洽補充道：「所有這些措施，在鄭義門已經行之兩百多年，所需費用全部取之於族人，用之於族人，沒有一分一兩來自衙門撥銀。兩百多年來，族人交租納糧從不後人。」

應文嘆道：「數罟不入洿池，魚鱉不可勝食也；斧斤以時入山林，林木不可勝用也。書室有鴻儒，童子無白丁。貨惡其棄於地也不必藏於己，力惡其不出於身也不必為己。聖人治世，竟在此村莊中得見之，此為王道之始也！」

鄭治聽了感動得雙目噙淚，忽然雙膝落地，顫聲道：「鄭治出生於鄭義門中，幼承祖訓，飽讀聖人之書，目睹我鄭義門從南宋以降歷九世之王道在此村中行之不衰，便思如何以此為本，襄助……大師父……將王道行於全國，豈料……豈料……」他說到這裡，再也說不下去。

應文揮手要他冷靜下來，道：「鄭義門除了孝義傳家，更難得的是九世族人如一家，千人共同遵守祖訓，是以聖人教化昌於此，王道之治行於斯。難怪太祖要欽賜『江南第一家』，以我看來該是『天下第一家』。聽芫兒方才所述，這其中有一最重要的關鍵，乃在於鄭義門的諸多作為皆恪守一個原則：生生不息！凡事要長久，不只這一代好，要世世代代都能好，這才是孟夫子心目中的王道之始也。」

傅翔聽了，心中砰然而動，緊接著問道：「大師父，這王道之治從孟老夫子之時便說得清楚了，何以千年以來歷朝歷代，每個皇帝都說以聖教治天下，王道之治卻從來未見大行於世，反倒是在鄭義門中讓咱們見著了，這是何故？」

鄭治想要說話，應文已經接口道：「傅施主問得好啊，這問題的答案十分複雜，卻也十分簡單。古之聖人早就說過，霸道可逞一時之盛，卻難長久，若要盛景可長可久，須得實行王道。可是千年來談王道者並無實權實力，只落得空談而已，這其中有一個道理……」

應文說到這裡，忽然發現完顏道長、覺明師太和應能都悄悄擠進了這間內室，要聽應文說話。

應文續道：「貧僧思之久矣，終於瞭解其中的道理。原來實行王道需有強大的力道在背後支撐，換言之，必有大國、強國願行王道，王道才有可能。但歷朝歷代，凡是大國、強國皆由實行霸道而得，所謂一戰得千里，再戰得天下，焉有成了大國者反而願行王道的？是以王道治國雖可長可久，但在現實中終難實現；現實中但見到行霸道者此起彼落，興亡迭換。」

眾人有的武學精湛，有的飽讀史書，但對應文所言卻從未想到過，一時之間各自沉吟，似懂非懂，只有鄭芫問道：「然則王道又為何能在鄭義門中實現，長達兩百餘年而不衰落？」

鄭洽聽懂了應文的話，代他答道：「鄭義門的王道背後的強大支撐力道，乃是對祖宗規矩的絕對遵奉。應文大師父說得一點不錯，王道的背後確需有強大的力道，否則必將流於空談。」

鄭芫追問道：「鄭義門對祖訓的遵守能永久維持麼？」鄭洽道：「只要一日鄭義門仍是個世外桃源，這傳統就能維持一日。倘若外來的影響大了，那就很難維持了。」應文嘆了一口氣道：「鄭洽啊，現在你就明白要在全天下行王道之治有多困難了。」

應文這一番話，對在座各人而言，有的是聞所未聞，有的茅塞頓開，有的聽得不知所云，只有傅翔像是受到當頭棒喝，滿心的震撼。他悄悄退出佛堂，獨自到了松林中，尋了一處隱蔽的地方坐下，幾個月來塞滿了心胸百思不得其解的困境，終於找到一線解決的曙光。

他的內心深處響起了一句句曾令他感動的箴言：

此盈則彼虧，有餘補不足——生生不息。

漁、林、桑、蠶，取之以王道，可永不匱乏，生生不息。

霸道之業可速可大，王道之業可長可久——生生不息，永續發展。

以武學觀之，天下武學各門各派無不以剛猛、陰狠、凌厲、犀利為尚，無不以霸道求勝，然而霸道的武功再厲害亦有止境，練到十成時再求多一分而不可得。只有完顏道長「後發先至」的武學別走異徑，不以霸道取勝，但「後發先至」到達極致乃是一個守勢，但求不敗耳。

難道世上的武學不用霸道就無以取勝？

難道世上的武學沒有王道的取勝之道？

難道世上沒有生生不息、永無止境的王道武學？

傅翔的思維愈來愈集中，創意也愈來愈活躍，終於連結到應文所說的一句重要的話：

「王道的背後需有強大的力道支撐……」

傅翔腦中在電光石火之間，一個前所未有的念頭閃過，這一回不是船過水無痕，而是留下了石破天驚的新想像：我要用所有強大的武功——明教十大絕學、完顏「後發先至」——做為我背後的支撐……

我要從這強大無比的支撐中創造出一套新的武學……

我要創造一套可以生生不息、永續發展的新武學，它的攻勢是王道的……

我要創造一套「王道劍」！

傅翔為自己思維上的突破所震驚，他突然懂了，自己欲突破武學瓶頸所差的那「一點點」，是不可能從原有的武學中淬鍊出來，而需要全新的創造。不錯，從「融會貫通」到「脫胎換骨」，沒有創新，怎可能做到？

「融會貫通」是將十種完全不同的霸道武功融為一體，它是霸道融合的結果，融合之後是更高一層的霸道武學。

「脫胎換骨」則是王道的過程，它可以生生不息地持續發展，不斷提升。

傅翔一竅既開，各種想像便如浪濤般在他心中湧動，一時之間各種奇妙想法一一呈現，他一一記下，有待進一步思考和消化，「王道劍」好像已經有一個模糊的影子了。

傅翔心中奔放的思潮漸漸平息下來，他緩緩走回，大師父佛堂裡人早已散去，前堂只有應能和尚還在唸經。傅翔看看天邊日已偏西，不知不覺間已過了大半天。他走向第三間佛堂，推開門便對完顏道長道：「道長，我想通了。我差的那『一點點』就是要新創一套劍法……」

完顏道長睜大了雙眼，驚喜地問道：「一套劍法？」

傅翔道：「一套劍法，一套『王道劍』！」

8

紹興古城在春秋時代已經具有國都的格局，全城有數十河道、數百石橋，街市臨河，屋舍傍水，風光無限優美。城南的會稽山起伏蜿蜒，為這座古老的水城在湖光之外更添山色。

時序已入臘月，會稽山腰有一座不大不小的道觀，觀門橫木上掛著一塊匾額，上書「東玄觀」三個大字。這時天色向晚，寒風凜冽，雖是江南之地，在此臘月的山上仍然寒氣逼人。觀前四棵古柏雖然枝葉有些稀疏，但是樹幹參天，粗枝虬盤有如龍蛇飛舞，氣勢極為驚人。這時樹下石桌邊圍了四人，一個老者、一個英俊中年坐在石凳上，一個勁裝漢子和一個青年後生站在一旁談話。他們正是從浦江來的方冀、章逸、于安江及著了男裝的鄭芫。

觀門開處，一個少年道童出來行禮道：「咱們道長請四位入觀奉茶，外面愈晚愈冷啊。」那勁裝漢子抱拳道：「謝小道長，咱們捨不得這山景，看一會便入觀來打擾。」道童道：「施主不用客氣，歲末時這裡客人少，每一位都是貴客。」于安江一面道：「好說，好說。」一面暗忖：「臘月是淡月，幸好俺一到先施了二十兩香油錢，便是貴客了。」

方冀對章逸道：「這道觀位處進入會稽山勝景的要衝之地，如果老夫記得不錯，主持此觀的老道長似與武當山有很深的淵源。咱們約在這裡見面，除了地點好，必要時咱們亮出和武當的交情，此觀必然格外給予方便，這也是一層考量。」

章逸笑道：「軍師考量縝密，天下第一。」方冀望著山下的暮雲洶湧，口中忽然冒出兩個字：「老了。」原以為是句戲言，章逸卻是悚然而驚，因為在寒風夕照之中，他忽然發覺方冀真的老了。與五年前，分離十餘年後第一次重逢時相比較，方冀不僅是神情老了，形貌也老了不少。

落日一沉下，山中立刻暗了下來，寒風裡忽然飄來幾片細細的冰涼，不知是霜片還是雪花，一輪蒼白的月兒在天邊亮起。鄭芫望著上山的小路空無一人，低聲道：「今日不會有人趕到了。」

方冀起身抖了抖衣袖，曼聲吟道：「寒山月色苦，凜冽照青靄；古道寂無聲，只為人未來。」

道觀點亮了幾盞燈，小道童再次出來，催客人入內奉茶進齋。于安江道：「夜臨了，咱們入內吧。」四個人隨小道童走進了東玄觀。

齋飯已上桌，道觀的老道長出來相陪，方冀和他寒暄過了便話起家常。老道長很客氣地問道：「四位施主歲末天寒來小觀施捨，好生感激。敢問四位來會稽山是何貴幹？」方冀道：「咱們四人約了幾位朋友在此相會，相約的時間便是臘月中，是老朽選了貴觀這裡做為一個定點，一則貴觀位處入山要衝，二則咱們幾人多與武當山五位道長有舊，聽說老道長和武當有淵源啊？」那老道聽了大喜，哈哈笑道：「老道自幼在武當山長大，三十歲才出山雲遊傳道，武當天虛道長那時還是個小孩子呢。老道以茶代酒，歡迎四位施主，大家都是自己人啦。」

自己人的待遇自然不同，當夜小小的道觀開了四間雙人房給四人住。鄭芫暗叫「好險」，不然她只好和方師父共一間房了。

睡到午夜，道觀裡愈來愈冷，鄭芫索性起來打坐運功，只一個周天，全身便暖洋洋地舒服無比。她漸漸進入天人合一的境界，一股溫和而深厚的內力在經絡穴脈之間運行，白天的疲累全消。

忽然木窗外響起一個輕微的聲音，接著那聲響變成一長串的叩窗信號，正是武林聯盟的暗語。鄭芫心中猛跳，暗呼道：「難道是他？」她一閃身已到了木窗旁，在窗框上也彈了一串信號，窗外一個壓低的聲音道：「芫兒，是妳嗎？」

鄭芫一聽到這聲音，心中喜翻了，連忙開了窗，只見朱泛笑嘻嘻地站在窗外。幾月不見，他略顯清瘦，臉上則是乾乾淨淨、白中透紅，想來這一陣子雖然千里跋涉，卻不需要穿著叫花子衣裝，反而要打扮得像個斯文人，才能和那些朝廷官員混處一起而不顯突兀。

鄭芫和朱泛隔窗對望，重逢的喜悅充滿兩人的心，良久鄭芫才定下心來，問道：「你來得倒準時，沙九齡呢？」朱泛道：「為了趕這個臘月之約，我可是馬不停蹄，舟不靠岸，居然臘月十三趕到會稽山，一天也不差，想起來還真有點厲害呢。」鄭芫又問道：「沙九齡沒有和你一道來？」朱泛凝望著鄭芫不答。鄭芫一顆心猛然沉了下來，低聲問道：「沙九齡出事了？」朱泛點了點頭，嘆口氣道：「他在點蒼山被點蒼派那個新任掌門王八蛋給害死了。」鄭芫驚叫道：「那個丘全？」朱泛道：「就是丘全這隻王八。芫兒，妳聲音小一點。」

鄭芫道：「朱泛，你到前面林子等我，我披件厚衣便來，咱們在外邊談。」朱泛稱善，一轉身已倒退數丈，往那林子奔去。鄭芫想到自從聽了章逸的話加入錦衣衛，和大夥兒相處得十分融洽，沙九齡雖然年紀較大，但他處處以老江湖經驗照顧鄭芫和朱泛，想不到一趟雲南還鄉行，竟然送了性命，不禁感到一陣難過。她又想起上回朱泛半夜來敲窗，帶了那隻波斯貓「妹妹」送給自己，這回又是半夜來敲窗，帶來的卻是沙九齡的噩耗，一種難言的壓力襲上心頭。

她從窗口躍出，飛快地到了松林中。朱泛道：「芫兒，妳先說你們和建文的事。」鄭芫仔細檢查了四周，確定無人竊聽，這才悄聲將大師父定居在鄭洽老家佛堂的事說了，又將傅翔和完顏也趕來鄭義門的事說了。朱泛眼睛一亮，嘆道：「再加上方軍師和章頭兒，你們在浦江好強的陣容。」

接著他便說起他和沙九齡帶著幾位建文的朝廷命官逃向雲南的經過。

按照方冀的計畫，這一組人馬由御史葉希賢假扮建文，沙九齡帶路，朱泛護駕，一路從南京城外的普天廢寺出發，向西南逃亡。扮裝建文帝的葉御史，由於身材相貌都與建文有幾分神似，更兼穿著一襲宮廷裡的服裝，在江西、湖南、廣西都留下「足跡」，一路上不斷有人向當地錦衣衛通報。

沙九齡經年行走江湖，近年又為龍騰鏢局在大江南北走鏢，這些地方的大小路徑多半都走過，這一行人就由沙九齡規劃路線行程，由朱泛對付跟蹤而來的錦衣衛，居然安抵廣西。追來的錦衣衛及地方駐軍派出增援的偵騎，最後一次發現「建文」的行蹤就在離湖南不遠的廣西靈渠，此後就再無「建文」及隨他逃亡「逆臣」的蹤跡，那一行人就如黃鶴一去杳杳然，消失在地勢崎嶇險峻的蠻荒之中。

偵騎追到靈渠時，當地有人說親眼看見「建文皇帝」和兩個隨從騎馬到了靈渠前，觀賞風景將近半個時辰，天黑前「建文皇帝」在渠旁一座茶棚中留下一首詩，然後就上馬離開，不知去向。錦衣衛只好到茶棚裡將牆上的詩抄了下來，回去報備。那詩云：

「秦時月照靈渠洸，巧引河山勝都江；三分義助漓江水，留得七分向瀟湘。」

原來那靈渠是秦始皇時為了伐百越而鑿，七十多里長的一條小運河，卻將湘江與漓江連接起來，湘江北去入長江再入東海，漓江南流入珠江而入南海，區區七十多里而將長江、珠江兩大水系相連，從「巧引河山」的觀點看來，其地理意義更勝同時期的另一個水利工程都江堰。而此渠從湘江中引取三分水挹注漓江，助使冠甲天下的漓江勝景，奇峰相映的綠水源源不絕，也是山水有情了。抄了這首詩上報，建文潛逃雲貴的傳言更是繪聲繪影。

這一路來，所隨諸臣各自尋地隱居，到了廣西，最後一位也隱入民間，只剩下朱泛和沙九齡兩人兩騎猶在大山大河之間奔馳。這一組人馬已散入民間，但「建文皇帝」率隨臣逃亡到西南的消息，已經密報到朱棣的耳中，一些以訛傳訛的說法也在京師傳開來。方冀設計的目的已經達到。

朱泛和沙九齡繼續往西走，兩人經過了侗族、傜族的山寨，終於進入地無三里平的貴州。沙九齡不說什麼，只是不停西行，朱泛知道他要回雲南點蒼山去調查他師父的死因。算算時間，離臘月會稽山之約尚早，如果不耽擱太久，應該還有一點時間跑一趟雲南。於是朱泛也不說什麼，跟著沙九齡埋頭往西行。

鄭芫聽朱泛愈說聲音愈小，但口氣卻愈來愈緊張，忍不住問道：「往西行便往西行，幹麼講得口氣那麼嚇人？」朱泛自己也覺得有點好笑，便恢復正常口吻道：「那一天咱們走到一條湍急的河邊，河水呈赤紅色，在夕陽照射之下顯得十分怪異。沙九齡說這條河叫做『赤水河』，在雲南、貴州、四川的邊境上繞來繞去，只要渡過河去便到雲南了。但那河水湍急，顏色又古怪，馬兒踟躕不敢渡河，沙老兄便說這京師的馬養尊處優，走不得急流湍灘，要多繞幾里路到下游過河，哈哈……」

朱泛說到這裡忽然笑出聲來，而且一時止不住。鄭芫奇道：「朱泛，你怎地發癲了嗎？」朱泛終於止住笑聲，道：「跟老沙這一繞，咱們繞到了一座小鎮。那小鎮叫茅台，那裡出的白酒真香翻了天，俺在茅台鎮喝了五天的酒，這一生也沒有喝得那麼痛快，便央求老沙不要走了，就在茅台住到臘月，直接回去赴會稽山之約。」

鄭芫道：「沙九齡就同意你了？」朱泛嘆口氣道：「他若聽了俺的話就好了，咱倆在茅台鎮喝個痛快，他也不會丟了性命……第二天老沙便說：『朱泛，你要留在這裡喝好酒也成，俺一個人去雲南。』芫兒，這不是拿重話來擠我嗎？俺怎能不顧江湖義氣，讓他一個人去點蒼？於是俺帶了滿滿一葫蘆好酒，便陪他去雲南了。」

兩人到了點蒼山區，沙九齡的話就越發少了，他雙眼露出堅定的目光，雖然也有些近鄉情怯，但那股堅定的意志克服了一切。

點蒼十九峰由北向南，每兩峰之間皆有峽谷及河流，大小河流一十八條蜿蜒流過這些峽谷。沙九齡對此地的地勢十分熟悉，朱泛跟著他在峽谷及山嶺之間穿進穿出，天黑之前，他們到了一個白族山寨。

朱泛第一次進入白族這種少數民族的聚落，碰到的人無論服飾語言皆十分特別，不過由於和漢人商貿的需要，大部分人也都通曉漢語。沙九齡對這個山寨似乎相當熟悉，他熟門熟戶地走到寨西，在河邊一棟單獨的房屋外停了下來。

朱泛正要問他緣故，只見他面色鄭重，從懷中掏出一根短笛吹了起來，一開始是古樸的南詔古調，一段曲終後忽然轉為完全不同的西域之音，輕巧活潑。朱泛不知沙九齡這個看來粗里粗氣的回回吹得這麼好的短笛，不禁吃了一驚，但更吃驚的是吹了一會兒，河邊那間屋裡竟然傳出了相同曲調的笛聲，和著沙九齡的笛子，合奏得十分美妙。

終於合奏完了，那間屋子大門開處，一個白族女子輕盈地閃了出來，輕聲叫道：「九郎，你終於回來了？」沙九齡顫聲答道：「白蓉，妳還住在這！」兩人見了面，白蓉一把抱住沙九齡道：「九郎，你走後我每日盼你回來，但到後來，我知道你不會再回來了……這位客官……」朱泛連忙拱手道：「在下朱泛，是沙老哥的朋友，一道從北方來。」白蓉便請兩人入屋。

朱泛看這情形，白蓉顯然是老沙的老相好，在這偌大的木屋獨居，屋內布置簡單，但窗明几淨。她奉上苦茶，然後道：「父母過世之後，我又開始期盼九郎你回來一趟，那怕一天也好，想不到今天終於盼到了。」她壓低了聲音道：「我要告訴你，你師父的死因！」

此話一出，不但沙九齡為之震驚，朱泛也大感興趣。沙九齡道：「俺師父怎麼死的？」白蓉道：「九郎，你還記得在點蒼學武時，每天早上幹什麼活？」沙九齡道：「挑水。」白蓉道：「挑完水就怎樣？」沙九齡道：「明礬淨水。」白蓉道：「不錯，你師父就死在長年喝這水……」

沙九齡皺眉道：「不對啊，咱們全都喝同樣的水，怎麼沒出事？」白蓉嘆了一口氣道：「單喝這明礬淨過的水沒事，但如果長年喝這水，又長年吃一種果子，便有事了！」

沙九齡奇道：「什麼果子？」白蓉道：「一種野生的暹羅青果。」沙九齡不解，白蓉續道：「十年前，有位暹羅女醫到點蒼山來為人治病，人長得很是妖豔。後來她嫁給點蒼弟子丘全，出了一個壞主意幫助丘全控制掌門人，便是每天調製一碗野生的暹羅青果果汁給你師父飲用。那果汁用上好的蜂蜜調製得十分可口，極為你師父所喜愛，但吃了一年多以後便開始骨軟，精神錯亂，最後時發癲癇，便完全為丘全所控制了。沒有人知道這慢性毒藥竟是因為每日喝明礬淨過的水，加上野生暹羅青果的汁。這秘密直到你師父過世後許久，才在偶然間為我得知。

「前不久有位天竺來的女尼阿凡到我這借宿，說是有重要事物要送交點蒼派掌門人親收。我這裡房子大，又只我一人獨住，便歡迎她住下。這女尼來自天竺，卻通漢語，她說來路上見此地人的飲用水都用大量明礬去汙，又見山前有一棵野生暹羅青果樹正在結果子，便好心告誡我，千萬不可一面喝明礬水，一面吃暹羅青果，吃多了會成軟子。我說沒聽說過，那女尼阿凡道：『這是暹羅巫師用來毒害仇人的方子，千萬要小心。』我初聽不以為意，心想那青果雖有清香味，但奇酸無比，我是不會去吃的。女尼走了以後，我忽然想起丘全曾將山前四棵青果樹移了三棵上山去的事，心想：『原來如此！就是那個暹羅女醫在作怪，原來點蒼掌門是這樣死的！』」

沙九齡和朱泛聽了這一段故事，都覺得匪夷所思。尤其是朱泛，他想到在黃河邊遇到一個取水的人，說到用明礬淨水，鄭芫便覺得有什麼不對勁，沒想到真的被她料中。他忍不住問道：「白娘子，妳說的那果子長什麼樣？」白蓉道：「深綠色的，跟柑果差不多大，外皮光一些。」

沙九齡咬牙切齒地道：「這丘全包藏禍心，處心積慮用毒藥控制了師父，當上了掌門人。俺定要上山去為師父報仇，清理我點蒼門戶。」白蓉道：「九郎如要報仇，需得先揭發丘全和那暹羅女醫的陰謀。我猜那天竺來的女尼仍待在山上，我和九郎一道去，天竺女尼可以為證。」朱泛道：「那可要問得巧一點，讓天竺女尼在毫無防備的情形下，說出明饕加青果有毒的事。」

朱泛、沙九齡和白蓉三人到了點蒼派的駐地，眼前一片黑色的木建築，既不是廟宇，也不像道觀，倒像是有錢人家的大宅門，只是那色調及屋簷上的雕飾流露一股神秘的味道。沙九齡選擇堂堂正正登門求見，丘全聽說沙九齡和紅孩兒來了，心中十分狐疑，不知這兩人為何連袂登門，更讓他覺得奇怪的是，兩人之外還跟了一個白蓉。沙九齡當年就是為了和這女子相戀，被女方父母鬧到師父處，不聽師父要他切斷與白蓉關係的命令，才憤而出走。他們三人一同來此，絕非偶然。

丘全在自己的地盤上做掌門人，表現得威風凜凜，點蒼弟子對他畢恭畢敬且懷畏懼之情，他冷冷地坐在高背椅上，也不起身迎客。朱泛和沙九齡一進門也是大吃一驚，因為丘全身旁坐了一個黃衣黑面孔的外地和尚，竟然是天尊的大弟子絕垢僧。

朱泛心中一緊，暗叫不妙，這絕垢僧在天竺諸高手中地位僅次於天、地二尊，此時出現在點蒼山上，而且大剌剌地坐在丘全身邊，一定有什麼重大圖謀。只聽得丘全朗聲道：「沙師兄南京一別，紅孩兒武當山一別，今日連袂來我點蒼山，不知有何貴幹呀？」

沙九齡抱拳作揖到地，恭聲道：「掌門師弟在上，愚兄這廂有禮。此來點蒼，主要是瞭解師父的死因，也要祭拜恩師的墳墓。」丘全冷笑道：「師父因病去世，他老人家的病裡面恐怕也少不了被你老兄氣壞的成分。你要祭拜恩師，倒是可以安排的。丐幫的紅孩兒大駕光臨又是為了何事？咱點蒼派對叫花子們一向施捨大方，可是河水不犯井水呀？」

朱泛見他愛擺架子，又對自己言語輕蔑，便收起笑容，學那些點蒼子弟畢恭畢敬，躬身道：「啟稟掌門人，小人奉了武林盟主的密令，前來調查點蒼派為何背棄祖師，投靠天竺人的旗下，順便保護逃亡的皇帝到貴地避難，還望掌門人賜予協助。」他用極其恭敬的態度胡說八道，丘全氣往上衝，正要發作，那絕垢僧倒對朱泛的胡湊大感興趣，插嘴道：「朱泛呀，咱們又碰頭了，你愈來愈厲害，居然成了皇帝的顧命大臣。」

朱泛毫不猶豫地回道：「啟稟絕垢聖僧，小人忝為錦衣衛的小侍衛，保護皇帝安危乃是小人的天職，那談得上什麼大臣不大臣，絕垢聖僧太抬舉俺了。」絕垢僧按捺住心中的懷疑，續問道：「你說你保著建文到了雲南？他不是自焚燒死在南京皇宮裡？」

朱泛心中暗笑，便恢復常態回答道：「絕垢僧啊，你明知故問，你那師父天尊正到處幫朱棣搜尋建文，建文若真燒死了，朱棣在搜尋死鬼的靈魂麼？俺把建文一路護到雲南，已有外國的高人出面，將皇上接到安全之地了。」絕垢僧大驚，忙問道：「什麼外國高人？」朱泛笑嘻嘻地道：「還不止一國呢，有從暹羅來的，還有……說了要嚇你一大跳，還有從天竺來的。」

絕垢僧果然大驚失色，丘全喝道：「大師莫要聽這個叫花子胡說八道，京師來的朋友親口告訴我，建文燒成了一具焦屍，朱棣已厚葬了他，那有什麼逃亡到雲南的事。」絕垢僧雖覺朱泛的話有些地方匪夷所思，令人難以置信，但有些地方似乎不無可能；建文如果真沒死，逃亡到雲貴一帶來，確實是最佳選擇，甚至逃到外國也不無可能。他聽了丘全的話，點了點頭沒有說話。

丘全轉向白蓉道：「白姑娘，妳上點蒼又是為了何事？」白蓉跪下磕頭，大聲叫道：「小女子求見天竺來的神尼，要求她救命……」

只見絕垢僧座位後面黃布簾掀處，走出一個清瘦的天竺比丘尼，微笑與白蓉打招呼道：「白姑娘，又見面了，妳說救什麼人命呀？」白蓉道：「山下黑砂河畔白族山寨裡，最近一連發生五起中年人發癲癇的怪病。我忽然想起師太借宿我家時告誡我的話，白族山寨的河水黑砂特多，咱們飲用明礬淨水的也特多，這幾個得怪病的人都常吃野生暹羅青果，師太曾說過中毒後的各種症狀，顯然這些人都中毒了，求師太給他們醫治。」

白蓉這番話一說出，丘全臉色立刻不善，他正要發言，那天竺女尼阿凡已問道：「那些人除了發癲，還有那些症狀？」白蓉朗聲道：「先是骨軟酸疼，口吃，後來記憶不清，走路歪歪倒倒，最後就發羊癲瘋，看上去好像快要死掉了。」

白蓉面貌美豔，口齒清晰，原就是白族的美女，此時雖已入中年，仍然清麗動人。她朗聲道出一連串中毒後的症狀，全場點蒼弟子都聽得真切，也全都變了臉色，只因這些症狀和死去的掌門人生前的病徵簡直一模一樣，大夥兒都是疑心大起。阿凡道：「快給他們每天進些雞蛋白，要生吃才有效，或許還來得及……」她這一說，便坐實了明礬淨水加暹羅果確是毒藥。

丘全鐵青著臉，對白蓉吼道：「妳這個賤女人，當年父母給妳定了親，妳還要以身色誘我沙師兄，和他姦戀，害我沙師兄被趕離點蒼。今日怎麼又到點蒼來妖言惑眾，又想勾引我點蒼弟子麼？」

沙九齡一聽大怒，正要為白蓉辯解，白蓉已微笑道：「丘大掌門人，你說我是小賤人，只因我這蠻夷女子愛上九郎這個漢家郎，我們可沒做什麼害人的事呀。您這位大人娶了一位蠻夷女人，就會調製暹羅青果汁給長年飲用明礬淨水的師父喝，害了他的性命，你才當上掌門人。唉呀，若我是個賤人，尊夫人便是個妖人；九郎若是個無情的漢子，你便是個惡毒的凶手。」

這白蓉口齒犀利，漢語說得字正腔圓，一連串的控訴讓丘全完全招架不住。朱泛在一旁聽得開心，便鼓起掌來。

朱泛說到這裡停了下來，因為鄭芫也忘情地鼓起掌來，她問道：「這白蓉那麼厲害，怎麼會愛上老沙那副德行？」朱泛道：「我當時也在心裡問相同的問題，看來老沙一定還有些長處咱們不甚瞭解。」鄭芫道：「不錯。那後來呢？」

朱泛繼續回憶述說著——

那丘全料不到事情變成這樣，他環目四顧，感覺所有的點蒼弟子表情都十分怪異，似乎人人都在懷疑自己這個掌門人的位子得來大有問題。沙九齡忽然拔出劍來，質問丘全道：「當著點蒼門人弟子面前，丘全你謀殺恩師，認不認罪？」

丘全怒極而笑，大聲吼道：「沙九齡你這個點蒼敗類，勾引少女害人家失身，被恩師趕下山去，還敢回來說三道四，我倒要看你有多少斤兩。白師弟、張師弟，你們去把這個點蒼的敗類拿下來！」

但是出乎他意料之外，白、張兩個點蒼高手都按劍不動，反而一起睜大了眼瞪著丘全，似乎要丘全先對謀殺恩師的事做一個交代。丘全衝天怒氣之中隱隱有些心寒，厲聲道：「白師弟、張師弟，你們要違抗掌門人命令？」那白師弟道：「掌門人是否先回答一下沙……沙師兄的問題。」

丘全心知今日無法善了，於是站起身來，緩步向沙九齡走去。沙九齡手中長劍微微上揚，雙腳站了一個斜八字。一旁的朱泛嚴密盯著絕垢僧，只要絕垢僧一有動作，朱泛便要把他接過來。但此時那絕垢僧雙目下垂，似乎睡著了，一動也不動。他身後的天竺女尼也是雙掌合十，雙目微閉，一副神遊於外漠不關心的樣子。

丘全走到沙九齡前五步之處便停下身來，面帶冷笑對沙九齡道：「恩師之死，實死於身患惡疾，他老人家……」他說了一半突然一揮左臂，袖中五枚細如牛毛的鋼針射向朱泛。朱泛正全神注意絕垢僧，等到他發覺丘全對他偷施暗器時，那五根細針已經迎面，朱泛已沒有躲避的空間……

然而不可置信的事發生了，朱泛整個人瞬間如一塊鐵板，「噼呀」一聲水平跌倒在地，那把鋼針竟然全數落空。這一招是「無影千手」范青傳給朱泛的怪招，叫做「棺材板」，姿勢不雅，名稱難聽，武林各派不會有人練這種很少用得上且有點「不高級」的招式，但朱泛卻極愛這招瞬間擺平自己的怪招，自從學會了，沒事常在上床睡覺前練它幾次，早已比范青還要熟練，想不到這時靠這招救了一命。

就在所有人的目光都注視著朱泛這招「棺材板」之時，丘全的另一隻手揮出了另五枚鋼針偷襲沙九齡。沙九齡正在擔心朱泛，鋼針已到了面前，他揮劍疾撥，同時一個「鐵板橋」向後折倒，肩上及手臂仍然各中了一針。沙九齡站起身來，怒目瞪著丘全，口中罵道：「丘全，你連番施暗算，點蒼派那有這種下作的掌門人，你……」一面揮劍指向丘全咽喉。

豈料他只衝出一步，罵了一半，忽然一個蹌踉，居然差點跌倒在地，丘全那鋼針上不知帶有什麼劇毒，竟然瞬間便發作。沙九齡感到一陣暈眩，呼吸開始不順，丘全卻在這時拔劍刺向沙九齡的胸口，正是點蒼快劍的殺手。沙九齡舉劍一擋，順勢反削丘全手肘，那知噹的一聲，沙九齡竟然力不從心，手中長劍被丘全擊落在地，丘全一劍刺中沙九齡的手臂。

朱泛見老沙中了暗器後，在如此短時間內居然整個人失去戰鬥力，心中其實驚恐無比，但是紅孩兒最特別的地方，便是行事常有出人意料的果決。他忽然施出暗算的手段，對丘全發出三粒鋼丸，暗器雖非朱泛專長，但他潛運上內力，三粒鋼丸竟然挾著嗚嗚怪嘯之聲，分打丘全三處要穴，十分嚇人。

同一時間，朱泛已一把抱起沙九齡，一面飛快地點他肩上、肋下穴道，一面施展十成輕功，逃之夭夭。說起開溜，從動心起意、佯攻掩護、抽腿就跑、瞬間加到全速，這一氣呵成的走人絕學，武林中要找一個能勝過紅孩兒朱泛的，可是不大可能。

鄭芫聽到這裡，興奮地拍手道：「說到閃人逃命，朱泛天下第一！」朱泛道：「這第一雖未必光彩，但到了那緊急時刻，實在而管用。」但鄭芫只興奮了一眨眼的時間，因為她馬上就想到沙九齡的性命畢竟沒有救成。她嘆口氣道：「老沙還是救不回了！」

朱泛道：「待我抱著老沙跑回白蓉的家中，老沙已經在半昏迷狀態了，這毒之厲害實是平生沒見過的……」鄭芫忽然想起一事，問道：「那白蓉呢？你把她留在點蒼派了？」朱泛道：「其實俺這一瞬間開溜最難的一點，便是一開始便要決定，那些人或事物管不了，必須當機立斷予以放棄，每一猶豫都是性命交關。俺那時決定徹底放掉白蓉不管，事後證明是正確的，剛過了子夜，白蓉就回到家中。點蒼派門人已經和掌門人鬧開了，也沒有人要殺害沒有武功的白蓉，她仗著熟悉山上小路，竟然摸著回來了。」

鄭芫道：「這白蓉真是厲害，我好想認識她。」朱泛道：「可是她回來時，沙九齡已經死了。」鄭芫感情豐富，雖然一開始便知沙九齡在點蒼喪了性命，聽到這裡仍然滴淚。朱泛歇了一口氣，繼續道：「我算了算時間，老沙從中毒到死亡不過三個時辰。我用盡咱們丐幫解蛇毒的靈藥，又用內力助他支撐，仍然撐不過三個時辰。那是什麼毒如此可怕？」鄭芫停止啜泣，抬頭望著朱泛道：「那絕垢僧忽然出現在點蒼，還有那個天竺來的比丘尼，難道跟這事有關？」

朱泛嘆了一口氣，道：「芫兒呀，妳實在聰明。俺見老沙身體已涼，便要將他火化了帶回交給章逸，但白蓉對我說：『九郎離開後，我還是不要父母給我定的親，我終生不嫁，也知道九郎不會愛別的女人。他永遠是我白蓉的漢子，我要把他葬在白族的墳地裡，永遠跟我在一起。』白蓉真是一個了不起的女人，不枉了老沙愛她一輩子。」朱泛停了一會兒，臉上從悲戚轉成一種迷惘而帶有恐怖的神色，道：「然後白蓉告訴我一樁奇事，聽了讓我毛骨悚然。」

鄭芫被他的神情及語氣嚇住了，不自覺緊緊挨進朱泛的懷裡。朱泛續道：「白蓉說，她在山上趁亂就往大廳後面逃，跑過一處花園，那兒有一座人工石山，她在山後發現了一個秘密基地，一個乾池、一個水池，兩個池中各有幾條形狀怪異、長相恐怖的毒蛇，每條都不一樣，乾池裡的幾條尤其猙獰可怕。有兩個童子拿著長桿撥弄，那天竺來的女尼站在一旁指揮。過了一會，絕垢僧也跑過來，對那女尼道：『丘全他們在外面亂成一團，那個姓沙的活不過今天，妳這無敵之毒好像快要成功了。』那女尼道：『還不成，只希望師父來到之前能大功告成。』絕垢僧道：『妳師父來了，咱們天、地、人便全了，天下無敵。』女尼回了一句天竺話，然後兩人便用天竺語交談，白蓉便聽不懂了。」

鄭芫悚然而驚，問道：「天、地、人，難道天竺除了『天尊』、『地尊』，還有一個『人尊』？」朱泛點了點頭，沒有說話。

次日東玄觀外來了四人，兩個衣衫襤褸的老漢步行而來，兩個著長袍的斯文人騎著毛驢，一個頭頂氈帽，一個外加羔羊背心，襯得那兩個老漢穿著實在單薄。奇的是穿得多的在驢背上哆嗦，穿得少的兩個都精神抖擻，絲毫不畏寒冷。

這四人身上都掛著一隻小布袋，袋上都繡有一條金色的小蛇。四人走到東玄觀前停下身來，走在最前面的一個山羊鬍老漢正想要進觀去打探，觀內閃出章逸，他一把拉住那山羊鬍，壓低了嗓子道：「姚護法，你們到了。方軍師、于安江及鄭芫都在觀內待著，昨夜裡朱泛也從雲南趕回。你們一行四人……」

醉拳姚元達回首招手，魔劍伍宗光哈哈笑道：「章指揮，別來無恙。」那兩個騎驢的斯文人下了驢背走過來，章逸在京師時就識得，一個是兵部侍郎廖平，一個是刑部侍郎金焦，都是隨丐幫兩位護法逃往湖北四川的建文大臣。

章逸見他們身上都帶著繡有金色小蛇的布袋，猛然想起這布袋便是離開皇宮時，戶部為每人準備好裝碎金的布袋，便入內問鄭芫道：「芫兒，妳從皇宮裡帶走的一袋碎金塊有沒有在身邊？」鄭芫道：「沒有，我隨身只帶了兩塊小金子。」便從懷中掏出兩塊碎金。章逸道：「妳借我一塊給俺當香油錢，俺回去還妳，還有利息。」鄭芫笑道：「章頭兒說笑，又不是我的金子，您要用儘管拿去。」

章逸把一小塊黃金交給了管事的道士，低聲對他道：「咱們又來了四個朋友，想把你後殿的另兩間雅房也借住了，麻煩你去跟老道長疏通一下。」那道士管了多年的庶務，還是第一次看到用黃金作香油錢的，不禁有些不知所措，匆匆跑去報告，不一會笑嘻嘻地回來對章逸道：「老道長說兩間房給新來的施主住，後面還有一間空室，各位可以用來商議事情。」章逸一面道謝，一面暗忖道：「這個老道長是個明白人，他已明白咱們有事密商，處處給方便。」

晚餐後，九人齊聚那道觀最後面的一間空室中，朱泛和鄭芫先在道觀四面及屋頂上仔細勘查了一遍，確定無人隱藏偷聽。住持老道士早已下令，叫所有道人不得到後殿來打擾。室內點了幾支燭火，微弱的燭光照在九人嚴肅的臉上，顯得有點神秘兮兮。方冀是這次大逃亡計畫的設計者，章逸便請他先說話。方冀道：「從六月十三咱們匆匆離開京師，轉眼過了六個整月，所幸老天保佑，應文大師父安抵目的地，且已安置妥善。各位歷經辛苦，總算也都完成任務，且都安然無恙。方某實在感恩不盡。」

刑部侍郎金焦道：「方先生忒謙了，這次逃亡一方面要確保皇……大師父安全，另一方面要千里欺敵，讓朱棣的爪牙不知追捕誰，結果是一無所獲，方先生這般策劃實在了不起啊！」眾人齊稱是。

方冀道：「多謝諸位，但一切安排都屬暫時之策，今夜咱們聚於會稽山麓，就是為了商議一個長遠之計。不只能長久照顧大師父的安全，且要從國家社稷整體來看，咱們如何走下一步？」

眾人都點頭，但這個題目太大，沒有人能提出簡單可行的建議，一時之間室內就靜了下來。過了一會，兵部侍郎廖平道：「方先生說得好，從國家社稷整體來看，咱們要決定一個前提……」他停了一下，方冀道：「請教廖侍郎？」廖平道：「由於朱棣已經登基，京師中反對他的忠臣已經全被屠殺，咱們如何凝聚天下反對燕賊篡位的仁人志士，起義推翻暴政，實在困難重重。」

刑部侍郎金焦道：「在京師固然困難重重，但如以此次流亡江湖所見所聞來思考，情形又有不同。咱們所接觸的民間人士，不論士農工商，談起建文皇帝之治皆有感懷之意；談起朱棣濫殺忠臣義士，尤其是殃及無辜的事，多有憤怒。我以為建文復國的基礎仍在民間，民心未死，有待一位英雄人物登高一呼，大舉義旗。兩江子弟多俊傑，未必不能捲土重來呢。」

丐幫的右護法姚元達道：「丐幫弟兄介入這事，實有兩個原因：其一，丐幫兄弟支持紅孩兒朱泛的義氣，朱泛既然幹了建文的錦衣衛，俺和伍宗光也加入，助他一臂之力；其二，遵奉咱們盟主錢幫主的命令，她有鑑於天竺武林介入朱棣的野心陰謀，便命咱們不能坐視。至於宮廷或朝廷的大事，咱們一概不懂，只知道天下老百姓最愛的就是安居樂業，最恨的便是烽火連年，遍地血腥。大人們，您要問丐幫到底幫誰，俺的回答是幫老百姓，尤其是弱勢的老百姓。」

這一番話立刻顯示出問題的癥結所在，大家雖都出力救建文，但江湖豪客的想法和朝廷大臣的想法實有很大的不同。

廖平道：「姚護法說的也是事實，但草莽好漢也未必全是只顧江湖義氣，家國大事還是參與的。想當年抗元起義時，明教和丐幫的好漢不都揭竿而起？各路英雄參加大小戰役，終於將蒙古韃子趕出我中土，那也不全是為了江湖義氣吧？」

魔劍伍宗光道：「明教和丐幫當年的確加入抗元起義，那畢竟是韃子欺壓我漢族，將南人踩在腳下做最下層的賤民，加上元亡前民不聊生，百姓活不下去了，這才揭竿而戰。那情形和當今朱家叔侄爭皇位之戰，可完全不一樣。」

刑部侍郎金焦道：「『靖難之役』在伍兄眼中只是皇家叔侄爭位耳，但在我等看來，卻是道統之維、忠奸之辨，也是人間大義啊。你不見方孝孺、景清、鐵鉉這些人，刀斧架頸項，鼎鑊油鍋當前，人人視死如歸，難道也只是為他朱家叔侄的皇位之爭？讀書人的義氣會不如江湖漢子的義氣？」

伍宗光和姚元達聞之動容，默默沉思。朱泛道：「江湖之義是好漢的義氣，國家社稷之義乃民族的氣節，都是俺欽佩的。但咱們今日聚於此地，乃是要商量一下長遠之計，這義理之辯可以先放一邊，談談實際的做法。」

鄭芫忽然插口道：「朱泛，這兩件事密切相關。長遠來看，若是咱們只看江湖道義，便要有周全的做法，長保大師父的安全，不但絕不讓他落入朱棣之手，還要為他今後的日子和生涯打算；若是咱們決定從國家大義來著手，恐怕就要用大師父的名義設法招兵買馬，暗尋一些秘密基地，訓練反朱棣的軍隊。這便是何以兩位護法及兩位大人在決定如何做之前，先要有這番辯論。」

金焦笑道：「在京師久聞鍾靈女俠鄭芫的名氣，十四歲就辯倒那道衍和尚的故事，都成了夫子廟說書的段子；今日一會，果然是見事明白。咱們總要先決定了大原則，後面的規劃就容易了。」

鄭芫笑道：「夫子廟那些說書的段子，大人們那能當真？我卻覺得丐幫二位前輩說的，和兩位大人想的，未必要二中擇一，也未必一定要先將一者去除。依晚輩的看法，不管咱們從那一頭規劃，大師父的安危都是第一要務，這部分日後定是由咱們有武功的朋友來負責。至於招兵買馬、策劃反朱棣的大事可以同時進行，將來就要由諸位朝廷大員來主持。既然各自負責，便該同時進行才是，只是怎麼個做法，恐怕要聽聽方軍師和章叔、于叔怎麼說。」

方冀見鄭芫一開口，嘰哩咕嚕就把丐幫二位護法及朝廷二位大臣的歧見擺平，又把眼前的形勢分析得清清楚楚，不禁對這個當年在盧村私塾的小女學生讚賞不已。他眼前浮現當年那個紮著辮子的小姑娘，靈秀聰慧可愛，原來和傅翔是一對兒；如今長成亭亭玉立的少女，心思更加成熟，一身少林武功出類拔萃，卻和朱泛成了一對兒，思之不禁慨然。

章逸見方軍師忽然沒來由地恍神了，便提了一句：「方軍師，咱們等您說話呀。」心中又閃過那個念頭：「軍師真的老了？」

方冀啊了一聲，乾笑道：「瞧我神遊到何方去了。」他對章逸點了點頭道：「章逸對朝廷的事和江湖的事兩邊都懂，還是先說說你的看法吧。」

章逸在一旁聽了許久並未發言，其實心中對這問題已有定見，便站起身來道：「芫兒方才說得好，大師父的安全第一。現下他在浦江鄭義門中應該說安全無虞，旁的不說，就憑完顏道長及傅翔兩人貼近照護，天下武林就沒有人能動得了大師父。加上董堂主和芫兒在旁，就算來了大軍壓境，要保得大師父安全撤退，只怕也是辦得到的。」他停了一下，導入正題：「真正的問題在於，浦江是久留之地嗎？」

方冀道：「鄭義門居民上千，若是出了事，牽連無辜，甚至浦江全縣皆會遭到朱棣那個屠夫的殺戮，君不見景清家鄉的『瓜蔓抄』之屠嗎？是以我認為鄭義門非久留之地。」

章逸道：「既是如此，咱們應該儘快規劃好一個長久安全之地，趁早搬過去安頓妥當，莫要等出事了才匆匆找地方躲藏，又要害了好心幫助咱們的人。」鄭芫忿忿然道：「朱棣用恐怖的手段屠殺無辜，就是要恐嚇百姓，使得無人敢對咱們伸出援手。」朱泛道：「因此咱們要靠自己之力，早作安排。」

一直未發言的于安江忽然冒出一句話來：「咱們找間廟，要靠海。」

大夥兒等他說下去，他卻沒有下文了。可是大家略加思考，也就明白了。朱泛道：「不錯，大師父既是和尚，當然要藏在廟裡才方便。靠近海，如果真有必要時，坐船逃到海外去。老于想得周到啊。」

方冀環視眾人，見每個人都點了頭，便進一步丟出下一個問題：「然則何處的海邊較佳？」眾人對沿海的地理情形並不熟悉，方冀只對浙江、福建一帶比較熟知，這是因昔年明教昌盛時在東南一帶活動頗多的緣故，但一時要憑記憶想出一個妥當的地點，卻也不易，他忍不住喃喃道：「能有一張東南沿海的地輿圖便好了。」

那兵部侍郎廖平忽然道：「諸位繼續談，小弟回房去拿一件事物……」說著便走回他的房間，過了一會又匆匆回來，手中持著一塊折疊整齊的白布，攤開鋪在桌上，眾人一聲驚呼，原來是一幅軍事用的東南沿海地圖。

廖平笑道：「六月十三那日咱們走得倉促，這是我從兵部帶走的唯二之物——一本軍兵名冊，以及三幅軍事地輿圖。地圖所繪一幅是雲貴、廣西的邊境，一幅川鄂陝，還有便是這幅東南沿海的，皆以備不時之需。」

方冀伸出兩個大拇指讚道：「這三幅圖價值萬金了。廖大人真不愧是兵部侍郎，我瞧建文該拜你做兵部尚書的，一定強過那齊泰。」廖平嘆了一口氣道：「往事不堪回首，方軍師你就向前看，計畫將來吧。」

昏暗的燈光下，那張地圖上密密麻麻的線條、小字、符號，別人看不懂，軍師方冀卻是一看就懂。他看了一會，只見圖上浙江之南、閩江以北一片群山疊巒，同時緊鄰一個狀如珊瑚般的海灣，其外則是浩浩大海。方冀只第一眼瞥到這番山水形勢，眼睛就為之一亮，覷著眼細看時，只見山巒叢中一座城鎮寫著「寧德」兩個小字，那珊瑚狀的海灣邊寫著「三都澳」三個小字。

方冀看到這兩個地名，不知為何心中一陣悸動，暗中對自己道：「寧德，就是這裡了！」正要開口說話，忽然一個念頭閃過腦海，停了一下道：「有了這幅地圖，咱們可以細細挑個最佳處，做為大師父的長期隱地，決定前恐怕還要有人實地去仔細勘查布置，也不急在此時決定。倒是廖大人帶出來的三幅地圖，能不能讓老夫臨摹著複製一份，原本還是藏廖大人處，摹本就給老夫和章指揮來細細琢磨。」

廖平道：「本當如此，明日便請章指揮還有鄭芫、朱泛兩個年輕人幫著一齊臨摹複製。」方冀道：「如此甚好，大師父的安全便如此處理。咱們再談談招兵買馬的事……廖大人有何想法？」廖平道：「這樁大事咱們絕對要機密地進行，如今朱棣氣燄正盛，一個走漏便有殺生之禍，且會殃及無數無辜之人，是以開始時知道的人愈少愈好。金焦金大人有個想法，是否便請金大人先說一說，大家幫忙琢磨一下是不是可行。」

金焦壓低了聲音道：「剛才錦衣衛的于兄弟說得好，『找間廟』，我說多找些，咱們招兵買馬便在這些廟裡進行。」他才說到這裡，魔劍伍宗光拍手道：「妙啊，俺行走江湖常在廟裡借宿，自民間起義抗元以來，也不知是不是因為朱元璋曾為和尚之故，廟中擁有僧兵似是稀鬆平常之事。在各地寺廟裡練兵，他媽的金大人你是個天才。」

金焦見伍宗光方才和自己意見不合，這時覺得是好主意，立刻大聲叫好，這和官場上的遮掩世故、曲折深沉大異其趣，他一面向伍宗光點頭致意，一面暗忖：「江湖人有江湖人的可愛，他們常常自我形容是『一根腸子通屁眼』，講的雖然粗了點，確也傳神。」

他繼續道：「伍護法說得不錯。洪武以來，天下許多寺廟擁有僧兵，主要是當年兵荒加年荒，許多僧人都沒有施飯可吃，便乾脆加入了抗元義軍。等到天下底定了，不少人回歸寺廟，一面青燈古佛懺悔戰場上殺戮作的孽，一面也為喪命的同袍唸經超生，於是寺廟中擁有僧兵成了一時風尚。我打聽到大江南北一帶寺廟，尤其是臨濟宗的寺廟，許多都有僧兵，而且都極為支持皇上，一方面是因為皇上乃洪武帝欽定的繼承人，一方面支持皇上的施政。是以愚意便以這些寺廟為基地，咱們慢慢增加人馬，慢慢按冊尋找仍在部隊裡或隱在民間支持皇上的軍官，著他們削髮為僧，到寺廟裡去組訓僧兵，以圖復興。」

在座丐幫和明教諸高手聽了這一段，不禁面面相覷，乍聽起來有些匪夷所思，但其整體思維確實有創意，也確實可以試著操作，慢慢壯大。大夥兒對這兩個紙上談兵的書生大為刮目相看，章逸首先道：「金大人這主意確實想得巧，但是寺中練兵，數量畢竟有限，如何抵擋朱棣數十萬大軍？」于安江此時又冒出一句：「要是僧兵都是武僧就好了。」

眾人又是一怔，朱泛拍手叫好道：「若是真能在天下各寺廟中暗藏僧兵，咱們丐幫可以派叫花子混在廟口，白天湊熱鬧，晚上廟門關了便傳授僧兵功夫。咱們的功夫要簡單易學，近身搏鬥有效。咱們也不奢求，只要練過功夫的僧兵一個能抵朱棣的兵士三、五人就成，全國大小廟裡要是訓練他三萬個和尚，打起架來便抵得十萬大軍。咱們也學那朱棣的法子，那裡也不打，以免打草驚蛇，一聲令下，忽然四面八方、成千上萬的和尚直攻南京，攻下南京頭一樁事便把朱棣砍了，替天下無辜被屠的人報仇。第二個便把那道衍和尚砍了，他媽的那和尚躲在朱棣後面使壞，我早就看他不順眼……」

他還待講下去，鄭芫打斷他道：「你見都沒見過這道衍和尚，怎地看他不順眼？」朱泛道：「俺聽妳說的，已經生氣很久了。」

方冀揮了揮手，大夥兒安靜下來，他在心中整合了大家的意見，然後道：「各位所言皆有其理，有些難以兼顧並行，但也並不相互衝突。我瞧這樣吧，咱們回去之後，分頭進行。我這邊要在沿海尋到一個最佳之地，供大師父長隱，又於必要之時可方便乘船離開中土；寺廟藏兵之計首在組織優秀軍官，便請廖大人及金大人負責聯絡進行；安排丐幫高人入寺教練功夫之事，待僧兵組織之事有了眉目便可開始辦理。二位大人在隱居之地要與丐幫密切聯繫，請丐幫派高手就近保護，並隨時報告盟主。」

他說到這裡停了一下，環顧眾人，問道：「老夫是否遺漏任何重點？」眾人搖頭稱善。方冀道：「明年臘月此時，咱們仍然在此地相會。明早各自散去遊山吧，會稽山風景甚有可觀呢。」

∞

南京城裡的腥風血雨終於漸漸告一段落，京師的運作也恢復了正常，各地零星反抗朱棣的聲音和事件都已平息，朱棣開始展現他強勢的治國手段。經過四年的內戰，他首先重組並整頓軍隊，要求兵部及各級將領須在最短時間之內將全國軍隊整訓完畢，從此再沒有誰是燕軍、誰是南軍，全都融入一支堅強的朝廷大軍。當年他帶頭反對削藩，此時他劍及履及地施行削藩，完成建文的「遺願」，這回各藩王乖乖聽令，無人敢抗爭。

大明朝在此時正值農業發達、商業興盛之時，社會的潛力在戰事結束後很快地展現，朱棣恰逢其時，蓬勃的社會力量正好能夠支撐一個雄才大略皇帝的作為。朱棣來自北方，他的夙願是橫掃漠北，經略遼東，要在北方及東北徹底建立大明的勢力，確保邊疆的長期安寧。

朱棣有戰略也有魄力，他劍及履及雷厲風行，國家很快在他的強力——甚至「暴力」——的鎮壓下安定下來，重大事務也在這種強勢作風推動下，開始展現巨大的衝勁。他每日從早到晚處理政事，滿朝文武不敢懈怠，從他臉上似乎可以看到，堅毅漸漸取代了乖戾，理智漸漸取代了激情。年關一過，「永樂元年」便要正式開始，他期待著自幼憧憬的「永樂盛世」也要正式開始了。

只有兩個人深知在朱棣堅強的外表後面內心的脆弱點，一個是道衍和尚，另一個便是徐皇后。

年夜飯一直是朱棣重視的家庭聚會，當年在燕王府時總要和兒輩一同好好吃頓飯，大家放鬆聊天嬉戲至深夜，有時甚至鬧個通宵。今年是朱棣登基後首次在皇宮中過年，更兼次日便是永樂元年，徐皇后要在新修的坤寧宮好好布置，準備為朱棣過一個難忘的好年。

她極早就派人通知在燕京的朱高熾、山東的朱高煦，除夕之前務必趕到南京。

午餐後，徐皇后由小太監陪著視察坤寧宮準備的情形。坤寧宮雖遭火燒，大部分仍堪使用，朱棣命人在原址的前花園新建皇后寢宮，燒毀的部分則拆了，改建成後花園。經過半年的日夜趕工，新寢宮不僅如時完成，而且建得比舊宮更見精緻優雅，徐皇后大為滿意。這時為了準備除夕家宴，她一路巡視過來，見到一切布置皆按照她的旨意就緒，富麗堂皇卻不顯俗氣，處處可見女主人的品味及匠心。

走到一間有佛案的小房間時，皇后忽然指著佛案角落一只青銅古鼎，問道：「這古鼎造型典雅，為何藏在案桌角落？」一個宮女上前答道：「回皇后娘娘的話，這古鼎裡放了數百支金銀頭釵，是前朝嬪妃宮女的私物，也全都是前朝皇帝的賜物。咱們不敢貿然處置，便先放在佛案邊不當眼的地方，打算要請示過再來處理……」

徐皇后走近一看，果然古鼎中金銀之光閃閃，全是各式各樣的鳳釵，造型工藝都極精美，其中一個最大的，除了金製的部分極盡典雅之美，上面還鑲了好些碧玉及明珠，看來必屬馬皇后所有。徐皇后問道：「為何有這許多鳳釵集於一鼎？」那宮女囁嚅不敢回答，徐皇后身邊的太監道：「噢妳們懂事的太監來答話。」那宮女如釋重負，快步走了。

過了片刻，那宮女和一個老年太監踏著小快步走了進來，那太監在建文帝時負責後宮一切庶務，這時一朝天子一朝太監，已淪為澆花餵鳥的長工了。他見了徐皇后便跪下道：「老奴見過皇后娘娘。」徐皇后道：「你且起來說話，這古鼎中何以這許多金釵？」

老太監道：「南京變了天，馬皇后升天，宮裡妃子及宮女便群鳳無首，有幾個剛烈的上了吊，有些趁亂逃離皇宮，但大多數都選擇了出家削髮為尼。削髮之時，大家不約而同做了一件奇事，便是把最心愛的、建文帝賞賜的金釵留了下來，投放在這只古鼎中。坤寧宮失火後，這只古鼎安然無恙，是老奴大著膽子把馬皇后生前最喜愛的龍鳳抱珠釵也投入了這古鼎。但要如何處置這些金釵，老奴不敢作主。」說完跪下連連磕頭。

徐皇后聽了這話，面上不露喜怒，心中著實感動，想到建文的妃子們一個個妙齡落髮，心愛的金釵從此再也用不上，把它留在宮裡，是一種割捨——不僅是與建文之間恩愛的割捨，也是與繁華世界的割捨。

想到這裡，她便命宮女和太監將古鼎移到佛案正前，然後點了一炷香，對著案上的菩薩默默祝了一會，吩咐道：「這古鼎要保留著，就放在佛案邊上吧。」她心中其實感到傷痛，默默地想：「允炆啊，我知你也削髮為僧了，這些身外之物原不足一哂，可這古鼎之中裝的是一爐深情，我且代你守著。總有一日，地老天荒之後，我願以她們半生之情補你一世之失落。」

徐皇后慈悲為懷的心中，已經有了一個主意，她暗忖道：「根據輝祖大哥傳來的消息，允炆已暫時有了安全的住所。待他確實藏得安穩了，我再為他做這件事。」

朱棣登基後第一個除夕夜，在徐皇后悉心規劃下，每個細節都令朱棣滿意，他舉杯敬皇后道：「今日皇宮裡的布置華麗高雅，酒菜竟是朕從來沒吃過的美味，皇后辛苦了。」

徐皇后還了一禮道：「皇上登基過的第一個年定要講究一些，只是自從馬和變成了鄭和，從坤寧宮調到了乾清宮參與國家大事，好是好，我身邊少了他還真覺不便呢。」朱棣大笑道：「鄭和雄才大智，別說宮中，就是放在朝中也沒有幾人勝得過他，留在後宮大大的可惜了。」

朱棣大口喝酒，精心烹調的淮揚大菜最合他的胃口，經過四年苦戰，終於登上皇位，國政也一步步朝著他要的方向推進，朝廷大臣、外地藩王，沒有一個膽敢違背他的旨意，在除夕夜開懷吃喝興致極高。徐皇后看著也覺欣喜，但願皇帝從此能遠離暴戾之氣，好好為國為民做個明君。

但是美好的氣氛只維持了半場年夜飯，二兒子朱高煦喝到七八分時，就破壞了整個氣氛。朱高燧是朱棣的第三子，他開始侃侃而談靖難之役中好幾次二哥高煦救父及挽回戰局的事，高煦愈聽愈激動，終於仗著醉意，講出了收不回去的一句話：「咱兄弟在父皇身旁浴血苦戰時，可從來沒有看見過大哥的影子。」

朱棣醉後回想戰場上的往事，朱高煦英勇善戰，在東昌一戰捨命突圍救出自己，否則自己也會如張玉一般死於敵人毒弩之下。想到這些，一種超越父子之情、好漢在戰場上生死與共的男兒豪情升上心頭，他醉眼迷糊地把著朱高煦的肩膀，舉杯邀飲道：「高煦，乾一杯，你才是吾家的千里馬，朕大業的支柱。」這也是一句收不回去的話，又胖又瘸的朱高熾僵著臉上的笑臉，直到年夜飯吃完，沒有再說話，也沒有再喝酒。

徐皇后暗中憂心，她知道，明天永樂元年正式登場，朱棣馬上要面臨立太子的抉擇，燕王的殘廢世子理順章成地變成太子？還是功高英武的二公子立為儲君？難道叔侄才爭完皇位，兄弟又要爭繼位？

在朱棣授意刻意鋪陳下，永樂元年南京的新年過得極其熱鬧，秦淮河上又是賽燈又是競美，城裡花甲的老人連續半個月每日有酒席可吃，皆大歡喜。到了元宵燈節，更是擴大舉辦燈會，把整個南京城的繁華點綴得火樹銀花，美不勝收。

朱棣站在皇城的高樓上俯覽京師上元夜景，皇后站在他身邊，卻沒有在欣賞璀璨的燈海，而是全神留意朱棣臉上的表情變化。昨日錦衣衛首領魯烈來密報，建文確實可能由皇宮密道水路潛逃，而天禧寺的住持右善世溥洽是京師中唯一知道建文下落之人。從那時開始，朱棣的臉色就愈來愈深沉，過年以來的歡樂氣氛在朱棣臉上似乎一掃而光，徐皇后十分耽憂朱棣的乖戾之氣又要發作，她苦勸皇帝找道衍和尚來談。

今日下午道衍應召入宮，他如今身為僧錄司的左善世，是全國管理僧事及寺務的最高官員。過去他曾經是燕王最親密的軍師兼好友，靖難之役的發動、設謀、堅持，最後勝利，處處可以找到道衍和尚姚廣孝的影子。但是這半年來，他力勸朱棣不要殺方孝孺、不要牽連誅殺那麼多的無辜，卻不為朱棣所接受，他驀然感到朱棣變了，做了皇帝以後的朱棣不再需要他的建議。皇帝有充分的治國自信，滿朝文武都是有經驗的治國能臣，在朱棣心中，建文懦弱無能，致使百官無所用，我朱棣才是洪武真正的傳人，同樣一批臣子，到了我朱棣手中便個個都得力，誰要方孝孺這種不識時務的書呆子？姚廣孝的點子造反的時候聽聽還可以，論文治武功國家大事，這和尚到底不如俺洪武帝冑。

道衍是個智慧極高的和尚，不但熟讀佛經，對三教九流雜學無不涉獵，一體會到朱棣的改變，便已全然想清楚，從此不向皇帝提出任何要求，也不擅自提出任何建議，除非皇帝向他詢問。

朱棣就「建文未死，下落唯溥洽知道」的消息就教於道衍，道衍想到數月前在天禧寺和溥洽的一番對話，忽然興起一種「兔死狐悲，物傷其類」的感覺。他建議朱棣不可動粗，只要暗中注意溥洽的行動，溥洽既知道建文下落，多半會有後續聯繫；如果逮捕溥洽，以溥洽的地位，必將弄得天下皆知，無疑承認建文未死，則朱棣號稱已以帝禮厚葬建文的謊言便被自己拆穿；如果刑求致死甚至殺了溥洽，則再沒有人知道建文的下落了。

朱棣原想立刻把溥洽抓來嚴刑逼供，聽了道衍的話，不得不承認他的建議較有道理，便命魯烈派專人盯住溥洽。道衍雖然暗保了溥洽的性命，但朱棣心中其實極為焦慮，甚至恐慌，勉強按捺住立刻拷問溥洽的衝動，而胸中那個無形的「心魔」卻逐漸膨脹，壓著他的情緒，顯現在他那張愈來愈冷峻的臉上。

徐皇后完全瞭解她的丈夫，瞭解此時只能溫柔體貼地伴著他，要尋更適合的時機再行勸說，解開他的心結。

∞

同一天元宵節，在浦江鄭義門也有熱鬧的場面。鄭義門自南宋以傳，年年元宵節都有獎金極為豐厚的猜燈謎大會。一來由於獎金多，再者鄭義門裡讀書風氣盛，每年的燈謎都有巧思創新的佳作，吸引附近其他鄉鎮的讀書人及童生來參加。對一般庶民而言，則以壓軸大戲「百人龍燈舞」最受喜愛。許多婦人小姐從數十里外趕來，就是為了看這場大戲。

各家族的賽燈一起點亮，美輪美奐，各具巧思。猜燈謎大會也近尾聲，幾道最難的謎題始終無人猜對，主考官正在一題一題地揭開謎底，每宣布一題，便引來一陣驚呼讚歎，場內氣氛已達高潮。

萬松嶺上也感染到那歡樂氣氛，應能和尚待在佛堂中終日足不出室，這時悶得發慌，便對應文大師父道：「師弟，咱們下嶺去瞧瞧熱鬧，揀個隱蔽角落遠遠看一看，想來應該無礙。」應文也覺終日隱不見人，嶺下慶元宵氣氛熱鬧，也想去看看民間過節的盛況，便對應能道：「你先去跟鄭芫說，咱們想出去瞧瞧。」

應能對鄭芫說了，鄭芫立刻與董碧娥、完顏及傅翔商量，董碧娥拿主意道：「大師父悶得慌，待貧尼和芫兒先下去看看，如能尋一個安妥的地點，芫兒再來請兩位師父下嶺，便由芫兒緊跟著大師父，傅翔和貧尼雜在附近的人叢中警戒保護，當可平安無事。」明教當年土木堂的堂主對安排這等陣式畢竟有她的一套，大家便都聽她的。

鄭芫陪著應文大師父及應能和尚站在群眾之外一處略高的林地上，和一群不愛人擠人而情願遠看的村人站在一起，藉著幾棵大榆樹的遮掩，十分隱蔽地居高臨下瞧熱鬧。傅翔和董碧娥已混雜在人叢之中，一左一右暗護著大師父。董碧娥告訴傅翔，做這種警戒的工作，最重要便是千萬不能被場中的活動吸引，全部注意力要集中在大師父及他周遭是否有任何異動上。

這時百人龍燈舞的節目開鑼了，鑼鼓聲及嗩吶聲響得震天，廣場四周的花燈忽然熄了一半，周遭立刻暗了下來，一條燈龍從東邊游了進來，群眾爆出震天價響的喝采。只見那條燈龍一面翻騰飛舞，一面一步一喝，喝的都是吉祥話，慢慢移到廣場的中央。

舞這百人龍燈是鄭義村百年來傳下的習俗，尤其每年的元宵燈節，更是必備的壓軸大戲。百人的長龍由百盞花燈組成，那些花燈都是巧匠依古法特別製作，無論怎麼翻騰，只要沒有狂風大雨，都能保持不熄滅。整套動作乃是舞燈與舞龍的美妙組合，一百個人的動作愈紮實，搭配愈精密，舞動愈流暢，整條龍就愈生動曼妙，而整套舞步的核心人物就是燈頭，也是龍頭。

這種龍燈舞的訣竅便是後面的跟隨者要模仿燈頭的每一個動作，但是時間上有一瞬間的差異，第十個人除了模仿前一人的動作，還要在一瞬之間順著龍勢做一點改變，第十一人也跟著變，以此類推，這條龍就變得既有順序又有變化，它的翻滾舞動便顯得異常的活潑多采。那些細微的變化，有些是原先設計好的，也偶有舞者依現場靈感臨時創作的，這一來便使得這條燈龍更加變幻莫測。舞到淋漓盡致時，當真是氣韻生動而入化境，只是這種境界，即使百人終年在一起練舞，也只能偶一到之。

應文站在高處看，這條燈龍在昏暗的背景中翻騰舞動，顯得格外突出，那龍頭燈首卻是個熟人，竟然就是鄭義門的族長鄭渶。應文暗忖道：「想不到鄭渶還有這般本事。」

這時白麟溪邊開始施放煙火，鄭芫感到有一個人悄悄向大師父這邊靠近，她立刻警戒，目光仔細搜索前方，人叢中那人戴著風帽，低著頭漸漸向這邊擠過來，感覺上此人的目的是要接近大師父。鄭芫立刻盯住那人，一瞬也不敢放鬆。

第二批燄火升空時，那人已擠到了身邊，鄭芫正要喝問，來人把大風帽一揭，低聲道：「是我。」原來是朱泛。鄭芫喜道：「你也來看熱鬧？」朱泛道：「章頭兒和軍師都混在人叢中，他們的穿著和村民一般無二，誰也看不到他們躲在那裡。你們好大膽，居然讓大師父出來看燈。」

這時那條龍正舞到小丘下方，「碰」的一聲第三批燄火升空，有一朵紅色的燄花在小丘上空散開，照得丘上景物浴在一片紅光之中。龍頭鄭渶一抬頭，正好看到大師父的臉孔在紅光中一閃，鄭渶吃了一驚，未加思索，他的舞姿突然多了一個低頭彎身行禮的動作。應文知道自己所在已為鄭渶發現，也不由自主地悄悄合十答禮。

但是那條龍的龍首多了這一行禮的動作，立刻一一傳了下去，剎時之間，這龍在曼妙舞步中百人一一彎身低首，演出了一步一點頭的新舞姿。眾人只當是鄭氏燈龍今年新想出的花步子，意在結束之前向觀眾敬禮，一時間如雷的掌聲采聲四起，震翻了鄭義門的天空。

龍頭鄭渶行禮，應文合十致意，這些動作意表盡在不言之中，但是人群中還是有兩個人注意到了。這兩個都是斯文之人，一個是從檀溪來的落第秀才，姓陳；另一人是他江北來的朋友，是個替人畫肖像的老畫師，姓翁。

∞

浦江縣城南一條江水流過，兩岸無盡美景，江邊一座酒樓，樓上臨江的座位推窗望去，正對著三座山峰。天寒初雪過，枯黃與銀白交錯，景色十分雅致，若是春夏之交，這一排木窗推開處，便是三山排闥送青來了。

元宵翌日，兩個著青色棉袍的斯文人上得樓來，揀了一個眺山望江的好座就對坐下來，屋角的小方桌上有個瘦子伏桌打瞌睡，背上的肩骨突起，舊棉衣包著仍顯出他骨瘦如柴。瘦子趴在那裡有一會兒了，兩位客人上樓坐下也沒注意到他。

那兩人要了三樣滷味、一壺黃酒，就邊吃邊聊起來。其中留著短髭的中年人道：「昨晚鄭義門的燈會還真精彩呢，我來看過三年，以今年最佳。翁兄，你還是第一次看到吧？」

他對面蓄著長鬍的老者道：「不錯，是第一回。俺家在江北，那能像陳兄這般就近每年來此看燈。」那姓陳的中年人道：「那也是，我從檀溪來，雖然也有些路好走，畢竟比翁老近太多了。鄭義門的燈謎和龍燈舞最是有名，昨夜小弟僥倖還搶頭射中了一題，賺了五兩銀子，今日我請客。」那翁老者道：「我倒覺得那燈龍舞得出神入化，最後那龍頭帶動整條龍向小丘上兩個僧人敬禮，那舞步巧妙極了。」

陳姓中年人喝下一杯黃酒，笑咪咪地道：「翁兄，以你老的生花妙筆，憑昨夜記憶，能否畫出那個僧人的容貌？」翁姓老者怔了一下，問道：「那個僧人？」姓陳的道：「便是那合十答禮的年輕僧人。」姓翁的老者閉目想了想，點點頭道：「雖然晚上看不實在，我倒是特別注意看了看那僧人的面目特徵，怕是只能畫個七分相像；他身旁那個僧人是個長條馬臉，畫起來就容易多了。」

姓陳的笑道：「七分相像也使得，淮揚肖像畫師高手翁師傅如果畫不出十分，那便無人能畫出了。翁老兄，趁你記憶猶新，趕緊畫它下來，你需多少時間才能畫成？」那姓翁的老者笑道：「只需讓老夫閉目回想片刻，動手畫像不過一盞茶時間，只是不能包你畫得和真人一般。陳老弟，你幹麼要畫這僧人的像？」姓陳的壓低了聲音道：「你若真能畫得像那僧人，京師裡可能有一件大富貴在等著咱們。」

那翁姓畫師睜大了眼道：「什麼大富貴？」姓陳的道：「你注意到那僧人旁邊有個漂亮的女娃兒？」翁姓老者閉目回憶了一下，道：「嗯，是有那麼一個漂亮女娃，穿綠色襖子，好像肩上掛了一隻白色的揹袋。」姓陳的吃了一塊滷肉，又乾了一碗黃酒，一高興忘了壓低聲音，道：「好記性，就是那隻白色袋子大有來頭。」那姓翁的奇道：「白色袋子又怎地？」

姓陳的這才又壓低了聲音道：「你沒注意那袋子上用上好的金絲繡了一條小蛇，那可是前朝皇室私物。」翁姓老者驚道：「建文的皇家私物？」姓陳的低聲道：「不錯，絕錯不了，我表兄姓楊，在建文的皇宮當差，有一回他立了功，建文皇帝賞了他一百兩銀子，就用這種袋子裝的。我親眼見過兩次，表兄珍藏那袋子，當作傳家之寶。他說別人都不知曉，有個太監和他相好，告訴他建文皇帝屬蛇，所以他的皇家私物上常有一條小金蛇。」

那翁姓畫師啊了一聲，道：「這又與僧人何關？」姓陳的低聲道：「既然那女娃兒和僧人是一道的，這僧人的身分便大有問題。京師的偵騎正在各處搜捕『建文餘孽』，這僧人……咱們若有他的畫像……報到京師去，豈不……豈不是件富貴？」

老畫師聞言呆了半晌，道：「可咱們到那裡去通報官府，浦江縣府麼？」姓陳的搖擺腦道：「我瞧那僧人身分非凡，不是浦江縣能辦下來。咱們還是先不打草驚蛇，拿了畫像到京師去找我表哥，朝廷派出錦衣衛來，才能辦好這樁大事。」

這時那角落上伏案大睡的瘦子醒了過來，抓起桌上酒壺，將剩下的冷酒咕嚕嚕喝乾了，嘆口氣道：「這一帶的老酒確實釀得好，不像別地的黃酒，燙熱了還可以入口，冷了便冒出貓尿味來，怪哉。」說完登登大步下樓走了。

窗邊兩人這才注意到遠方角落還有一個人在，姓陳的道：「唉呀，竟沒注意到有個人睡在那邊，咱們的話怕被他聽去了。」那翁老者道：「我倒是瞧見那角落有張小方桌，可是我沒仔細瞧，遠瞧還以為是一堆舊棉衣堆在桌上。看樣子那廝醉得不省人事，咱們講得又小聲，不礙事的。」

那瘦子下了樓，付完賬，快步走出酒樓，喃喃自語：「早上出門起一課，掐指算了一算，得了一個『速喜』，果然俺廖魁今日注定走運。本來窮極無聊來喝乾酒，居然聽到這麼重大的消息，這回章頭兒和方軍師那裡可要好好討賞了。」

就在鄭芫娘的農舍裡，廖魁將在浦陽江畔酒樓上聽到的消息說了。方冀和章逸正在一張地圖前，和阿茹娜商議沿海各海灣地形，聽了廖魁的話，立刻問朱泛道：「朱泛，你昨晚擠到芫兒身邊，有沒有注意到這兩個外地來的遊客？」朱泛道：「昨晚外來遊人多過當地人，實不知這兩人躲在何處，也不知這兩人又如何發現了大師父他們。」

章逸道：「這兩人為了要畫大師父的寫真像，有可能會回到鄭義門來再仔細瞧瞧大師父，咱們要有應對之計。」廖魁道：「俺立刻趕到萬松嶺，通知鄭芫他們，這兩人來求見大師父時一律不見，便由應能和尚應付他們得了。」

朱泛卻低聲道：「咱們那兩位護法回武昌去了，否則他們一定主張將這兩人做掉，乾乾淨淨。」方冀心中想的是同一件事，他望了章逸一眼，沉聲道：「這事非同小可，咱們切不可存僥倖之心；攸關大師父生死安危的事，如何處理還是交給咱們的『錦衣衛』吧。」

章逸知道方冀的意思，微微點了點頭，對廖魁道：「便請廖兄弟陪俺走一趟，為俺指認那兩人。」這一下廖魁也懂了，他嚇了一跳，但想想別無更好的法子，便道：「要幹就快，咱們現在就去。」章逸低聲道：「廖兄弟認明了兩個人，便設法誘他們出鎮，最好要往郊外走。」

章逸和廖魁先行離去，阿茹娜面色凝重地對方冀道：「方師父，事情不太妙，大師父在鄭義門不可久留了。」方冀點點頭，指著桌上複製的沿海地輿圖道：「咱們要儘快決定地點，且要做好各種準備工作，一切就緒了就秘密啟行。這一次可是長遠的打算，希望應文能長住久安。」

阿茹娜道：「我從浙江沿海一路看到廣東，各種條件都予以考慮後，還是覺得方師父第一次憑直覺決定的『寧德』為最佳地點。」

阿茹娜指著那張地圖，繼續道：「寧德處於莽莽群嶺之地，峰巒連綿，溝谷縱橫，地形極為複雜多變，最利隱匿躲藏。再者，寧德水運四通八達，面臨三都澳灣，出海便利，可進可退。第三，此地雖屬丘陵地，然土地肥沃而占水利，附近盛產白銀，是個天富之地，可做為進取之基地。方師父，依小女子的淺見，咱們不再猶豫，即時動身到寧德走一遭，做好布置，事不宜遲。」

方冀對阿茹娜這深通兵法的女子早已十分欽佩，這時聽她的分析和自己的看法完全一致，便再無疑慮，當下道：「咱們就妳、傅翔及老夫三人前往寧德，如果實地勘查發現不如理想，咱們就一路南下，再探長樂、泉州等地。」

方冀口中未說，心中已經暗做儘快搬離鄭義門的打算，大師父的安危固然重要，鄭洽族人的身家性命也同樣重要。

廖魁帶著章逸回到縣城中，卻再也找不到那姓陳的遊客及姓翁的畫師，回到萬松嶺也沒有這兩人的蹤跡，看來這兩人已離開浦江，有可能兼程趕到京師去告密，也有可能去了那姓陳的老家──只知他來自檀溪一帶。浦江到京師，水陸有多條路可走，而己方只有廖魁一人見過陳翁兩人，要想執行追殺，其實人力不足，章逸考慮再三，決心放棄。他回到鄭義門，一面警告大家須得格外警惕，一面與陸鎮和廖魁商議，加強浦江縣內外水陸兩路的警戒，一有動靜，便立即通報。

鄭芫還是覺得加強大師父本人的內功、輕功，以及弓弩的準頭，勝過事事要依賴旁人保護，便日夜加強對大師父的訓練。

方冀帶著傅翔和阿茹娜悄悄離開鄭義門，去了福建寧德，匆匆兩個多月過去了，卻沒有回訊。浦江建立的飛鴿傳書站只單通南京，留在鄭義門的諸人無從和方冀等人聯絡。好在日子過得平靜，元宵夜發生那姓陳的落第秀才和翁姓畫師懷疑應文身分的事，似乎並未有後續發展，鄭芫懸得老高的緊張之心也漸漸放下。只有同房的覺明師太不斷提醒她：「芫兒呀，這種事愈是不見動靜愈是凶險，千萬不可放鬆了警戒之心。」

朱泛每日來往浦江縣、鄭宅鎮和鄭義門之間，總要和廖魁、陸鎮及鄭芫碰一次面，然後回報章逸，讓章逸掌握全面的狀況。

8

浦陽江的江水回漲，雖然春寒料峭，但岸邊新草漸綠，楊柳漸青，江水也從灰綠色轉為碧綠。時值清晨，旭日驚起兩岸林中宿鳥，一時之間百鳥啼鳴，翩翩起飛，好一幅春江飛羽圖。

一陣馬蹄聲驚破江邊的恬靜，這馬蹄聲來得不尋常，起碼有十騎以上疾奔而來，馬上騎士個個穿著錦袍，從服飾上看都是京師來的錦衣衛。為首一人騎了一匹白色駿馬，只見他虬髯深目，鬢髮泛黃，竟是一個色目人。他身後一共十二個騎士，個個都是錦衣皂帽，雖然經過一整夜的奔馳，卻不見疲累，顯然都有一身相當高明的武功，反倒是座下的馬兒喘噓不已，需要歇歇了。

蹄聲漸近，一陣嘶鳴，馬隊在一處轉彎的岸邊停了下來，十三匹駿馬整齊一致。只聽得一個南京口音說道：「馬大人，浦江到啦，咱們是進城去縣衙，還是直奔鄭宅鎮？」卻聽那馬大人回道：「大夥兒奔了一夜，先在此歇一腳吧，也讓馬匹吃點草，就江邊喝幾口水。」幾個人粗聲應道：「遵命。」便是一陣下馬引起的馬嘶聲，來人下了馬，有的掏出水壺來喝水，有的尋個樹根靠著坐下歇歇。

這岸邊的嫩草如茵，馬兒嫌草短，吃了幾口便跑到江邊去喝水。色目虬髯的漢子踱到江邊瞧了瞧，確信四周無人，那先前說話的南京人又開口道：「馬大人，這回上面麻煩您老親自出馬，老楊這條告密的消息多半有譜……」

另一個浙江口音的接口道：「潘老三，我那表弟呈上的畫像與那正點兒只有幾分相似，所以上面一直不認為值得緊急查證。直到日前我看到畫師在那張畫像的僧人頂上加了官帽，立刻就與正點兒有八分相像了，連忙呈上去請求再審，這才說動上頭，緊急請馬大人帶隊來拿人。只希望經過這兩個月的折騰，不要來遲了。」

那馬大人道：「倒也難怪，京師錦衣衛接到全國各地有關『前朝餘孽』下落的消息不下幾十條，每一條都說得活龍活現，並堅持親眼看見。一會兒說正點兒在貴州，一會兒在雲南，一會兒在廣西，一會兒在四川，前不久還有人報告瞧見正點兒出了海，到了南洋。老楊，你表弟的密告一直得不到上面立即的重視，確實也難怪。」

這一行十三騎歇息得夠了，便進了縣城，直奔縣衙要見縣大人，衙役上前攔住，說縣令尚未升堂。那虬髯色目人亮了腰牌，大聲道：「京師來的錦衣僉事，要見葉縣令，有緊急公事。」

對街一間兼賣早餐的酒樓名為「杭阜樓」，有三層樓高，在二樓靠街的窗口邊，廖魁和陸鎮正在吃飯喝酒，目光卻盯住衙門前的動靜。他倆知道，京師若有什麼行動，第一站便是先到縣衙，是以兩人每日總要到這衙門對面的樓上坐坐。

浙江人早餐吃些蔥煎包、油條，喝兩杯黃酒也是有的，兩人又點了一盤滷油豆腐，正在品評這家酒樓的黃酒，見著對街朝縣衙而來的十三騎錦衣衛，兩人對望了一眼，心中都暗叫：「麻煩終於來了。」陸鎮低聲道：「老廖，你快去尋章逸，就說南京的錦衣衛來了十三人，正在縣衙裡商議，八成是大師父的事發了，要快做應變。」廖魁站起身來就要下樓，低聲丟下一句：「那色目人頭頭好像是馬札，俺替他盜過馬。」就匆匆去了。

陸鎮留在樓上把老酒、稀飯喝完了，也下樓會賬，然後慢慢踱到縣衙前，假裝看那十三匹駿馬，一個衙役過來喝道：「你這泥腿子在這幹啥，快同我走開。」陸鎮索性裝個鄉巴佬的模樣，咧嘴笑道：「這有十三匹駿馬哩，從來沒有看過這許多好馬，一匹匹像緞子一般。」

那衙役見陸鎮雖然十足一個泥腿子，但是咧嘴笑起來的樣子有點嚇人，便揮手道：「不要囉唆，快快走開。」陸鎮索性毛手毛腳在一匹黑馬屁股上摸了一把，又去梳理了一下那黑馬的尾巴，那馬嘶了一聲，回頭瞪了陸鎮一眼。陸鎮「害怕」地連退幾步，但仍待在附近不走，只興致勃勃地瞧著那十三匹駿馬。

這時衙門口那十三個騎士走了出來，葉縣令陪著那馬大人走在最前面，馬大人拱手作別，葉縣令道：「馬大人放心，一切按照吩咐進行，咱們這邊只待馬大人令下，立刻便圍村並封住出入道路。大人請。」那馬札上了馬，帶十二騎離開縣衙，往鄭宅鎮奔去。

陸鎮閃身離了縣城，疾行到章逸的農舍，章逸親自出來，一把拉他進屋道：「廖魁已來過，此事最難之處在於咱們不能牽累鄭義門，試想就算咱們把馬札這票人全斬了，朱棣必然派軍隊來屠鎮。是以最好的情況是讓他們找不到大師父，撲空一場，也就沒有文章好作。咱們不到萬不得已絕不動粗，甚至不要現身。廖魁已去嶺下備馬，陸兄你去溪口備船，最好不至於要用到你的船。」

章逸施展輕功上了屋脊，環目四顧，見遠方那十三騎已經漸漸接近鄭義門，他飛快地奔到全村正中央的書院處，藏身在東廂房背面兩堵馬頭牆的後面。這書院的東廂是間藏書樓，比其他房屋都高出一丈多，章逸藏身於此，可以看到四周每個角落，但卻不易被人發現，是居中策應的最佳地點。

漸漸那十三騎到了鄭義門的南端，馬札帶著十二個錦衣衛並未停留，反而從南繞過村落奔向鎮東，終於在萬松嶺外停了下來。顯然他在浦江縣衙裡已經得到充分的情報，直奔萬松嶺上的三間佛堂。

馬札揮手在空中劃了一個圓，那十二個錦衣衛立刻十分熟練地從四面布置，將嶺上三間佛堂所有的下嶺之路都包圍了。馬札環目四顧，對屬下的行動及所佔位置表示滿意。當然，他此時只知道三間佛堂中有他要的頭號欽犯，卻不知道佛堂裡其他的人是誰，否則他一定掉頭就跑，絕不回頭。

馬札走到第一間佛堂外，朗聲道：「京師來的錦衣衛，你們被包圍了，快開門投降吧！」

佛堂一片寂靜，好像裡面沒有人在，馬札又說了一遍，仍然沒有人回應。他正要再喊一遍，同時準備破門而入，「咿呀」一聲，第一間佛堂的門打開了，馬札雙掌護前，雙步倒退，做了全面的戒備，卻見佛堂裡一個僧人走了出來，雙掌合十道：「阿彌陀佛，施主何事喧譁？」

那僧人一露面，馬札不禁為之一怔，只見那僧是個長馬臉，他從來沒有見過，絕非馬札心目中的「正點兒」。站在馬札身後的，正是告密者陳某的表兄楊姓錦衣衛，他低聲對馬札耳語道：「馬大人，不錯，這個馬臉是跟班的，正點兒躲在內室裡！」

馬札點了點頭，隔空一掌推去，那馬臉和尚立時被一股勁風推退了三步，馬札一閃身已經進入佛堂內。室內果然還有一個僧人，正背對著門低頭輕聲唸經。馬札輕步走到那僧人背後，此人雖是欽犯，但畢竟曾是萬乘之尊，馬札不敢造次，輕聲道：「建文皇帝，俺是馬札。」

那僧人轉過身來，對著馬札合十道：「馬施主，還記得小僧嗎？」馬札看去，只見這個年輕僧人雖然不是他心中的「正點兒」，卻是一個熟人，他又驚又駭，顫聲道：「鄭洽，鄭學士，怎麼會是你？」同時他手一揮，那楊姓錦衣衛立刻衝向內室搜查，只見內室是間寢室，除了兩張木床，空空如也。

馬札厲聲喝問道：「鄭洽，你的主子躲到了何方？」鄭洽道：「阿彌陀佛，貧僧在南京城陷之日便在天禧寺剃度為僧，一路回到家鄉，在此清修宏法，不知馬大人說些什麼？」

這情況實在大出馬札意料之外，他想了一會，冷冷地道：「今年元宵節有人看見你的主子和外面那個馬臉和尚在此村看燈，怎麼不見你主子？」鄭洽道：「貧僧應岐，室外乃是我應能師兄，不懂你說什麼『主子』的話。你口口聲聲貧僧的主子，主子是誰？元宵節時便是我師兄弟倆下嶺去看燈，難道犯了錦衣衛的什麼大法麼？」

鄭洽回話聲色漸趨犀利，馬札不是一個腦子很靈光的人，一被反問，竟不知如何回答。那姓楊的錦衣衛反而口齒較為伶俐，便接口道：「馬大人要尋你的主子，便是建文廢帝，他藏在那裡？快說！」鄭洽道：「阿彌陀佛，建文不是早已自焚了嗎？朱棣進南京城時，不是宣布以帝禮厚葬了建文麼？你這位施主卻說建文未死，到這裡來要尋建文，這可是大大的欺君不敬啊。阿彌陀佛，施主說話千萬小心啊。」那姓楊的為之結舌。

這時兩個錦衣衛過來報告：「馬大人，另外兩間都查過了，室內無人，只有一些佛經、兩尊菩薩，那第三間室內有幾罎醃菜，還有兩把道士作法的桃木劍，怪嘞！」

那楊姓錦衣衛一提「建文」，反被鄭洽搶白了一頓，一時也答不上話。馬札聽了兩個部下的報告，吐了一口口水，罵道：「媽的，亂七八糟。」

那楊姓錦衣衛面帶尷尬，仔細盯著鄭洽看了半晌，便覺鄭洽和記憶中的建文好像也有些相像，尤其是削髮成了光頭，更是說不準，難道表弟那個畫師其實畫的就是這削了髮的鄭洽？他愈是這麼想，愈覺鄭洽的模樣和建文著實相似，他臉上的表情也就愈來愈狐疑不定，那馬札瞧在眼裡，罵在心裡，越發不信任這個老楊了。

就這樣大眼瞪小眼，過了好一會，馬札下令道：「撤隊！」便帶著十二個部下鎩羽下嶺。鄭洽合十相送，那應能和尚也合十道：「施主好走，有空再來。」

馬札來的時候以為正點兒藏在此處，自己帶了十二個錦衣衛突然殺到，那還不是手到擒來。此時下嶺的大夥兒實在有點洩氣，那潘老三便開始埋怨道：「都是老楊那個表弟搞的，害得咱們跑來不但撲了空，還吃那鄭洽一頓搶白。他媽你那畫師也是個廢人，畫個和尚一會像這個一會像那個，害死人了。」又有一人接腔道：「俺小時也畫得一手好畫，俺老師誇我是畫鬼的好手呢。」另一人道：「俗話說得好，『畫鬼容易畫人難』，鬼長啥樣沒有人見過，隨你他媽的怎麼畫都行，畫人就不行了。」先前那人道：「俺師父說『畫人難畫手』，不過今天看起來畫光頭和尚最難，頭髮剃光了，大家長得都差不多……」

馬札怒道：「都給我閉上鳥嘴！你們先回浦江縣，潘老三去跟那縣令再商量一下，老楊立即去找你表弟來，那個畫人像的低手畫師如果在，也一齊叫來，咱們還要查。」他心中卻暗自盤算：「我要摸著轉回去，有個地方可能有問題……」

他回想：「方才下嶺時，俺瞧見那堆墳墓前不遠處好像有一口井，那倒是個躲人的好地方，俺要去查查。但是不要打草驚蛇，就我一個人去查。鄭洽那書呆子一定想不到俺去而復返，那正點兒如果冒出來，正好抓個正著。」馬札平常的想法往往讓他的部下感到不可思議，但這一回，馬札千慮必有一得。

那口枯井中果真躲著建文帝。應文靜坐井中，井口有石蓋，雖然通風卻不見光，他坐在黑暗中默唸經文，心情十分平靜。鄭芫告訴他，騙過錦衣衛是唯一不牽累鄭義門族人的辦法，如論動武，十三個錦衣衛算得了什麼！

這時他左邊的井壁外發出了清脆的敲打聲，一串聲響正是鄭芫敲的密碼。他立刻找到那塊特別的磚，用一把金柄小錘也回敲了一串密碼，然後用力敲了三下，井壁上忽然一陣軋軋響聲，幾塊石磚退出，露出一個小洞，應文終於重見光明。小洞外透進燭光，一張漂亮的臉微笑望著自己，正是鄭芫。鄭芫道：「都走了，大師父你過來吧。」

應文要爬過那個小洞鑽入地道，卻有些困難，他把手上的金柄小錘放下，鄭芫在那頭幫忙，應文用力一撐，人過了小洞，卻和鄭芫跌了個滿懷，燭火掉落地上熄了，地道中一片黑暗。應文抱著鄭芫，聞到少女體香，不禁一陣心猿意馬，他連忙吸氣運功，卻感到一陣暈眩。鄭芫低聲道：「大師父，你怎麼了？」狹小的空間裡，應文聞到鄭芫吹氣如蘭，他自離南京，孤家寡人獨對青燈古佛八九個月，這時和鄭芫肌膚相近，氣息相聞，忽然整個人如墜入十里雲端，異念頓起。

應文原就極愛鄭芫的聰明美貌，芫兒對他既不像其他部下，更不像是嬪妃，倒像是個善知人意的小妹妹。這時黑暗中耳邊響起鄭芫關切的聲音：「大師父，你是不是不舒服？快用我教你的心法。」一言驚醒，也趕走了他的綺念，他暗中行氣，暗唸經文，但這一切都抵不上一個清晰的念頭衝上心頭：「應文啊，你差一點又變回朱允炆了，但允炆已死，永遠死了！」此念一起，再無其他雜念，心境一片清明。他轉身按動機關，井壁恢復原狀，並且用機關扣死。他和鄭芫慢慢從地道退回佛堂，這一段地道已不可能從井內打開。

馬札悄悄回到嶺上，潛伏摸到那口井旁，運內力移開了石蓋，神不知鬼不覺地跳入井中。井底墊了很多枯葉樹枝，他在枝葉上發現了一個柄上纏有黃金蛇飾的鋼錘，金蛇頭上鑲有兩顆紅寶石，珍貴異常。馬札大喜道：「這肯定是皇帝用物。」他環目四顧，心想如果建文躲在此井中，頂上有石蓋，他絕無能力由上方出入，因此四壁定有暗道。他試著仔細察看四壁，果然發現兩塊壁磚有異。他在其中一塊磚上運勁一擊，並無任何動靜，再試另一塊磚，軋軋聲起，井壁上出現一個地道口。

馬札略辨方向，知道這地道通往與佛堂相反的方向，心想建文定是從這地道潛行出去了。他燃起火摺子，在地道中試探了一下，見火燄並不熄滅，暗忖道：「這地道另有通風口，我可進去探它一探。」

他爬進地道，前行了一段距離，前面出現一道石牆，再無法前進，果然又有一塊石磚有異，於是馬札再次運勁重擊了那塊石磚。這回石牆毫無動靜，反而是後方傳來軋軋之聲，馬札心中閃過一個可怕的念頭，但一切都已來不及了，後方通井的開口已經封閉。原來這地道機關的設計，竟是前頭牆上的機簧一被啟動，前牆並不會開口，反而是封閉了後面通井的出口。

馬札陷入了覺明師太精心設計的機關中，把自己封死在這一段地道裡，呼天不應，喊地不靈，火摺熄了後，就只剩下無盡的黑暗。

這時井中從佛堂那頭擠入了兩個人，正是覺明師太和鄭芫。覺明師太拿著一支大鐵錘道：「這廝從地道裡邊是沒有開關可以出來的，待我將井裡的開關也毀掉，就算有人想從井這邊救那廝也甭想了。」

鄭芫有些不忍，但想到那一夜盧村裡殺死傅翔父母的錦衣衛就有馬札在內，便沒有說話，眼睜睜看著覺明師太揮錘砸毀井壁上的開關機簧。於是馬札帶著建文那柄金蛇小錘被關死在地道中，永遠出不來了。

國家圖書館出版品預行編目資料

王道劍／上官鼎著 . -- 初版 . -- 臺北市：遠流 , 2014.04-2014.05
面； 公分 . –
ISBN 978-957-32-7364-6（第 1 冊：平裝）--
ISBN 978-957-32-7365-3（第 2 冊：平裝）--
ISBN 978-957-32-7366-0（第 3 冊：平裝）--
ISBN 978-957-32-7367-7（第 4 冊：平裝）--
ISBN 978-957-32-7368-4（第 5 冊：平裝）--
ISBN 978-957-32-7369-1（全套：平裝）

857.9 103001847

O1304
王道劍〔肆〕
鄭義門風

作者：上官鼎
插畫：上官鼎
出版四部總編輯暨總監：曾文娟
資深主編：鄭祥琳
副主編：沈維君
助理編輯：江雯婷
企劃：王紀友

發行人：王榮文
出版發行：遠流出版事業股份有限公司
地址：104005 台北市中山北路一段 11 號 13 樓
電話：（02）2571-0297 傳真：（02）2571-0197
郵撥：0189456-1

著作權顧問：蕭雄淋律師
2014 年 5 月 5 日 初版一刷
2021 年 12 月 30 日 初版十一刷
定價：新台幣 280 元（缺頁或破損的書・請寄回更換）
有著作權・侵害必究 Printed in Taiwan
ISBN 978-957-32-7367-7

遠流博識網
http://www.ylib.com E-mail: ylib@ylib.com